# A Árvore das
Estrelas Vermelhas

Tessa Bridal

# A Árvore das
# Estrelas Vermelhas

Tradução de
LOURDES MENEGALE

EDITORA RECORD
RIO DE JANEIRO • SÃO PAULO
2001

CIP-Brasil. Catalogação-na-fonte
Sindicato Nacional dos Editores de Livros, RJ.

B862a  Bridal, Tessa, 1947-
  A árvore das estrelas vermelhas / Tessa Bridal; tradução de Lourdes Menegale. – Rio de Janeiro: Record, 2001.
  304p.

  Tradução de: The tree of red stars
  ISBN 85-01-05440-2

  1. Romance norte-americano. I. Menegale, Maria de Lourdes Reis. II. Título.

     CDD – 813
     CDU – 820(73)-3
00-1711


Título original norte-americano:
THE TREE OF RED STARS

Copyright © 1997 by Tessa Bridal
Publicado mediante acordo com Linda Michaels Limited, International Literary Agents.
Primeira publicação nos EUA em 1997 por Milkweed Editions, Minneapolis, MN.


Todos os direitos reservados.
Proibida a reprodução, no todo ou em parte, através de quaisquer meios.


Direitos exclusivos de publicação em língua portuguesa para o Brasil adquiridos pela
DISTRIBUIDORA RECORD DE SERVIÇOS DE IMPRENSA S.A.
Rua Argentina 171 – Rio de Janeiro, RJ – 20921-380 – Tel.: 585-2000
que se reserva a propriedade literária desta tradução

Impresso no Brasil

ISBN 85-01-05440-2

PEDIDOS PELO REEMBOLSO POSTAL
Caixa Postal 23.052
Rio de Janeiro, RJ – 20922-970

EDITORA AFILIADA

*Para minha mãe, em carinhosa lembrança*

Ele que vive mais vidas do que uma,
Mais mortes do que uma há de morrer.

OSCAR WILDE

*... Palavras desde las cenizas...para servir de puente entre los que se quedaron y aqueles que se fueron y entonces volverán ...les ayudaremos a recordar lo que vieron. Y también lo que no vieron.*

MARIO BENEDETTI

# Prólogo

Por minha causa ele era um prisioneiro, e eu não podia descansar enquanto não estivesse livre. Meu rosto já era familiar nas agências de direitos humanos de Paris e Londres e o nome de Marco Aurelio Pereira bem conhecido de todas as pessoas que trabalhavam ali. Estávamos em 1980, e por sete anos eu havia batido às portas, preenchido formulários, fizera circular petições, escrevera artigos e fizera *lobby* com qualquer funcionário do governo disposto a me ouvir. Sete anos, durante os quais uma das mais antigas e estáveis democracias da América Latina caíra e fora substituída por uma ditadura militar.

As portas do meu passado pareciam fechadas para sempre, e em algum lugar atrás delas estava Marco, num confinamento solitário, sem saber que deixá-lo tinha sido a decisão mais difícil que eu já enfrentara. Mantive a mente ocupada, tecendo lembranças que me possibilitavam levantar todas as manhãs e continuar meus esforços a favor de Marco. Cruzei e tornei a cruzar o Canal da Mancha entre Londres e Paris, vivendo distanciada da vida das duas cidades, sustentando-me com traduções particulares e trabalhos de secretária. Meus vistos eram renovados por aliados, muitas vezes desconhecidos para mim. Eles jamais haviam testemunhado tortura ou sofrido prisões políticas, mas faziam parte daquele número descrito por Che Guevara, num discurso em que, certa vez, elogiara os que não descansam enquanto a injustiça estiver sendo praticada contra qualquer um, em qualquer lugar do mundo.

Apesar do apoio desses amigos anônimos, a causa de Marco me parecia perdida. Esta seria a minha última viagem, decidi, enquanto olhava as águas escuras do Canal da Mancha, espumando atrás da barca. Sentia saudades do meu próprio rio, aquele gigante inconstante e amigo. O rio da Prata era melancólico, rude, manso e selvagem, e, para mim, sempre lindo. O rio rejeitava oferendas indesejadas e absorvia vidas asiladas. Marco, nossa amiga Emilia e eu sempre trazíamos nossos sofrimentos e medos para arejar ao longo de suas praias arenosas. Havia algo na mudança das cores do rio e na música do seu movimento contra a areia e as pedras que acalmava e reconfortava. Teria achado fácil deixar o rio da Prata me levar. Estava cansada da solidão e esgotada com a luta pela liberdade de Marco. Tão cansada, que ainda não abrira a carta de Emilia que chegara naquela manhã.

Nos primeiros anos, um surto de esperança tinha acompanhado o recebimento de tais cartas. Talvez trouxessem notícias da libertação de Marco ou de nossa amiga de infância Cora, que estava entre os desaparecidos há tanto tempo quanto Marco se achava na prisão. Aos poucos fui pondo a esperança de lado. As cartas chegavam com notícias de minha tia Aurora na sua luta contra o câncer, ou dos vizinhos que deixavam o velho *barrio*, e, finalmente, a última carta de Emilia, sobre a morte de sua mãe. Não tinha forças para enfrentar mais nenhuma notícia ruim e deixei a carta de Emilia fechada durante o dia todo, enquanto fazia a penosa caminhada de um escritório para outro, tentando mostrar minha gratidão pelo esforço empreendido pelos funcionários das agências de direitos humanos que eu havia conhecido ao longo dos anos. Juntamente com minha profunda gratidão por esses europeus, eu os invejara, pois podiam ir para casa à noite, para um ambiente confortável e seguro, enquanto o sono me fugia e eu vagueava pelas ruas de Londres e Paris, conservando as lembranças vivas e os fantasmas amortecidos. Acho que receava dormir por tempo demais e, ao acordar, ter me esquecido do motivo por que saí do Uruguai. Estava ficando difícil confiar na minha memória, separar a imaginação da realidade. Fora a minha imaginação, afinal, que me conservara viva, e agora eu já não sabia com tanta clareza o que havia imaginado e o que realmente acontecera. Em nossas cartas, Emilia e eu freqüentemente prometíamos a nós mesmas que um dia nos sentaríamos juntas para reviver o passado.

Estremeci quando puxei a carta de Emilia do bolso e alisei o envelope amassado. Pensei em jogá-la na água, mas sabia que queria ler a carta. Tirei a única folha de papel aéreo que o envelope continha.

Enquanto lia, fui afrouxando a mão que segurava a carta e uma lufada de vento quase a arranca das minhas mãos. Tropecei até um banco, protegendo o papel fino que trazia a notícia que eu aguardara sete anos para ouvir. Meus ouvidos zumbiam e, por um momento, não soube se era invadida pela alegria ou pelo mais profundo pesar.

Só sabia que tinha de voltar ao Uruguai, mesmo se fosse para ser presa no momento em que desembarcasse do avião.

Não me lembro de ter feito a mala, de me despedir, de entrar no avião ou como passei as horas durante a longa viagem para o sul. Só tive consciência de estar voltando, após trocar de avião em Buenos Aires para os últimos vinte minutos até Montevidéu.

Os contornos das correntes e pequenos rios abaixo faziam-me lembrar de que, em algum lugar ao longo de um deles, minha avó, minha *Mamasita*, estava esperando. Pelas suas cartas eu sabia que ainda criava e cavalgava seus cavalos *criollo* no rancho que batizara de Caupolicán, em honra ao chefe araucano que havia defendido bravamente as terras transandinas contra os invasores espanhóis. Muitas vezes, durante os anos de exílio, me imaginara voltando à grande videira onde tinha visto Marco pela última vez e ao campo aberto onde *Mamasita* me ensinara a cavalgar.

Ouvi as portinholas sendo abertas e sacolas, maletas, casacos e carrinhos de bagagem sendo depositados no corredor. O impacto de não estar mais na Europa me foi subitamente demonstrado pela falta de atenção dos passageiros ao pedido do piloto de não se moverem até que o avião tivesse estacionado. Acostumara-me à ordeira vida dos europeus, e esta determinada desobediência à autoridade era uma forte lembrança daquilo para o qual eu estava voltando.

A paisagem fora da janela tinha mudado.

Podia ver à distância o prédio do aeroporto de Montevidéu, os terraços cheios de pessoas acenando, aplaudindo, levantando faixas pintadas à mão de boas-vindas àqueles que retornavam de viagens de férias e de negócios. Não tinha idéia do tipo de recepção que me aguardava. Minhas ações políticas haviam trazido vergonha e privações aos meus familiares. Os amigos tinham desaparecido ou morrido na prisão. A meu pedido, apenas Emilia sabia da minha chegada.

Minhas mãos se fecharam em volta das alças de couro da valise. Breve, muito breve, teria de deixar a segurança do meu assento e entrar no vórtice do passado.

Uma aeromoça debruçou-se sobre mim indagando se estava me sentindo bem. Consegui sorrir e apontar para o estômago. A moça trouxe um copo de água e bebi sofregamente.

Ainda poderia dar meia-volta e retornar para a segurança e o anonimato da Europa, disse para mim mesma. Poderia esquecer o passado e começar vida nova. Poderia guardar os bons tempos no meu coração e deixar ir para sempre o horror, o sofrimento e a culpa. Como se me trazendo de volta desses pensamentos veleitários, o avião inclinou-se lateralmente em curva e, ao longe, o rio da Prata piscou para mim.

Com 180 quilômetros de largura, o rio parecia o oceano Atlântico, com o qual se fundia no seu ponto mais largo. Eu havia caminhado em suas margens, amado suas cores cambiantes e lutado com suas ondas durante todos os anos de minha adolescência. Os laços da minha família com o rio eram muito fortes. Meu avô tinha sido proprietário de um hotel nas praias de Montevidéu e as fundações ainda podiam ser vistas na areia. O governo comprara o hotel na virada do século e o demolira. A construção de prédios tinha sido proibida por uma lei destinada a preservar o meio ambiente nas terras ao longo do rio. Sempre gostei de olhar as fotografias do velho hotel, com a orquestra tocando, enquanto os casais dançavam ao luar, nos largos terraços sobre o rio.

"Amigo velho", murmurei, "*preciso coraje, amigo.*"

O sol me atingiu com um brilho familiar quando desci do avião. O ônibus que esperava para levar os passageiros ao prédio do aeroporto tinha um degrau alto. Alguém ajudou-me com a valise pesada. E me ofereceram um assento.

— *Aqui, señora, siéntese.*

Eu estava em casa, com todo o horror e glória.

Mal olharam meu passaporte, que foi carimbado rapidamente e devolvido sem uma palavra. Minhas malas deslizaram na esteira e um carregador apareceu para levá-las. Eu o segui e só então me permiti olhar os rostos ansiosos, sorridentes, através das portas de vidro.

Emilia estava esperando, o cabelo preto já meio grisalho puxado num coque apertado. Arregalou os olhos, ansiosa, quando me viu caminhar em sua direção.

Agora podíamos chorar. Deixar para trás os anos de saudades, abraçar, beijar e soluçar, obstruindo a passagem das pessoas atrás de nós.

— *Has vuelto* — disse Emilia. — Você voltou.

Seguimos pela estrada costeira, nossa vista alcançando, desimpedida, a paisagem de areia, pedras e gaivotas que se espraiava por quilômetros diante de nós. Pus a cabeça para fora da janela do Volkswagen de Emilia e inspirei o ar puro, sentindo as boas-vindas das claras águas azuis do rio da Prata.

Chegamos à avenida Brasil e viramos para a nossa rua. Parada no suave gramado de minha infância, protegida pela sombra de uma grande *tipa,* eu só olhava, agarrada ao braço de Emilia.

A rua também tinha sofrido. Cercas vivas e touceiras alinhavam-se ordenadamente onde antes havia uma orgia de jasmins, buganvílias e trepadeiras de rosas tombando pelos muros baixos que separavam uma casa da outra. Os velhos vitrais, que tinham refletido o sol em raios de luz nas portas da frente, haviam sido substituídos por madeira sólida e resistente.

A fachada branca do prédio de Emilia estava cinzenta e rachada. A porta de entrada não mais ficava aberta para receber os visitantes e grades protegiam a janela do porão onde eu tantas vezes batera quando criança. Naqueles dias, Emilia a abriria totalmente e pularia com facilidade para fora, na calçada, onde eu a esperava. Às vezes, a mãe dela, Lilita, ficava lá para nos ver sair, os cotovelos apoiados no parapeito, as cortinas esvoaçando à sua volta, tão inquietas quanto os seus pensamentos. Lilita, em quem o desespero corria como a corrente prateada do rio, e a cujo enterro não pude assistir, impedida de retornar ao Uruguai.

— Comprei o apartamento — disse Emilia enquanto ficávamos de braços dados, examinando o velho edifício.

Concordei, meneando a cabeça.

— Quero viver aqui, onde ela morreu.

Emilia tirou várias chaves da bolsa e usou uma para abrir a porta de entrada. Quando a chave girou na velha fechadura, quase esperei ver Lilita aparecer do outro lado, as mãos nos bolsos do avental, arrastando os pés no chão com duas flanelas macias que ela conservava perto da porta, prontas para dar maior brilho ao assoalho já bastante polido. Nos bons tempos, ela esfregava a madeira com o intuito de amaciá-la. Pois a madeira, certa vez ela me disse, estava sempre viva, e os reflexos do chão ressoavam com velhas recordações.

Quando Emilia me introduziu no apartamento que havia sido meu segundo lar, vi que nada havia mudado.

A pequena sala de visitas estava mobiliada como eu me lembrava, com um sofá marrom e duas poltronas. As flanelas de polir o chão haviam desaparecido, mas o chão conservava o antigo brilho. A mesa da sala de jantar, na qual eu vira a família fazer inúmeras refeições, estava vazia. Passamos pelo quarto de Lilita, com duas camas de solteiro, e entramos no pequeno quarto de Emilia, onde tiramos os sapatos e, como tínhamos feito durante toda a nossa infância, nos ajoelhamos na cama, no canto embaixo da janela.

Abrimos a cortina de renda e olhamos para a rua, para a casa, agora vazia, onde eu havia crescido. Onde antes florescia um jardim viçoso, a velha árvore poinsétia permanecia como um retorcido e solitário guardião do passado.

# *Um*

Quando eu tinha cinco anos, observava o *barrio* sob a proteção dos galhos da velha árvore poinsétia.

No verão, as folhas verde-claras proporcionavam uma sombra refrescante na minha pele; no inverno, as brilhantes flores vermelhas balançavam ao vento, como centenas de pequenos fogos mantendo o frio encurralado.

Do mundo inteiro, o meu lugar favorito era a *estrella federal*, e nunca havia convidado ninguém para ir lá, até o dia em que decidi escolher Emilia para ser minha melhor amiga. A única coisa que sabia a seu respeito, quando se mudou para o *barrio*, era que o seu avô era brasileiro.

Emilia e eu fomos para escolas diferentes. Emilia caminhava dois quarteirões até a escola pública mais próxima, vestida com um uniforme branco de mangas compridas, tendo uma larga faixa em volta do pescoço, como todos os alunos usavam. Um ônibus escolar me apanhava e me levava por vários quilômetros até um severo estabelecimento particular, que garantia que eu estaria falando fluentemente o inglês com a idade de dez anos. Uma das minhas mais remotas lembranças é ser abotoada no macacão que usaria todos os dias, no jardim de infância. O tecido florido era o único reconhecimento de que nós, do jardim de infância, éramos diferentes das outras crianças em suas severas túnicas verdes, gravata e camisa branca. Os professores eram rigorosos e a disciplina inflexível, tanto para os de cinco anos quanto para os alunos mais velhos.

O dinheiro para o privilégio de cursar essa escola fora deixado pelo meu avô inglês, que decretara que todos os seus descendentes falariam a sua língua. Eu me recusara. Era uma questão muito embaraçosa para minha família essa relutância que eu demonstrava em reclamar minha herança e, assim, eu era levada três vezes por semana a um professor particular para assegurar que a vontade do meu avô fosse cumprida.

Corria agosto de 1954 e eu estava a caminho da minha aula de inglês. Segurava com firmeza a mão de minha mãe, enquanto ela caminhava graciosamente com seus saltos altos em direção à parada de ônibus na esquina, quando encontrei Emilia.

Uma pequena bandeira brasileira estava hasteada a meio-pau do lado de fora da janela do quarto dos nossos novos vizinhos e vi Emilia empenhada em ajudar a mãe a colocar um vaso de flores na base da haste da bandeira. Quando passamos, algumas flores escaparam das mãos de Emilia e caíram na calçada; parei para apanhá-las e as devolvi, ficando na ponta dos pés para alcançar a mão estendida de Emilia, enquanto nossas mães trocavam cumprimentos.

Minha mãe perguntou a Lilita se a bandeira a meio-pau era para o presidente Vargas, que se suicidara no dia anterior. Não decorrera muito tempo para a notícia alcançar o Uruguai e, tanto os jornais da tarde quanto os matutinos estamparam nas primeiras páginas as manchetes sobre o acontecimento.

— Ouvi dizer que o presidente Vargas declarou que saía da vida para entrar na história — disse minha mãe com simpatia.

— É só por respeito à senhora, *señora* Ortega, que não cuspo ao ouvir o nome dele — declarou a mãe de Emilia. — A bandeira é por suas vítimas; uma delas foi a amiga de meu pai, Olga Benario.

Estávamos atrasadas para a aula de inglês e eu podia sentir, pelo aperto da mão de minha mãe, que ela não queria ouvir mais nada. Murmurou o seu pesar e tentou afastar-se, mas Lilita não tinha terminado. Algo em seu modo triste e resoluto venceu o conceito de pontualidade de minha mãe, que, suspirando conformada, parou para ouvir.

— Olga — disse Lilita — marchou ao lado dos trabalhadores contra os barões do açúcar e do café. Vargas mandou prendê-la e a colocou num navio para a Alemanha, onde foi entregue nas mãos dos nazistas. Olga era judia. Morreu num campo de extermínio.
— Tirou as flores das mãos de Emilia e fez um arranjo sob um recorte de jornal com a fotografia de Olga, preso à bandeira. Suas mãos tremiam levemente enquanto fazia isso e Emilia, com delicadeza, afagou o braço da mãe.

Jovem como era, reconheci naquele gesto a ternura de Emilia em relação aos outros, o que me conquistou.

No dia seguinte, convidei-a para reunir-se a mim debaixo da poinsétia a fim de estudarmos juntas o *barrio*, pois as pessoas começavam a me fascinar. Se pudesse eu as teria colocado à parte só para ver não como, mas por que, trabalhavam.

Emilia, como ficou claro, não era curiosa sobre o próximo. Se pudesse ter feito a sua maneira, descobri, ela sentaria todos em torno de uma mesa farta e os serviria.

Emilia acreditava que o mundo seria um lugar melhor se as pessoas compartilhassem de boa comida, flores e camas macias. Imagine, ela disse, como a história teria sido diferente se Jesus tivesse servido a seus discípulos um churrasco e batatas fritas, em vez de pão e vinho. Eu estava sendo preparada para a primeira-comunhão e a idéia de Jesus servindo bife e batata frita na Última Ceia parecia-me sacrilégio. Perguntei a Emilia se era católica e ela respondeu que achava que sim.

— Você está aprendendo sobre a hóstia e como engoli-la sem mordê-la?

As freiras tinham me dito que eu não cometeria pecado se a hóstia tocasse nos meus dentes, mas que eu não deveria mordê-la.

Emilia não sabia nada sobre isso, o que explicava o seu desejo de querer mudar o cardápio da Última Ceia e a sua falta de entendimento sobre o pão e o vinho.

— Não, não — disse Emilia, quando expliquei que Jesus, antecipando as futuras missas, optara por ser corporificado no pão e não num churrasco. — Não, não — repetiu. — O que quero dizer, Magdalena, é que se ele os tivesse alimentado e tomado conta deles, Judas teria sido um homem mais feliz e não o teria traído. E se Jesus não tivesse sido morto, poderia estar ainda na Terra nos ajudando a viver mais felizes uns com os outros.

Observei minha nova amiga atentamente. Demonstrava possuir conhecimentos sobre a natureza humana que eu poderia aprender com ela. Estava para perguntar a Emilia se queria ir passear na beira do rio, quando uma carroça virou a esquina na nossa rua.

— É Gabriela! — exclamei.

Emilia olhou a carroça e concordou.

— Vou avisar a *mamá*.

Toda a vizinhança tem seus próprios mendigos habituais, nos quais eu via personagens românticos que entravam em nosso *barrio* e depois desapareciam no Cerro distante. O Cerro era o monte mais alto do Uruguai. Em 1520, tinha sido avistado por um marujo português, que exclamou: *"Monte vide eu"* (Eu vejo um monte). Dois séculos depois, uma cidade foi construída no sopé da montanha e chamada de Montevidéu. Os muros em volta da cidade haviam desaparecido há muito tempo, e também os índios, que os citadinos queriam manter à distância. A cidade se espalhara ao longo das margens do rio e o monte fora abandonado por todos exceto pelos soldados que guardavam o museu do forte, no topo do Cerro, e pelas pessoas mais pobres, que viviam nas encostas em casas construídas com as sobras da cidade.

Gabriela era uma jovem de cabelos vermelhos que chegava em nosso *barrio* toda manhã, à mesma hora, conduzindo um cavalo muito bom, diferente dos robustos e empoeirados animais que puxavam as carroças dos outros mendigos. Não tinha mais do que dezoito anos, era alta e esguia, olhos verdes e feições que, em outra época e lugar, teriam feito dela uma artista de cinema. Seus dentes precisavam de tratamento, mas eu ainda não notara. Estava mais interessada no bebê que ela carregava nos braços.

Emilia voltou e Gabriela acenou para nós do meu portão, enquanto tocava a campainha.

Minha mãe foi pessoalmente atender. Acompanhara atentamente a gravidez de Gabriela e queria ter certeza de que o bebê estava sendo bem cuidado. Fez com que ambos entrassem e eu a ouvi dizer que, naquele dia, Gabriela iria aprender a dar banho no bebê.

De repente, tive uma idéia.

— Vamos seguir Gabriela quando ela for embora — sugeri.

— Por quê? — perguntou Emilia, olhando surpresa para mim.

— Quero ver a casa dela.

Emilia franziu as sobrancelhas.

— Como chegaríamos lá?

— Enquanto Gabriela está indo nas casas, aproveitaremos para nos esconder na carroça.

— E se ela nos encontrar?

— Ela nos mandará para casa de ônibus. Vamos!

A porta se fechava atrás de Gabriela e de minha mãe, quando eu e Emilia corremos e subimos na carroça. Vários sacos de aniagem estavam empilhados num canto e nos escondemos embaixo deles. A carroça cheirava a sapato velho e Emilia tapou o nariz.

Levou muito tempo para Gabriela dar banho no bebê e completar o circuito nas casas da vizinhança, onde pegava comida, dinheiro e qualquer roupa velha. Voltou falando para o bebê que ele estava com um cheirinho quase tão bom quanto o dos *croissants* que a *señora* Lilita lhes dera. Ouvimos a carroça ranger quando Gabriela subiu e estalou a língua para incitar o cavalo. Apertamos nossas mãos, quando a carroça começou a se mover.

Os quarteirões passavam devagar e Gabriela parava de vez em quando para examinar os montes de lixo na beira da estrada. Uma vez, com um grito de alegria, achou um par de sapatos e disse para o bebê que serviria na tia dele. Jogou os sapatos na parte de trás da carroça, atingindo a cabeça de Emilia, debaixo dos sacos de aniagem. Mais pela surpresa do que pela dor, Emilia deixou escapar um gritinho. Prendemos a respiração. Ela não foi ouvida e logo a carroça estava andando.

Seguimos o rio da Prata por certo tempo, e Gabriela falava com o bebê sobre a conveniência ou não de deixar o cavalo nadar no rio. Ele gostava da água. Mas aquele tinha sido um dia fácil, ela disse, e o cavalo não estava suando. Além disso, o vento estava gelado e ele poderia ter calafrios. Afastamo-nos do rio e aos poucos as ruas se tornaram desconhecidas.

Não sabíamos mais por onde estávamos indo. Fiquei imaginando se Emilia estava com tanto medo quanto tivera algumas semanas antes, quando nadei até uma pequena ilha, enquanto ela me esperava na praia, olhando para ver se eu me afogava. Na volta para casa, ela segurara minha mão com tanta força quanto estava segurando agora.

Depois do que nos pareceram horas, avistamos o Cerro à distância. Barracos ocupavam desordenadamente a encosta do morro, como uma colcha de retalhos sujos vindo do refugo da cidade: paredes de papelão ou zinco, uma ou outra porta de madeira, cortinas de trapos. Roupas esfarrapadas, penduradas em varais, esvoaçavam na brisa da tarde e crianças corriam, descalças, na grama.

Era ali que viviam os *bichicomes* de Montevidéu. Certa vez, eu perguntara à minha mãe o que significava *bichicome* e ela havia me explicado que era a variação espanhola de palavra *beachcomber* (vadio que perambula na praia, sobrevivendo do que pode pedir ou catar).

Emilia murmurou que estávamos muito longe de casa e concordei ansiosa, meus olhos perscrutando as ruas enquanto a carroça subia a ladeira íngreme, sacolejando sobre os sulcos profundos da estrada e abrindo caminho através da encosta, parando por fim diante de um casebre de tábuas de madeira nodosa com um telhado de zinco.

Gabriela pulou da carroça, colocou o bebê no chão, encostado na parede, e começou a descarregar. Crianças se aproximaram para ver o que ela havia trazido e algumas mulheres se juntaram a elas. Não demorou muito para que os sacos, debaixo dos quais estávamos agachadas, fossem removidos e nos descobrissem.

— *¡Madre de Diós!* — exclamou Gabriela. — O que estão fazendo aí?

Emilia e eu começamos a falar ao mesmo tempo, enquanto pulávamos da carroça para o chão, ao lado de Gabriela.

— *¡Una a la vez! No oigo nada!* — gritou Gabriela. — Uma de cada vez. Agora me digam o que estão fazendo aqui.

— Queríamos visitar a sua casa — respondi.

— Ela queria — acrescentou Emilia. — Eu... eu não estava certa se devíamos.

Gabriela apertou as mãos.

— E se acharem que fui eu que peguei vocês?
— Quem pensaria uma coisa dessas?
— Nós diremos que não.
— Como é que vão voltar para casa?
— Pegaremos um ônibus.
— Coitadas de suas mães! Vão ficar muito preocupadas! Elas são tão boas para mim!

A essa altura, já havíamos atraído muita gente. Mais crianças se aproximaram, assim como vários homens. Todos concordavam que a situação não era boa. Um homem se ofereceu para nos levar em casa. Ele não tinha saído naquele dia e seu cavalo estava descansado.

— Lamentamos muito — disse Emilia.
— Não queríamos dar tanto trabalho — acrescentei.

Gabriela suspirou:

— Querem comer alguma coisa antes de ir embora?
— Oh, claro! — exclamei.
— Não, obrigada — disse Emilia, puxando minha manga. — Estamos satisfeitas.

Olhei para Emilia, surpresa. Não tínhamos almoçado e nossos estômagos roncavam tanto na carroça que receamos que Gabriela ouvisse. Então ocorreu-me que o que Gabriela estava nos oferecendo eram os *croissants* e as maçãs que ganhara de nossas mães. Talvez fosse a única coisa que tivesse para comer hoje.

Inventei uma história sobre ter comido um farto desjejum pela manhã com muitos *chocolatines*. Mal acabara de falar e várias crianças se juntaram a minha volta, os olhos ansiosos, para ver se eu ainda tinha algum chocolate para dar. Senti-me embaraçada e triste por ter de dizer não a elas.

— Bem — suspirou Gabriela —, entrem em casa enquanto

pegamos um cavalo descansado. Não quero que os soldados vejam vocês. E esse seu cabelo, Magdalena, parece um farol. — Ela olhou, nervosa, para o forte distante, lá em cima.

Nunca havia pensado, antes, nos meus cabelos louros como um farol e lamentei não estar usando o meu chapéu.

— Por que não quer que os soldados nos vejam?

— Eles podem achar que raptei vocês.

Entramos por uma porta em frangalhos no pequeno barraco com chão de terra. No centro, havia uma cova com uma grande panela sobre uma grade de metal. Num canto, um velho colchão sobre um tapete de jornais. Alguns cobertores estavam dobrados em cima do colchão. No outro canto, uma cadeira, amarrada com barbante, estava ocupada com pilhas bem dobradas de roupas velhas. Algumas ferramentas de jardinagem estavam encostadas na parede. Havia um ar de limpeza e orgulho de dona de casa, embora não houvesse nada além de terra, jornais e trapos.

Gabriela colocou suavemente a mão no meu ombro.

— Veja — disse ela, apontando para a parede.

Quando estava no jardim de infância, eu tinha trabalhado com argila e feito vários pratinhos, os quais tinha colorido e pintado. Tinha orgulho deles e esperava vê-los pendurados em algum lugar, na minha casa. Dei-os para minha mãe, que os elogiou e colocou em cima da cômoda. Alguns dias mais tarde, haviam sumido. Perguntei o que havia acontecido com eles e minha mãe respondeu que haviam quebrado acidentalmente e que os jogara fora. Fiquei triste com isso. Até que, pendurados em lugar de honra, único enfeite na pequena cabana, vi os pratos de argila com suas flores e figuras de varetas. Afastei-me para Gabriela não me ver chorar.

— *Es una linda casita, Gabriela* — disse Emilia e Gabriela agradeceu o cumprimento.

Ela apontou para o outro canto.

— Essas são as cortinas que sua mãe me deu, Emilia. Minha irmã acha que devo vendê-las, mas vou fazer uma colcha para minha cama.

— O amarelo vai alegrar o quarto — respondeu Emilia. — Será que há o bastante para fazer uma capa para a cadeira, também?

As duas foram medir as cortinas, enquanto eu enxugava os olhos e olhava para o homem que nos levaria em casa.

Na última hora, Gabriela decidiu ir junto, para explicar pessoalmente à *señora* Rita e à *señora* Lilita que ela não sabia que estávamos na carroça.

Era quase noite quando chegamos em casa, e toda a vizinhança estava alvoroçada. As mulheres rodeavam minha mãe e Lilita, que choravam, e os homens entravam e saíam de casa, dando telefonemas para amigos e parentes em toda a cidade. Pepe, o policial encarregado do nosso *barrio*, tomava nota numa caderneta com um lápis de ponta grossa. À visão de nós duas sentadas na carroça, todos correram para nos saudar e por algum tempo não foi possível nenhuma explicação. Fomos abraçadas e beijadas por todos os presentes e Pepe teve de assoar o nariz num lenço emprestado várias vezes.

Os cachorros da vizinhança ficaram excitados e juntaram-se ao alarido, latindo alegremente e assustando os cavalos. O dono da carroça, cujas mãos estavam sendo apertadas, simultaneamente, por Pepe e pelo pai de Emilia, teve algum trabalho em se desvencilhar para conter o cavalo que ameaçava disparar.

Com essa agitação, o bebê de Gabriela foi passado para a mãe de Marco, *señora* Marta, que distraidamente levou a criança com ela, ao voltar para casa com Marco e os irmãos. Gabriela foi esquecida e a ouvi chamando pelo bebê com ternura, enquanto procurava por ele.

— Onde está o Gervasio, Gabriela? — perguntei.
Os olhos de Gabriela se encheram de lágrimas.
— Sumiu! *Desapareceu!* Alguém o levou!
Parecia tão apavorada que, por um momento, coloquei meu braço em seu ombro, antes de correr para minha mãe.
— *¡Mamá!* Gervasio sumiu!
Minha mãe pôs as mãos na cabeça:
— *¡No puede ser!* — disse ela. — Não é possível! Vocês voltam e o menino desaparece!
Pepe soprou o apito e todos olharam para ele, assustados.
— *¿Dónde está Gervasio?* — perguntou em voz autoritária.
Todos olharam em volta, encolhendo os ombros. Logo, o nível do barulho subiu outra vez, quando as perguntas iam e voltavam, e Pepe foi forçado a soprar o apito de novo. Antes que pudesse falar, a *señora* Marta aproximou-se de nós, encabulada.
— Eu sinto muito! Me desculpem! — arquejava. — Estou acostumada a ter pelo menos um bebê nos braços, compreende, e na alegria de ver as meninas de volta, não me lembrei que não tinha mais bebês agora, só meninos grandes. Mas eles estão sempre a minha volta e estou acostumada a ter os braços cheios e quando alguém me entregou o Gervasio nem pensei... — O pedido de desculpas foi interrompido pelo grito de alívio de Gabriela. Ela pegou e afagou o bebê, afastando-se para a carroça antes que alguém pudesse pegá-lo outra vez.
Os vizinhos se dispersaram. Pepe voltou para a delegacia a fim de preencher o relatório e Emilia e eu fomos para casa, tomar banho, comer e dar valor àqueles a quem tínhamos causado tantos aborrecimentos.

# *Dois*

Na manhã seguinte, Emilia e eu estávamos de volta à árvore poinsétia, a tempo de ver um caminhão de mudança, lotado com uma mobília nova, parar em frente a uma casa recém-desocupada por uma viúva idosa, que se mudara para um apartamento pequeno. O caminhão era seguido por um Ford preto, do qual desceu um casal acompanhando por uma jovem mais ou menos da nossa idade. Vendo-nos observá-la da árvore, levantou uma das mãos enluvadas e acenou para nós. Havia alguma reserva no gesto, o que nos impediu de sair correndo para nos apresentar.

— Cora! — a mãe chamou-a severamente, fazendo um gesto para que seguisse os pais para dentro de casa. Com um último olhar para nós, empoleiradas na árvore, Cora desapareceu.

Daí em diante, sua casa veio a ser, tanto quanto ela, convidativa e secreta.

Atrás do muro de tijolos, perto dos degraus que levavam a um pequeno pórtico coberto de jasmim branco, crescia uma árvore alta que espalhava sombra, sua copa espessa e verde formando uma capa protetora sobre toda a casa. No meio do verão, a *tipa* deixava cair uma miríade de pequenas flores, atapetando a rua ao seu redor com um amarelo brilhante e dando um tom dourado à frente da casa. A porta da casa de Cora, menor do que as outras no quarteirão, contribuía para a minha ilusão de que ao entrar ali, estaria — como Alice — entrando num outro mundo — um mundo protegido e particular, onde não moraria o *Chapeleiro Maluco*, e o único perigo seria o de perder o coração e não a cabeça.

Emilia e eu não podíamos resistir a essa casa. Fazíamos muitas travessuras em todas as outras casas da vizinhança, mas, quando chegávamos perto da casa de Cora, andávamos nas pontas dos pés, o coração batendo rápido e os lábios apertados para não deixar escapar nenhum som que fosse carregado, como o importuno nevoeiro do rio, através das cortinas de renda branca das janelas da frente.

Os outros vizinhos tinham se habituado a nos ver como uma ameaça e eram muito provocados por nós, várias vezes, recorrendo a suborno na forma de doces e sorvetes, com o intuito de fazer com que nos comportássemos melhor. Emilia e eu nunca hesitávamos em aceitar os subornos. Se tínhamos consciência, não dava para se notar; aos dez anos o mundo nos parecia um grande *playground* e todas as pessoas se prestavam para nossas brincadeiras.

Os pais de Cora, entretanto, pareciam nos temer, o que nos deixava amedrontadas. Nem uma só vez tocamos a campainha da casa de Cora e corremos para nos esconder atrás da árvore mais próxima, rindo histericamente. Nada nos induziria a esvaziar os pneus do carro do pai de Cora ou soltar os azulejos da fachada. Quando o geleiro vinha na sua carroça puxada por um cavalo, podia deixar a barra de gelo no peitoril da janela, sem precisar ameaçar a mim e a Emilia de que, caso soubesse no dia seguinte que tínhamos desembrulhado a barra, daria uma correada em nós. Seria mais fácil desembrulhar o nosso gelo do que o de Cora.

Da janela de Emilia ou dos ramos da árvore poinsétia, olhávamos fascinadas quando Cora saía de casa, sempre acompanhada dos pais. Andava no meio deles, olhos baixos, vestido imaculado e engomado, uma rosa perfeita, protegida de ambos os lados pelos pais baixinhos com seus meio-sorrisos, temendo ofender. Eram tão inadequados quanto espinhos protetores e pareciam saber disso. A única coisa que os vizinhos conseguiram descobrir sobre eles foi que os Allenberg eram judeus refugiados.

Emilia e eu decidimos nos arriscar a uma rejeição e batemos na porta da frente de Cora, quando toda a cidade estava alvoroçada com a notícia de que a polícia fizera uma chocante descoberta na fronteira com o Brasil. Um homem tinha sido encontrado morto dentro de um caminhão, o corpo esquartejado. Era um ex-nazista e, conforme soubemos, havia morado perto de nós, num apartamento com vista para o rio.

Pouco depois que a notícia se espalhou, um carro parou diante da casa dos Allenberg e dois homens de ternos brilhantes desceram. Os Allenberg raramente recebiam visitas e, quando recebiam, elas não se pareciam em nada com esses dois sujeitos musculosos, que olharam de modo suspeito para cima e para baixo da rua, antes de baterem à porta e serem admitidos. Saíram alguns minutos depois, e o *barrio* ferveu com a notícia de que o carro era um veículo policial sem identificação.

Meu pai encolheu os ombros, quando minha mãe contou a ele.

— Todo mundo sabe quem fez isso — disse ele.

— Quem foi, *papá?* — perguntei. — Quem cortou o homem no caminhão?

— Os judeus.

— Eu acho que a polícia veio para investigar — disse minha mãe.

— Eles farão algumas perguntas, enquanto o povo está falando a respeito. Depois vão deixar cair no esquecimento.

— Por que eles foram na casa dos Allenberg?

— Porque o Sr. Allenberg é judeu. Eles sabem quem está envolvido.

— Quer dizer que o Sr. Allenberg cortou o homem? — gaguejei.

— Não, não, claro que não — disse minha mãe, lançando um olhar de reprovação ao meu pai por colocar tais idéias na minha cabeça.

— Durante a guerra, Magdalena — explicou meu pai —, os nazistas fizeram coisas horríveis com os judeus. Muitos nazistas escaparam para a América do Sul. Assim também fizeram muitos dos judeus que eles tinham perseguido. De vez em quando, os judeus encontram algum nazista e se vingam.

O pai de Emilia, descobri, convencera-se de que o Sr. Allenberg estava envolvido no crime e passara a olhar para o pequeno vizinho com crescente respeito.

— *Papá* diz que os judeus sempre atraem os nazistas para que atravessem a fronteira e entrem no Uruguai — Emilia me contou —, porque aqui a polícia não investiga a fundo esses casos.

Era difícil imaginar o Sr. Allenberg como um assassino, mas coisas estranhas aconteciam como nos filmes de Hollywood que assistíamos na maratona de sessões, nos domingos à tarde e à noite, no Casablanca, o cinema local.

Nossa imaginação não se detinha ante o fato de vivermos nos subúrbios da tranqüila capital do Uruguai, numa pacata rua sombreada que proporcionava um refúgio contra o movimentado fluxo da vida diplomática que a circundava. Uma ilha de anarquia local num mar de diplomacia, meu pai dizia orgulhosamente.

Contornando uma esquina, situava-se a embaixada da Tchecoslováquia, escondida atrás de uma cerca alta, com a casa numa pequena elevação, rodeada de arbustos floridos. Perto dali, ficava a embaixada italiana. A cerca que a rodeava era de ferro batido, com convidativos desenhos de flores e pássaros. Os portões estavam sempre abertos, dando a impressão de que os visitantes eram bem-vindos, a qualquer hora, para se juntar a eles em torno de um espaguete.

Freqüentemente, davam grandes festas e Emilia e eu subíamos na árvore, na esquina, e espiávamos o desfile de homens e mulheres, vestidos ricamente, passando pela comprida alameda entre palmas discretas.

Dobrando a outra esquina, ficava a embaixada da Rússia, por de trás de um muro de dois metros e meio, dois homens com roupas escuras o tempo todo nos portões. O único a invadir a privacidade deles era Caramba, meu papagaio, que os visitava regularmente. A única maneira de atrair Caramba de volta à gaiola era fazer barulho com a vasilha de comida, que continha a sua porção diária de *crema de chocolate*.

Josefa, a cozinheira da família, que tinha vivido conosco desde o casamento de meus pais, era a mais gregária das pessoas, mas recusava-se a dar um espetáculo na frente dos carrancudos russos e fazia minha mãe ir lá para recuperar a ave, deixando Josefa na porta da cozinha, a garrafa térmica de água quente embaixo do braço e segurando a cuia de chimarrão que exalava vapor.

Todas as tardes, às quatro horas, depois da *siesta*, minha mãe vestia, para o chá, um vestido simples mas elegante e sapatos de salto alto. Sempre que Caramba fugia, minha mãe suspirava, pegava o poleiro e ia até a embaixada russa, deixando o ar atrás dela recendendo a Chanel Número 5. Seu cabelo era penteado por um esbelto artista chamado Ernesto, e ele, sem dúvida, levantaria as sobrancelhas escuras, atônito, ao avistar sua importante cliente parada diante da embaixada da Rússia, segurando a gaiola do papagaio, na qual batia com firmeza uma caneca vermelha, remanescente de algum jogo de chá infantil. Caramba apreciava o gesto e voava de volta para a gaiola, sem protestar, empinando a cabeça verde, aparentemente espantado, quando minha mãe passava pelos guardas russos, olhando em frente.

Se Pepe, o policial, estivesse de serviço, ele se oferecia para acompanhar a *señora* Rita até em casa e carregava a gaiola para ela. Pepe sonhava em deixar as ruas um dia e ser promovido para trabalhar no quartel da polícia. Ter amigos influentes, como a minha mãe, só poderia beneficiá-lo. O fato de estar profundamente apaixonado por Josefa tornava nossa casa ainda mais atraente e, se Josefa não estivesse muito ocupada, ele aproveitava para tomar um gole de chimarrão e para conversar com ela antes de retornar ao seu posto.

Uma vez por semana, ele acompanhava a mim e a Josefa quando descíamos até o rio para esperar os pescadores ancorarem seus barcos na praia. Enquanto andávamos, íamos adivinhando se, naquele dia, a água estaria cinzenta, azul ou verde onde se misturava com o oceano Atlântico, lá longe. Às vezes, as ondas estouravam na costa arenosa, assustando as gaivotas, que se afastavam batendo as asas e se queixando. Outras vezes, o rio da Prata parecia um espelho, refletindo o sol e o céu. Quando os pescadores chegavam à praia, Josefa os observava à distância e selecionava o mais bonito. Ele sorria para ela e piscava para mim, enquanto limpava o peixe no banco do pequeno barco, enviando para o ar translúcidas escamas que capturavam o sol como se fossem madrepérola. Pepe andava até os outros pescadores, disfarçando seu ciúme com caçoadas barulhentas.

Em um ameno dia de outono, tomamos um banho de chuva inesperado no caminho de volta para casa. Ao chegarmos, trocamos nossos sapatos e Josefa colocou o peixe na geladeira, indo apressada preparar *tortas fritas*, pois, sempre que chovia, todas as empregadas do *barrio* juntavam-se em nossa grande cozinha para tomar mate.

— Por que você sempre faz *tortas fritas* e mate quando chove? — perguntei.

— Por causa da lua — respondeu Josefa, empurrando Pepe pela porta dos fundos e pegando o avental branco do gancho perto do fogão.

— A lua? O que a lua tem a ver com o mate?

— Tudo! — disse, colocando uma grande chaleira para ferver. Então, enquanto amassava a farinha, ela me contou como o mate havia sido trazido para nós, muito tempo atrás.

— A lua — explicou Josefa — era como a maioria das jovens. Inquieta e curiosa. Flutuava no céu, olhando para a Terra e imaginando como poderia deixar o seu lugar de origem e sair viajando. Igual a você, que está sempre falando o que vai fazer quando crescer. Bem, a lua, que estava fascinada tanto quanto a maioria das *chicas*, convenceu as nuvens a dar-lhe cobertura, transformou-se numa donzela e veio para a Terra. Há quem diga que isto aconteceu não muito longe daqui. Onde os *cerros* encontram o mar.

Por um momento, seus olhos escuros pareceram saudosos, olhando na direção da distante charneca onde havia nascido. Os fiapos de farinha pegajosa em seus dedos a fizeram lembrar da história e ela olhou para mim e sorriu.

— A lua achou a Terra encantadora! Ela viu as capivaras, as emas e as antas; ouviu o chamado dos tordos e dos papagaios. Enfeitou-se com flores e correu a admirar seu reflexo na lagoa. A água parecia morna e convidativa e a lua mergulhou e nadou com os peixes. Saiu da água refrescada e se sacudiu para secar. Não reparou no jaguar... que a observava há já algum tempo... vir se arrastando por entre a folhagem. Nesse momento, um velho, que viera buscar água na lagoa, viu o jaguar aproximar-se da donzela. Ele ameaçou o animal com a bengala e o jaguar se afastou. Nesta altura, a lua estava com fome e o velho perguntou se ela queria ir até a sua casa. A lua aceitou e logo estava sentada perto do fogo, comendo *tortas fritas* iguais às que estou fazendo agora — disse Josefa, moldando a massa em formas redondas e chatas, enquanto o óleo esquentava no fogão.

— A lua gostava de *tortas fritas?*

— Ela achou a coisa mais deliciosa que já tinha provado — replicou Josefa.

— O que mais a lua comeu?

Josefa balançou o dedo na minha direção.

— O que é que eu sempre digo? Faça muitas perguntas e o demônio aparecerá para respondê-las! — Ela testou o óleo, pingando água. O óleo chiou na hora.

Peguei a massa, provando o sabor salgado.

— A lua comeu até não poder mais. Quando terminou, agradeceu ao velho e à esposa, que apresentaram sua filha, uma donzela encabulada e quieta, que não punha os dedos na massa — disse Josefa, dando um leve tapa no meu pulso — e baixava os olhos e a voz quando falava com os mais velhos.

— Como eu, não é, Josefa?

Josefa riu tanto que quase esqueceu as *tortas fritas* no fogão.

Eu adorava ouvir o seu riso. Ela se soltava e os anos e os problemas pareciam deixar de existir para ela.

— ¡*Ay, ay, ay!* — disse, enxugando os olhos com as costas das mãos. — *Sí, m'hijita*, igual a você! Bom, de qualquer forma, essa donzela tímida sentia-se tão sozinha quanto a própria lua, e as duas foram andar na floresta, falando das coisas que as donzelas falam.

— Rapazes!

— Rapazes, e sonhos e tristezas e sofrimentos sem nome. A lua e a donzela pensavam, até aquele momento, que estavam sozinhas em seus sentimentos. A donzela disse que sempre se sentira uma prisioneira na Terra. Conversaram quase a noite inteira, até que a lua percebeu as estrelas piscando para ela, avisando para que voltasse, e ela despediu-se da donzela. A moça chorou, pensando que não veria mais a lua. Não sabia que os amigos, como os anjos da guarda, nunca nos abandonam. O seu amor torna-se parte de nós e é o solo abençoado no qual florescem todas as futuras amizades.

Josefa tirou as *tortas fritas* douradas do óleo e colocou-as no forno, para mantê-las aquecidas. Depois de colocar mais duas na panela, ela me fez trabalhar enchendo a cuia de chimarrão com o grosseiro chá verde nativo.

— Na noite seguinte — continuou — a lua passou pela casa dos seus amigos e os viu sentados tristemente ao redor da mesa vazia. "Por que estão tristes?", perguntou às nuvens. "Eles usaram a última farinha que tinham para fazer para você as *tortas fritas*", explicaram as nuvens, "e agora estão famintos." A lua ficou muito aborrecida. Não tinha imaginado que a farinha fosse tão pouca. "Vocês têm de me ajudar mais uma vez", disse às nuvens. "Vou preparar uma chuva especial, mas vocês só devem fazer chover em volta da cabana do velho." As nuvens atenderam ao pedido da lua e, no dia seguinte, árvores, como nenhuma outra na selva, cresceram em volta da cabana. Eram cobertas de flores brancas e a filha do velho descobriu que podia fazer chá de suas folhas. Logo as pessoas estavam vindo de todos os lugares para comprar o chá, que a donzela chamou de mate. A lua tornou-a imortal e, desde então, a donzela tem atravessado o mundo, oferecendo mate a todos que encontra. Pois o mate, quando preparado com respeito e compartilhado com espírito generoso, torna irmãos e irmãs a todos que o tomam.

Fiquei quieta por muito tempo depois que Josefa me contou essa história, e desconfio que era essa sua intenção. Ela sabia dos efeitos de suas histórias sobre mim. Eu as recontava para mim mesma várias vezes, representava-as, enfeitava-as e, depois, as escrevia num velho caderno escolar, que guardava na minha mesinha-de-cabeceira.

Antes que pudesse sair para fazer isso, Josefa me entregou uma travessa de três níveis para servir biscoitos, e me disse para ir arrumando nele os bolinhos para o chá, enquanto terminava de fazer as *tortas fritas*. Chamou Lucia, uma empregada que acabara de se juntar ao serviço doméstico da casa, e disse que ela estava encarregada de servir o chá para minhas tias, que se reuniriam naquele dia lá em casa.

Lucia teria preferido ficar com Josefa na cozinha, bebendo mate e comendo *tortas fritas*, mas não se contestavam as ordens de Josefa.

# Três

Minhas tias, vestidas para o chá, proporcionavam uma visão fantástica. Eu não sabia se o cabeleireiro de minha mãe, Ernesto, as penteava também, mas ele se orgulharia em apertar a mão de quem o tivesse feito. Quando o sol da tardinha brilhava através dos delicados vitrais das altas janelas da sala de visitas, seus raios atingiam os incandescentes cachos e as ondas dos cabelos. Algumas tinham resplandecentes cabelos vermelhos, outras, de um castanho sedoso, com a exuberância de asa de pássaro, e, a mais velha, de um cinzento perolado, puxado para trás num coque francês. Reclinadas em confortáveis poltronas estofadas com tecidos florais ou encarapitadas em delicadas Chippendale, os pés graciosamente cruzados sobre o tapete inglês, elas alegremente dissecavam os amigos e parentes, vivos ou mortos. No colo, colocavam um pequeno guardanapo de chá debruado de renda, nos quais limpavam os dedos depois de tocarem nos sanduíches e bolos. Numa das mãos seguravam, guardando perfeita simetria entre elas e os seus próprios bustos, uma xícara e um pires com bordas douradas de finíssima porcelana, sendo várias vezes reabastecidas por Lucia, parada atenta, com um uniforme e touca brancos engomados.

Ela podia ser vista lançando olhares inquietos na direção da arcada principal do *hall* de entrada. Era ali que a gaiola de Caramba ficava, quando não estava sendo exibido para a embaixada da Rússia. Caramba, no entanto, não se dispunha a ficar ali. Era uma ave de caráter independente e tinha há muito tempo descoberto como desfazer qualquer amarra inventada pelo cérebro mais engenhoso. Junto com a paixão por creme de chocolate, cedo havia desenvolvido um gosto pelo chá, que preferia tomar num pires Royal Doulton. Amava meu tio George, que tinha uma imponente careca, onde Caramba se empoleirava, com a cauda verde e delgada apontando delicadamente para o nariz dele.

Logo depois que o chá era servido, Caramba começava a trabalhar na porta da gaiola até que a tivesse aberto. Então, alisava as penas com o bico, cuidadosamente, bem consciente, eu tinha certeza, de que estava para se encontrar com augusta companhia. Quando terminava a toalete, Caramba voava atravessando o *hall* de entrada, a encarnação dos piores medos de Lucia. Mas ela não tinha com que se preocupar. A conversa nunca era interrompida. As vozes altas gorjeavam, nem uma gota de chá era derramada, e as tias, como um só corpo, erguiam a mão acima da cabeça e continuavam a tagarelar até que Caramba decidisse em quem pousar naquele dia. Então, limpavam os dedos e se serviam de mais bolos. Todas, menos a escolhida, que, gentilmente, colocava Caramba no ombro e oferecia-lhe chá, que Caramba aceitava com maneiras que negavam seus ancestrais das barulhentas matas de eucaliptos do Uruguai.

— Você soube? Castro está chegando! — exclamou tia Carolina, tão logo Caramba terminou de tomar o chá.

— Castro quem? — perguntou minha mãe.

— Fidel Castro! Quem mais?

— No Uruguai? — disse minha mãe, horrorizada.

— Sim. Feliz com a sua vitória em Cuba.

— Oh, os comunistas devem estar vibrando! — comentou tia Josefina.

— Por quê? — indagou tia Aurora.
— Bem, todo mundo sabe que eles estão por trás disso.
— Ninguém sabe disso — replicou tia Aurora.
— Os americanos dizem que sim, e eles devem saber — declarou tia Carolina com firmeza.
— O que a *Miss* Newman pensa sobre tudo isso?
— *Miss* Newman não falou nada sobre Castro. Por falar nisso, vocês ouviram a última sobre a nossa amiga americana?
— Dela usar calça comprida na missa? — minha mãe perguntou.
— Não, não, isso foi há duas semanas — respondeu tia Josefina.
— Essa agora foi pior — disse tia Aurora.
Tia Josefina deu uma risadinha.
— Muito pior!
— Ela podia ter sido morta — acrescentou tia Aurora.
Eu gostava muito da tia Aurora. Seu mau humor e suas predições de desastres iminentes lembravam-me do burro Eeyore, o nosso personagem predileto dos livros em que aprendera, segundo ela própria, todo o inglês que sabia.
— Bem, o que ela fez? — perguntou minha mãe, impaciente.
— Ela resolveu responder a *piropos*.
Houve um momento de assombrado silêncio. Apenas minha tia Aurora continuou a mastigar e beberidcar.
— Mas... mas... — minha mãe finalmente balbuciou — o que ela fala?
— Bem, o que eu soube é que quando um homem na rua faz um galanteio ou assobia para ela, ela pára imediatamente e responde na mesma moeda.
— Ou pior — tia Aurora acrescentou —, faz referência às partes íntimas dele.

Minha mãe olhou para mim com um ar sério.

— Magdalena, por favor, diga a Josefa que precisamos de mais água quente.

Eu estava acostumada aos ardis de minha mãe: portanto, aquiesci polidamente e saí da sala, tomando o lugar costumeiro atrás da porta.

— Alguém tem de falar com *Miss* Newman — disse minha mãe, severamente. — Ela tem de entender que *piropos* são um elogio. Deve se sentir lisonjeada em recebê-los.

— Ela acha insultante — suspirou tia Aurora.

— Insultante? Ela não entende o que está sendo dito?

— Oh, sim! — aparteou tia Josefa. — Ela fala espanhol com perfeição.

— Então, por que fica aborrecida?

— Ela alega — explicou tia Aurora — que, no Uruguai, uma mulher não pode andar na rua sem que cada homem, mal saído dos cueiros, já se sinta com o direito divino de fazer comentários sobre a sua aparência, sem que ela tenha o direito de responder.

Durante alguns minutos, as boas intenções dos galanteadores de rua foram defendidas com veemência, com alusões ao fato de que só no rio da Prata os galanteios nas ruas poderiam ter atingido o nível de arte e ganhado um nome próprio. O *piropo*, afinal de contas, devia ser poético, chegando até aos versos rimados, quando praticados pelos mais talentosos. Senti um certo nervosismo crescer na conversa; entretanto, era o que sempre acontecia quando se questionavam os direitos masculinos. Se nós mulheres nos comportamos e deixamos que os homens sigam em frente, como de hábito, então eles nos elogiarão; caso contrário, vão achar que compete a eles ensinar como uma mulher deve ser.

Eu muitas vezes ouvira as tias discutirem sobre como os homens ridicularizavam as mulheres que cortavam os cabelos bem curtos ou usavam salto baixo nas festas; sobre como apontavam, uns para os outros, qualquer defeito no vestido ou enfeite e como nunca hesitavam em dizer, para as mulheres que conheciam, se, na opinião dos homens, ela estava mais elegante ou deselegante do que no último encontro e, o mais importante, se a mudança tinha ou não sido aprovada. Nenhum assunto era bastante íntimo para que deixassem de emitir uma opinião, e davam conselhos livremente sobre como raspar as axilas e as pernas e os pêlos repugnantes do corpo feminino, exceto da cabeça e de outra parte do corpo, que os homens não mencionavam. Mas se cutucavam, mostrando conhecimento. Dizia-se que certa *Miss* Newman propusera doar os pêlos das suas axilas para um homem careca, que tivera o desplante de comentar que ela não deveria aparecer em público com um vestido sem mangas, se não estava disposta a seguir os padrões, considerados básicos por eles, da estética feminina.

— As mulheres americanas são muito agressivas, realmente — disse tia Catalina.

— Será que não é por isso que os homens americanos são tão esquisitos? — perguntou minha mãe.

— Os homens americanos não são esquisitos — declarou tia Aurora. — Eles são, simplesmente, tímidos. — Ela era a única da família que visitara os Estados Unidos e sua autoridade no assunto jamais era questionada.

— São como John Wayne? — perguntou tia Josefina.

— São mais como o *Mr. Magoo*. Parecem estar sempre desatentos sobre o que está acontecendo a sua volta. Quanto às relações sexuais... duvido que saibam mais do que as esposas.

— Como é confortador! — exclamou minha mãe.

Tia Josefina riu.

— Ora, vamos, Rita, você sabe que se apaixonou pelo Javier precisamente por ele ser tão atencioso com as mulheres.

— Acho, realmente, que *Miss* Newman de certo modo está certa. Na rua, os homens tomam muita liberdade conosco. — Tia Catalina baixou o tom da voz. — Eu não me incomodo muito com os *piropos*, mas gostaria que eles não nos tocassem.

— Principalmente no... — começou tia Josefina. — Pode ser muito embaraçoso — concluiu.

— Eu bati num homem que fez isso, certa vez — disse tia Aurora.

— Eu também — secundou tia Catalina.

Tia Josefina deu um suspiro.

— Eles não gostam disso, vocês sabem.

— Claro que eles não gostam — falou bruscamente minha mãe —, mas há ocasiões em que se tem de fazer alguma coisa ou ... — Ela se serviu de chá. — Você acha que *Miss* Newman é...? — deixou que a pergunta provocadora ficasse no ar.

— É o quê? — perguntou tia Josefina.

As outras olharam para ela.

— Você sabe... — replicaram.

Tia Josefina parecia amedrontada.

— Não... — disse ela. — O quê?

Um certo murmúrio e, de repente, tia Josefina gritou:

—Oh! Oh! Não, não! Certamente que não.

Eu não tinha idéia sobre o que elas estavam falando. Voltei à sala de visitas esperando ser elucidada, mas logo que me viram se fecharam, mais herméticas do que uma ostra. A conversa acabava quase sempre dessa maneira insatisfatória. Hoje, no entanto, tia Aurora foi um pouco mais longe:

— Talvez — disse ela — *Miss* Newman não precise ter sua feminilidade verificada por cada pênis que passa.

— Aurora! — exclamaram as tias.

— Magdalena — disse minha mãe —, saia imediatamente da sala.

— Mas, *mamá*, eu já escutei! — gritei e corri para contar a Emilia.

Mas ela não estava em casa. Somente a mãe, Lilita, estava lá, sentada na semi-escuridão do crepúsculo em sua pequena sala de visitas, sob o quadro Mary Margaret de Donatello, um entalhe de madeira que eu achava parecido com a alma torturada e triste de Lilita. Seus olhos escuros eram sombreados e algumas mechas do lindo cabelo tinham escapado da rede e se enrolado, como névoa, em volta da face pálida. Ela era esguia, com os ombros arredondados, e mantinha as mãos juntas ao corpo, como se tivesse medo de que pudessem fazer coisas impróprias se as deixasse livre.

— Emilia está no ginásio. Logo estará em casa — disse. — Você quer tomar uma Coca-Cola?

— Sim, obrigada — aceitei, seguindo-a até a cozinha — Oh, *señora* Lilita, a senhora não pode adivinhar o que a minha tia Aurora acabou de dizer.

Lilita riu encantada quando contei, e bateu palmas.

— Por cada pênis que passa! — Cobriu a boca com mão, bateu os pés, numa rara demonstração de alegria. — Oh, Magdalena, como odeio os homens! — suspirou subitamente, enquanto a Coca-Cola transbordava da garrafa e derramava na mão dela.

— Por quê? — perguntei, receando que Lilita, de repente, percebesse com quem estava falando e mudasse de assunto, como minha mãe fazia muitas vezes.

— Porque eles são livres. Livres, Magda! Eles vão e voltam; dizem o que querem e quando querem. Escolhem uma mulher, conquistam-na, têm filhos com ela e a sua vida continua, enquanto a nossa... Acham que sabem mais do que nós o que é ser mulher. Até mesmo dizem isso para nós. Já os ouviu falar? "As mulheres gostam disso", dizem eles, ou "elas não gostam disso" ou, pior, "as mulheres não sabem o que querem até que nós as orientemos". E eles riem de nós e zombam da nossa confusão porque realmente não sabemos o que queremos. Como podemos saber, quando nossas vidas são dedicadas à vontade dos outros?

Fiquei tentada a perguntar a Lilita se o seu marido ria dela. Se eram dele as palavras que havia citado. Emilia sempre falava do pai como um homem gentil e de boas maneiras. Quando Emilia teve catapora, ele ficava sentado na cama dela a noite toda, para não deixar que se arranhasse durante o sono. E, no primeiro dia do ano escolar, ele acompanhava a filha à escola, orgulhoso de sua aparência asseada e de suas notas excelentes.

Ia perguntar a Lilita sobre isso, quando Emilia irrompeu pela porta, ainda com o uniforme de ginástica.

— Emilia — advertiu Lilita —, vá trocar imediatamente essas roupas suadas ou você pega uma pneumonia.

Emilia riu.

— Está muito quente, *mamá*. Posso tomar um pouco de Coca, por favor?

— Só depois de trocar de roupa. Vá, vá!

Emilia parou na porta do quarto.

— Como está se sentindo agora, *mamá*?

— Melhor, muito melhor. Tive uma dor de cabeça hoje, Magda — explicou ela. — É o meu fígado.

— E os homens, Lilita? — perguntei.

Lilita sorriu, um sorriso que fez com que todo o seu semblante se iluminasse. Beliscou meu rosto.

— Você é muito insolente. O que diria sua mãe se a visse ser tão confiada?

— Ela franziria os cenhos, assim — respondi, torcendo a boca e levantando as sobrancelhas —, e me diria que antigamente não se chamavam os mais velhos e os superiores pelo primeiro nome.

— Eu me sinto velha quando sou chamada de *señora* Lilita — suspirou ela. — Por isso, não conte nada a ela. Será o nosso segredo.

⚜

Alguns dias depois do comentário de minha tia Aurora, eu estava à procura de alguns artigos interessantes no quarto de minha prima, quando encontrei um livro. Como estava escondido numa caixa de sapatos, era evidente que o livro deveria conter informações que Emilia e eu gostaríamos de ter.

As minhas primas gêmeas, Sofia e Carmen, tinham ficado órfãs aos sete anos, quando o irmão de meu pai e a mulher morreram num acidente de carro. Pouco tempo depois do acidente, minhas primas vieram morar com meus pais, que estavam casados há dez anos e tinham perdido toda a esperança de ter filhos. Eu nasci um ano depois.

Um pequeno quarto de vestir com uma sacada de ferro batido ligava o quarto de Sofia ao de Carmen, e era ali que as duas trocavam confidências e conselhos.

Emilia e eu tínhamos descoberto que, subindo na *estrella federal*, podíamos alcançar a sacada e ouvir tudo que as primas diziam. Nossa educação sexual, tal como era, aconteceu inteiramente na sacada, e nos retiramos para ali com o livro e fechamos as persianas atrás de nós.

O livro que achei era um romance escrito em prosa tão floreada que foram necessárias várias leituras para entendermos que começava com a descrição do ato sexual. A única coisa clara era que o par não era casado. O autor achava que a jovem deveria ter força moral suficiente para recusar o jovem; e ele, respeito suficiente por ela para satisfazer seus instintos noutro lugar. Parei na terceira leitura dessa passagem. Se era direito o homem fazer sexo antes do casamento, mas errado para a mulher, perguntei a Emilia, com quem eles faziam sexo? Num acesso de riso, Emilia sugeriu que, talvez, os homens fizessem sexo uns com os outros. Da próxima vez que minhas primas estivessem bem-humoradas, concluímos, faríamos a elas essa difícil pergunta.

Na maioria das vezes, eu não era muito simpática às minhas primas. Recentemente, eu me tornara odiosa, pois, da sacada, havia jogado água em cima delas, quando estavam se agarrando com os namorados no jardim. Ocasiões para agarramento, como descobri com o decorrer do tempo, eram muito poucas, já que Josefa achava que era seu dever proteger nossos bons nomes e andava furtivamente no jardim, por detrás dos arbustos, para assegurar que o decoro fosse sempre respeitado.

Íamos voltar ao livro, quando ouvimos vozes altas e a porta do quarto de Sofia bater com tanta força, que as venezianas na sacada foram sacudidas.

Fechamos o livro rapidamente e já íamos voltar para o abrigo da poinsétia, quando ouvimos a voz de minha mãe.

— Vocês foram vistos! Vocês foram vistos! — gritava.

— E daí? E daí? E daí? — Sofia gritava também. — Você acha que vou me importar com que um bando de velhas invejosas pensam?

— Você fala desse jeito sobre as irmãs de seu pai? — repreendeu Josefa, o braço passado em volta dos ombros de minha mãe.
— Elas são suas madrinhas!
— Sofia, tente compreender. Você foi vista por nossa prima Delia e suas tias saindo da *casa de cita*. Só há uma coisa que você poderia estar fazendo em tal lugar! Se você não se preocupa como seu futuro, poderia ao menos pensar em mim! O lado da família do seu pai tem sempre me criticado por eu ser muito benevolente com você! O que vou dizer a Javier, quando as irmãs contarem para ele que viram você saindo de uma casa de encontros?

O riso de Sofia foi maldoso.
— Como se ele nunca estivesse estado em uma!

Josefa engasgou e se benzeu.
— Com os homens é diferente! — Minha mãe implorou: — Por favor, tente compreender. Cada conquista acrescenta algo à reputação deles e diminui a da mulher. E você não é nada sem a sua reputação! Eu não sou nada se você a perder.

— *Tranquila, señora* Rita — disse Josefa suavemente. — Sofia não a desonrará.

— Ela já o fez!

— Oh, tia, pare de ser tão dramática. Não estamos mais na Idade Média. Os homens têm necessidades sexuais e nós temos de aceitar isso ou os perderemos para alguém que o faça.

— Eles podem tomar banho frio — declarou Josefa —, ou ir com as outras mulheres.

— Os homens decentes fazem isso — acrescentou minha mãe.

Sofia emitiu um grito de descrença e entrou no quarto de vestir batendo os pés, atirando o casaco no chão.

Emilia e eu nos encolhemos no canto da sacada.

— E as minhas necessidades sexuais? Devo ir com os outros homens?

Houve um momento de silêncio. Prendemos a respiração, os olhos fixos na fresta através da qual podíamos ver o quarto.

— As mulheres são diferentes — disse minha mãe, com firmeza.

Josefa apanhou o casaco atirado no chão e dobrou-o com cuidado, os movimentos controlados.

— Temos de decidir o que fazer com *el señor* Javier — disse calmamente.

O que elas não sabiam, mas nós sim, era que meu pai tinha chegado alguns momentos antes e estava subindo a escada. Quando chegou ao quarto, tinha o cinto na mão. Minha mãe olhou para ele e ficou na frente de Sofia. Josefa abriu o avental em frente às duas.

— Este é um problema que me compete resolver, Javier — disse minha mãe.

— E bom trabalho fez! A filha do meu irmão é uma *puta*.

— E você é o dono das *putas* — desafiou Sofia por cima do ombro de minha mãe.

— Sofia, cale-se — disse Josefa, tremendo.

— Não, não vou me calar. Ele pode me bater se quiser. É justamente a coisa que o faria sentir-se mais homem. Vá em frente, tio Javier, me bata por fazer uma coisa que você faz todos os dias de sua vida.

Meu pai largou o cinto e saiu do quarto. Sofia e minha mãe caíram na cama soluçando, uma nos braços da outra, enquanto Josefa trancava a porta por precaução, caso meu pai mudasse de idéia. Seu rosto estava banhado em lágrimas e ela veio até a porta da sacada.

Emilia agarrou o meu braço, esperando ser descoberta, mas eu sabia que aquela não era a intenção de Josefa. Ela sentira minha presença. Minha aflição era tão visível como se eu tivesse estado no quarto com ela e ela quisesse me consolar. Seus olhos encontraram os meus por um breve momento, antes que Emilia e eu subíssemos na viga para passar para a poinsétia, onde nos sentamos em silêncio por um longo tempo, de mãos dadas.

Não queria que Josefa chorasse. Suas lágrimas eram uma dádiva de carinho, mas um desperdício para a raiva de Sofia e o orgulho de minha mãe, embora soubesse que Josefa jamais pensaria assim. Ela dava porque era da sua natureza dar, assim como o rio da Prata fluía e a *estrella federal* florescia.

Na quietude da hora da *siesta*, podíamos ouvir a brisa roçando as pesadas folhas da árvore. Emilia levantou a cabeça e soltou um gritinho de surpresa.

— Veja — murmurou, apontando para um galho bem acima de nós.

Uma perfeita estrela tinha florescido, de um vermelho luminoso e penetrante.

# Quatro

Emilia e os pais moravam no único prédio de apartamentos da vizinhança. Era um prédio pequeno, administrado por um homem chamado Basco, que aparecia em público de camiseta, levando os vizinhos a concluir que Basco, certamente, tinha vícios ocultos. Ninguém disse a mim ou a Emilia quais seriam. Fomos avisadas, entretanto, de que sob nenhuma circunstância deveríamos ficar a sós com Basco. Emilia não precisava ser lembrada disso. Ela evitava Basco, sabendo instintivamente que tinha medo da maneira como ele umedecia o lábio inferior toda vez que a via, esfregando as mãos nas coxas. Se o pai dela estava presente, Basco nem sequer olhava.

O *señor* Mario passava pela minha casa todas as manhãs para ir comprar os jornais. Voltava para casa na hora do almoço e saía à tarde para a repartição pública, enquanto Lilita esperava ansiosa, na porta da frente, pelo pai idoso que vinha visitá-la todos os dias.

Lilita estava determinada a fazer com que Emilia, seu orgulho e alegria, se casasse com um milionário, ou então com um homem de tal reputação que o dinheiro não teria importância. Para isso, Emilia era levada, várias vezes por semana, às aulas de ginástica, dança, inglês e piano. Lilita se privava de qualquer luxo para pagar essas aulas. Tinha uma pequena caixa de prata, na qual guardava todo *peso* que sobrava do dinheiro da casa, bem como os presentes ocasionais dados por seu pai nos seus aniversários. Esse dinheiro, ela disse a Emilia, era destinado a constituir o seu dote, para quando encontrasse um homem que a merecesse.

Emilia, contudo, gostaria de gastá-lo com um grande cão dinamarquês.

Durante o inverno de 1959, Emilia e eu festejamos o nosso 12.º aniversário com uma excursão ao parque de diversões no Parque Rodó e tomando chá com os nossos parentes. O passeio ao parque fizemos juntas; os chás foram em separado. Os primos de Emilia vieram de todas as partes da cidade, carregando presentes e comida, e ela ganhou um vestido novo de veludo azul-escuro, debruado com fitas em vermelho brilhante. Tia Josefina fez para mim um esplêndido bolo de chocolate coberto com enfeites de açúcar, formando conchas de leves tons cor-de-rosa e alfazema, e minha avó me deu a duodécima *esclava*. A primeira dessas pulseiras de ouro, dada no meu primeiro aniversário, estava guardada numa caixa no meu armário, junto com as várias outras que se seguiram. Eu ainda podia usar cinco delas, e retiniam umas contra as outras quando eu abria a caixa contendo as doze.

Cora também festejou naquele ano seu 12.º aniversário, um fato que descobri por causa das flores que foram entregues por engano em nossa casa, com um grande cartão onde o número doze e as palavras *"¡Que los cumplas feliz! Tio Alberto"* estavam escritas em firmes letras cor de púrpura.

Minha mãe pediu a Josefa que levasse as flores imediatamente aos Allenberg, e aproveitei a oportunidade. Segui Josefa até a cozinha.

— Eu levo as flores, Josefa. Você está muito ocupada com o almoço.

— Estou mesmo, e sua mãe não gosta nada quando sirvo o almoço um minuto que seja depois da uma. — Olhou séria para mim. — Mas conheço você, Magda. Vai correr para pegar Emilia e, na hora em que essas flores forem entregues à *señora* Allenberg, já estarão cheias de rãs.

Fiquei ofendida.

— Eu tinha oito anos quando coloquei rãs nas flores de tia Catalina, Josefa. Agora, tenho doze; por favor, lembre-se disso.

Josefa sacudiu a cabeça, as tranças escuras balançando em suas costas.

— Ficarei feliz quando sentir alguma diferença, *niña*. Olhe para suas roupas. Suas calças precisam outra vez de conserto e, se eu pudesse, o *señor* Ernesto teria permissão para cortar esses cabelos acima das orelhas! Qualquer pessoa com o cabelo da cor de cobre recém-polido deveria agradecer a sorte e cuidar dele. Quanto a ...

— Josefa — eu disse, beijando-a —, prometo deixar você escovar meu cabelo se me deixar levar as flores. Isto é, deixo você escovar, mas só depois que o Pepe for embora, esta tarde. Eu empresto meu perfume, se quiser.

— Emprestar o perfume! — Josefa riu. — A última vez que vi, o perfume estava sendo usado no cachorro. — Desembaraçou-se do meu abraço. — Prometa-me: nenhum truque e você pode levar as flores.

— Eu prometo, Josefa.

Emilia e eu seguramos o grande buquê, cuidadosamente. Estava embrulhado em papel branco com um desenho de flores vermelhas e doze pássaros com os bicos floridos esticados para fora de um ninho de um branco imaculado. Aproximamo-nos da casa de Cora com os olhos fixos na janela aberta, perto da qual ela e a mãe estavam ocupadas com delicados bordados.

— Com licença — eu disse. — Estas flores para Cora foram entregues lá em casa, por engano.

A mãe de Cora baixou o bordado, apressadamente.

— Vocês foram muito gentis em trazer aqui. Vou descer agora mesmo.

— Nós temos doze anos também — eu disse, assim que a Sra. Allenberg desapareceu.

— Seu aniversário é hoje? — Emilia perguntou.

— É sim — respondeu Cora. — Quando é o de vocês?

Contamos a ela e perguntamos se gostava de ir ao cinema.

— Eu adoro! Principalmente quando é filme com a Lassie.

— Você tem cachorro? — perguntou Emilia.

— Não posso. Meus pais são alérgicos.

Esta rápida conversa terminou quando a porta foi aberta e a Sra. Allenberg estendeu os braços, agradecida, para receber as flores.

— Muito obrigada! — disse, pegando o colorido buquê.

— De nada, foi um prazer — respondi.

— Então, adeus — disse incisivamente a Sra. Allenberg. Fechou a porta e reapareceu pouco depois na janela.

— A Cora pode vir brincar aqui fora? — perguntei.

A Sra. Allemberg pareceu alarmada.

— Posso ir, *mamá?* — perguntou Cora, numa voz tão doce que Emilia e eu sentimos que nunca mais poderíamos voltar a falar.

— Não.

— Por que não?

— Elas vão chamar você de judia.

— É o que eu sou.

— Não da maneira que elas falam, criança. — E a mãe de Cora fechou a janela e abaixou as persianas. O único olho da casa que dava para a rua estava lacrado, e eu e Emilia ficamos olhando estateladas para ele.

Nos quatro dias seguintes, imitamos a voz doce de Cora, até

que nossas mães falaram em chamar um médico. Esta ameaça foi o bastante para decidirmos que, bem cedo, chegaria o tempo em que realmente teríamos de falar baixinho e nos comportarmos como minhas primas Sofia e Carmen, usando salto alto e monopolizando o banheiro, enquanto imaginavam as maneiras de escapar às acompanhantes. Comparado com as secretas confusões em que se metiam, tudo que eu fazia era pouco.

Depois da recente discussão com Sofia, ficou evidente que as preocupações de minha mãe eram exclusivamente com ela. Com freqüência me mandavam sair do quarto. Lágrimas e portas batendo marcavam a vida diária da família, e meu pai, cuja presença podia ser notada apenas no almoço de domingo, começou a ausentar-se até mesmo daquele ritual. Quando as mulheres se juntavam para conversar nos portões dos jardins, ou por sobre os muros baixos que separavam as casas, falavam em voz baixa com muitos gestos e suspiros e, muitas vezes, afagavam minha mãe gentilmente, assegurando que Sofia se casaria em breve e, então, também saberia como é difícil dirigir uma família.

Era evidente, para Emilia e para mim, que alguma coisa acontecia entre a época em que um jovem e sua amada namoravam e nos anos que se seguiam ao casamento. Os carrancudos maridos saindo todos os dias para o trabalho, barrigudos e preocupados, não tinham qualquer semelhança com os jovens que se agrupavam nas esquinas, examinando cada mulher que passava, emanando uma aura que eu não podia descrever então, mas que me amedrontava.

Os meninos, no entanto, não predominavam em nossos pensamentos. Estávamos mais interessadas em romances, e nenhum dos homens que conhecíamos personificava, nem de longe, a nossa idéia disto.

Cora era a coisa mais próxima de romance que podíamos imaginar. Naquele tempo, ser mantida seqüestrada atrás de um muro de pedra e só aparecer em público vestida imaculadamente e com acompanhante, parecia muito romântico para nós.

— Deve ser maravilhoso andar com um pai que se sente tão orgulhoso — eu disse, lembrando-me da decepção de meu pai ao saber que eu não tinha sido um menino. Quando Josefa telefonou para ele, em Buenos Aires, para dar a notícia do meu nascimento, ele exclamara "Uma menina?", voltando em seguida a dormir. Minha mãe riu quando me contou essa história, mal sabendo que eu jamais a esqueceria.

— E ser olhada com tanto cuidado — suspirou Emilia. Sabia que ela estava pensando em si própria lavando, passando, engomando a roupa da mãe, enquanto Lilita ficava sentada, em silêncio, perdida no seu labirinto particular de sofrimento. Emilia me contara das excursões noturnas de Lilita, quando escapulia do apartamento, acreditando que a filha estivesse dormindo. Emilia ficava na cama, tentando dormir, mas a noite não era sua amiga, ela disse. Tirava-lhe a segurança da presença da mãe. Trazia pensamentos sobre a morte e sentimentos de abandono, medos sem palavras capazes de expressá-los. Abafava o choro no travesseiro até a volta da mãe e se odiava por ter ficado zangada. Durante horas ansiava ouvir os passos da mãe, o barulho da chave na fechadura e, quando ouvia, Emilia ficava furiosa. Furiosa pelas horas insones, com o travesseiro molhado, com ela própria, com a mãe, e quem quer que fosse — que Lilita tinha ido encontrar. Disse para ela que talvez Lilita estivesse ganhando dinheiro para comprar a casa com a qual as duas sonhavam, mas Emilia sacudiu a cabeça, impacientemente, e disse que era muito mais secreto do que um simples trabalho.

Entretanto, nem mesmo nossas famílias podiam estragar a beleza daquele dia de inverno e logo Emilia se pôs de pé:

— Vamos pescar! — propôs.

Calçamos sapatos velhos e corremos para a praia. Não costumávamos pegar mais que uns peixinhos, mas, obrigatoriamente, íamos visitar o nosso local favorito ao longo do rio, uma pequena península onde ficava um abrigo de pescadores, era uma grande extensão de touceiras, podadas e escavadas na forma de uma casa muito comprida e baixa.

Entramos no abrigo através de uma das várias aberturas cortadas no formato de portas nas moitas de arbustos, próximas umas das outras. No interior, os galhos eram usados como assentos. Com toda a folhagem mais baixa removida, os troncos grossos e os ramos eram moldados em forma de cadeiras e ao longo das paredes que davam para fora, lugares para pendurar roupas, redes e equipamento de pesca. Os pescadores eram amáveis, embora nunca nos convidassem para sair em seus barcos, como eu e Emilia desejávamos.

Nos dias de chuva, nos divertíamos olhando para cima e ouvindo o farfalhar das folhas, observando maravilhadas como o mundo acima de nós transformava-se em cristais brilhantes quando o sol voltava a brilhar.

Ninguém morava ali, exceto alguns gatos e um cachorro, a quem demos um dos sanduíches que levaramos para o nosso almoço. Pegamos as jarras de vidro, a linha e o pão velho para isca e sentamos na beirada, entre as rochas, pegando peixinhos e atirando-os de volta ao rio até que o pão acabou. Voltamos para casa pela praia, juntando tesouros lavados pela maré — conchas do tamanho de cabeça de alfinete; penas de pássaros; espinhas de peixe; e balões brancos de borracha vazios, que chegavam à praia através dos esgotos que eram despejados no mar. Nunca questionamos por que uma quantidade tão grande de balões brancos chegava às nossas praias, mas os pegávamos junto com tudo mais que o rio oferecia e guardávamos na velha caixa de sapato embaixo da minha cama com idéia de enchê-los, um dia, e vendê-los. Nossos planos nunca se tornaram realidade.

Em um dia chuvoso, quando jogávamos *conga* na mesa da sala de jantar, ouvimos um grito vindo do andar de cima e largamos as cartas, correndo para ver o que estava acontecendo. Minha mãe, pálida e tremendo, estava sentada na minha cama, os balões murchos espalhados a seus pés.

— O que aconteceu? — perguntei.

— Tire isso daqui! — minha mãe gaguejou.

— São apenas balões — eu disse, enquanto Emilia começou a recolhê-los.

— Não toque neles — minha mãe gritou.

Emilia e eu trocamos olhares confusos.

— Então, como podemos jogá-los fora?

— Pegue com um pedaço de pano, um jornal, qualquer coisa, mas não com as mãos! — respondeu minha mãe, levantando-se trêmula. — E nunca mais traga essas coisas nojentas para casa! — E saiu cambaleando.

— Idiotas! — Carmen provocou da porta. — Vocês não sabem o que é isso?

— Claro — respondi. — Balões. Não sabia que *mamá* não gostava de balões.

Minha prima riu.

— Vocês são mais tolas do que imaginei. São camisinhas! Os homens as usam no negócio deles e urinam dentro delas!

Emilia e eu olhamos horrorizadas para nossas mãos, cheias de camisinhas.

— Eu nunca, jamais, vou comer qualquer coisa que vocês tenham tocado, nunca, nunca mais! — Carmen saiu e foi consolar minha mãe.

※

Emilia e eu estávamos conversando, certo dia, se agora que Carmen tinha espalhado por todo o *barrio* a nossa história dos balões, conseguiríamos convencer a mãe de Cora de que éramos boa companhia para sua filha, quando Miranda apareceu. Miranda era uma empregada, uma jovem tirada de um orfanato e que vivia com uma família em troca da prestação de serviços leves.

Miranda trabalhava na casa grande da esquina, onde a filha mais velha, Cristina, era inválida. Eu achava Cristina muito bonita em sua alta e esguia palidez, quando andava pela casa movendo-se como um fantasma. O pai tinha o maior carinho por ela e alugava filmes para que se divertisse. De vez em quando, Emilia e eu éramos convidadas para assistir os filmes, e Miranda aproximou-se de nós para fazer o convite naquele dia. Corremos para lavar as mãos e escovar os cabelos e subimos os degraus de mármore que levavam à grande porta dupla da casa de Cristina. Fomos introduzidas no *hall* por uma criada uniformizada que nos levou ao andar superior, onde ficava a sala de cinema. Isso era um luxo para nós e o apreciávamos.

Aqui, numa tela pequena, nesse salão de baile, nos permitíamos acreditar que, dançando, podíamos conquistar o coração de um homem ou considerar a possibilidade de ter aulas particulares dessa arte, usar vestidos modernos e ganhar milhões no mundo dos negócios.

Cristina sempre usava branco e raramente falava. Tinha os cabelos na altura dos ombros e grandes olhos escuros. Não posso me lembrar de tê-la visto sorrir. Era muito elegante e fazia um gesto convidando-nos a sentar em poltronas providenciadas para a pequena platéia. Ouvíamos em silenciosa admiração quando o projetor zumbia e mostrava, geralmente Fred Astaire, o grande favorito de Cristina, corporificando uma mobilidade que ela jamais desfrutaria.

Não sabíamos ao certo qual era a doença de Cristina. Não era discutido em nossa presença, e concluímos, como sempre, que os adultos achavam que éramos muito crianças para saber.

Assim que, silenciosamente, tomamos nossos lugares, olhamos a nossa volta e vimos Cora acenando para nós, na outra fileira. Enquanto o filme estava sendo colocado no projetor, deslizamos até ela.

— O que está fazendo aqui? — perguntamos, surpresas.

— O pai de Cristina convenceu meu pai a deixar-me vir. Eles têm negócios juntos.

— Quem é o seu ator preferido?

— Randolph Scott — ela riu.

— O meu é Gary Cooper — acrescentou Emilia.

— Tyrone Power — eu disse.

Cristina olhou para nós, por cima do ombro, e pôs um longo dedo nos lábios.

Paramos de falar, mas nem mesmo Fred Astaire podia nos distrair naquele dia. Estávamos ansiosas para que o filme terminasse e, assim que isso aconteceu, agradecemos rapidamente a Cristina, enquanto Cora beijava a anfitriã e colocava um pequeno embrulho em suas mãos.

— Espero que não sejam balões — gracejou Cristina, piscando para mim e Emilia.

Ficamos tão embaraçadas que não notamos ser essa a única brincadeira que um dia ouvíramos Cristina fazer.

Percebendo que Cora não sabia da história dos balões, Emilia rapidamente a pegou pelo braço e as três nos apressamos em sair.

— Que espécie de pão foi aquele que você deu para ela? — perguntou Emilia quando descíamos a escada da porta de frente.

— É pão ázimo. Ela gosta muito. Não sei por que ela pensou que fossem balões! E no embrulho...

— Qual é o gosto do pão ázimo? — interrompi.

Cora deu de ombros.

— Um pouco como *galletas*.

Preocupada em manter afastado o assunto dos balões, perguntei se a mãe dela permitiria que brincasse conosco.

— Duvido. Mas se eu convidar vocês para minha casa, ela não vai mandar vocês embora! Querem vir?

Não precisou perguntar duas vezes. Cora nos levou para sua casa e para um outro mundo. O *hall* de entrada, do teto ao chão, era de azulejos azuis e brancos, pintados com moinhos de vento. Vasos de samambaia pendiam, como delicadas nuvens verdes, acima de nossas cabeças.

Cora fez um gesto para que a seguíssemos e entramos no pequeno quarto da frente, no qual ela e a mãe faziam os bordados. Cada móvel era coberto com uma profusão de bordados de flores, caindo até o chão em requintados buquês ou espalhados em guirlandas nos braços das poltronas. No canto havia um manequim com um vestido de noiva, feito inteiramente de rendas tão delicadas que pareciam teias de aranha presas em espuma. Emilia e eu paramos em frente, mal conseguindo respirar.

— É para minha prima Rebeca. Ela vai casar na próxima semana.

— Nunca vi nada tão bonito — suspirou Emilia.

— Ninguém faz renda como mamãe. Por causa disso, ela era famosa na Holanda.

Naquele momento, a Sra. Allenberg entrou no quarto.

— Cora, eu não sabia que você estava com visita.

— Acabamos de chegar. Podemos tomar limonada? Ficamos com sede depois daquele filme longo.

— Claro — respondeu a Sra. Allenberg, polidamente. — Vamos sair dentro de meia hora para jantar na casa de seu tio, mas ainda dá tempo para uma limonada. Vocês gostariam de ir para o pátio? Lá ainda está bem quente.

A maioria das casas do quarteirão tinha pátio, um lugar onde as videiras cresciam e as crianças criavam filhotes de passarinho achados caídos no chão, onde o vinho era servido em grandes garrafões quando as famílias se reuniam e os casais encontravam fortuitos momentos de privacidade no emaranhado dos galhos que tombavam dos altos muros. A única coisa em comum que o pátio dos Allenberg tinha com os dos vizinhos era o clima uruguaio. Aqui, no centro desta casa, em que não se encontrava nenhum toque da cultura local, as tulipas cresciam ao longo do muro, arranjadas com extremo bom gosto. No centro, havia um poço de azulejo cheio de peixes dourados. Uma mobília rústica de ferro batido ficava embaixo de um carvalho, cujos ramos tinham sido podados para ajustar-se perfeitamente no pequeno espaço. A limonada nos foi servida por uma pequena mulher magra, com ar sofrido, vestida de preto. O cabelo louro era puxado para trás e atado num coque, e as mãos tremiam levemente enquanto enchia os três copos.

— Espero que tenha deixado um pouco para você, Hannah — disse Cora.

A mulher não respondeu, mas bateu de leve no ombro de Cora quando se retirou.

— Ela acabou de chegar ao Uruguai — sussurrou Cora. — Esteve num campo de concentração durante dois anos.

Emilia e eu queríamos perguntar o que era um campo de concentração, mas a Sra. Allenberg olhou pela janela e disse algo para Cora em alemão.

Cora riu.

— Mamãe é regular como um relógio. Tenho quinze minutos, ela disse.

— Será que ela deixaria você vir à praia com a gente, agora que nos deixou entrar em sua casa? — perguntou Emilia.

— Duvido.

— Ela tem medo que aconteça alguma coisa com você?

— É difícil de explicar. Meus pais tiveram de fugir da Holanda num carro fúnebre, fingindo-se de mortos, e deixaram tudo para trás... a casa, a mobília, tudo.

Isso era mais excitante do que tudo que tínhamos imaginado.

— Num caixão? — murmurou Emilia. — Por quê?

Cora encolheu os ombros.

— Não sei. Tinha algo a ver com dinheiro.

— Vocês têm muito dinheiro? — perguntei.

— Acho que sim — respondeu Cora. — Devemos ter, já que eles queriam nos matar por isso.

Emilia queria mais detalhes sobre o carro fúnebre, mas Cora não soube dizer mais nada.

— Onde você estava? — eu quis saber.

— Eu ainda não tinha nascido. Nasci depois, no Paraguai.

Cora nos contou como lá era diferente. Tinha uma babá, uma índia que lhe ensinara a falar guarani. Ela sentia muito sua falta. O Uruguai, seus pais diziam, comparando, era mais europeu.

— Diga umas palavras! — pediu Emilia. — Eu amo guarani. Ouvimos isso nas canções no rádio, de vez em quando.

Cora riu.

— Não sei o que dizer.

— Diga adeus — veio a voz da mãe pela janela. — Desculpe, meninas, mas Cora tem de se aprontar para ir para a casa do tio. Leve suas vizinhas até a porta, querida.

— Nós estamos sempre por aqui, você sabe — eu disse. — Você pode acenar com um lenço ou com outra coisa qualquer, quando pudermos vir aqui?

O rosto de Cora brilhou.

— Sim! Agora que Hannah está aqui, mamãe às vezes sai.

— Nós vamos esperar — prometi. — Todos os dias!

Descemos correndo os degraus da frente e viramos rapidamente a esquina do muro de tijolos colidindo com o nosso vizinho, *Mr.* Stelby, que nos segurou.

— Meninas arruaceiras! — disse ele. — Se vocês fossem meninos, levariam uma correada. Hoje escorreguei de novo na calçada, e não pensem que não sei quem foi! Vi vocês ensaboarem a calçada antes de sair para caminhar!

Emilia e eu regularmente ensaboávamos a calçada na frente do prédio dela. Nossas pretensas vítimas, entretanto, não eram nossos vizinhos, mas sim as frágeis viúvas, vestidas de preto da cabeça aos pés, que iam diariamente à missa na igreja da esquina. Elas, contudo, eram mais espertas do que *Mr.* Stelby e, invariavelmente, atravessavam a rua antes de alcançarem o pedaço da calçada que havíamos ensaboado com a maior perfeição. Entretanto, nem uma vez tivemos a satisfação de ver alguém escorregar, como víamos acontecer nos desenhos animados americanos.

Emilia e eu pedimos desculpas a *Mr.* Stelby e conseguimos nos livrar. *Mr.* Stelby nos amedrontava. Eu estava mais acostumada com aquele tipo do que Emilia. Na escola particular que cursei, o sentimento de que os professores ingleses gostariam de bater nos alunos estava sempre presente. Eles eram proibidos pelas severas leis uruguaias de tocar nos alunos, um fato que lamentavam todos os dias na sala dos professores, ao lado da qual eu ficava muitas horas, todos os meses, como castigo por minhas travessuras, a principal sendo a minha recusa de falar inglês durante o recreio.

Investimentos em negócios tinham trazido os Stelby da Inglaterra para o Uruguai trinta anos atrás e, por motivos que ninguém entendia, eles haviam decidido permanecer num país que não paravam de renegar. Nenhum deles aprendera a falar espanhol, nem podiam entender que os animais não recebessem, pela cultura local, o mesmo tratamento que lhes era dado na Inglaterra. Os vizinhos ficaram horrorizados quando *Mr.* Stelby encurtou a vida sexual do seu cachorro, castrando-o. Esses mesmos vizinhos, segundo *Mrs.* Stelby fez ver à minha mãe, não vacilavam em deixar uma ninhada de filhotes na beira da estrada. Minha mãe tentou explicar aos Stelby que um conjunto diferente de valores funcionava no Uruguai, mas eles simplesmente riam com desprezo e respondiam com a sua expressão favorita quando se referiam a qualquer coisa do Uruguai, "*Típico!*"

Quem nos desforrava de *Mr.* Stelby era o homem da carrocinha, que uma vez por semana aparecia na nossa vizinhança com o seu pequeno caminhão, quadrado e cinzento. Ele não procurava, como *Mr.* Stelby logo percebeu, os cães vadios, mas sim os bem alimentados e que usavam ricas coleiras. "*Típico!*", *Mr.* Stelby exclamava. Não era compensador recolher os cães vadios. Por certo nenhum dono agradecido viria apanhá-los, dando uma gorjeta àquele que tivesse cuidado do seu animal de estimação. Não havia melhor lugar em Montevidéu, para se ter uma idéia da população de cães de raça de estimação, do que o canil municipal. Os donos dos cães de raça caminhavam com eles, lançando olhares suspeitos por sobre os ombros ao ouvir o som de um motor, só soltando os cães quando estavam na praia. Já que não era permitido cães na praia, exceto durante os meses de inverno, quando não era usada pelas pessoas, os cães de raça viviam presos.

Além do seu cachorro, Mr. Stelby era devotado a um arbusto de alfazema que havia plantado num quadrado de terra na calçada, perto do meio-fio. Ele o mantinha bem podado, admirando os tons variados das flores, e aguando todos os dias com um velho regador de lata que, como os seus donos, já tinha visto melhores dias.

A profusão das flores e o descontrolado crescimento da flora local ofendiam a sensibilidade de Mr. Stelby. No verão, quando as impetuosas camélias e os suaves jasmins permeavam as ruas com seus perfumes, ele saía para caminhar com o cachorro, segurando o lenço perfumado de lavanda perto do nariz. Quando a poinsétia florescia ao sol do inverno, ele costumava parar debaixo da árvore do nosso jardim, sacudindo a cabeça e não acreditando que uma flor pudesse ser tão arrebatadora, ainda mais no inverno.

Alguns dias depois da nossa visita a Cora, o cachorro de Mr. Stelby apareceu desacompanhado e começou a se aliviar em todas as árvores da vizinhança, deixando para o fim o arbusto de Mr. Stelby. Quando Waldo estava voltando para casa, o rabo empinado, a orelha direita levantada e a esquerda caída, o homem da carrocinha apareceu na esquina e o viu.

Waldo parecia distraído e trotou em direção ao arbusto premiado do seu dono.

O caçador de cachorros sorriu e começou a se preparar para laçar o pescoço do animal.

Nós deveríamos tê-lo avisado, mas estávamos hipnotizadas pela corda e pelo destino de Waldo. Simplesmente nos ajoelhamos onde estávamos, o sabão nas mãos, e ficamos olhando.

O caçador de cachorros começou a correr e jogou o laço no momento em que seus pés pisaram na calçada que havíamos acabado de ensaboar.

Quando os sapatos de couro tocaram o sabão espalhado, ele e o seu laço voaram simultaneamente, ele para o chão, batendo com as grandes nádegas na calçada, com uma expressão muito engraçada, o laço indo parar em volta do arbusto onde Waldo estava agachado. Nesse momento, *Mr.* Stelby apareceu. Ele viu o laço, Waldo e a carrocinha e recriminou Waldo severamente. Aproximou-se então do caçador de cachorros, que rastejou até a carrocinha e trancou-se lá dentro.

— *¡Usted es un rata!* — gritou Mr. Stelby. — *¡Esta perro es mía!*

O caçador de cachorros, bombardeado pelos erros de concordância, partiu em alta velocidade, ainda segurando firmemente a ponta da corda. *Mr.* Stelby ficou petrificado ao ver o seu arbusto ser arrancado pela raiz e puxado ignominiosamente pela carrocinha.

— Olhe para o lado bom, *Mr.* Stelby — confortou-o Emilia. — Podia ter sido o Waldo...

# Cinco

A *señora* Francisca morava do outro lado da rua, em frente a Cora, e ela e a família nos intrigavam. Como todos os pais em nossa rua, o *señor* Rubén era apenas uma figura num terno, indo e voltando em horas previsíveis, levantando o chapéu para as senhoras e trocando polidos e breves cumprimentos com os amigos. A *señora* Francisca, entretanto, era diferente do resto das mães, pois era muito introvertida. Ninguém objetava que a mãe de Cora fosse assim. Isso era esperado de uma senhora que respeitava o Sabbath e em cujo lar era falado o hebraico. Os judeus tinham sofrido demais e, se queriam ser fechados, quem os poderia culpar?

A única explicação para o alheamento da *señora* Francisca era que ela se considerava superior, o que fazia com que as mães do nosso quarteirão ficassem histéricas. Nada do que puderam descobrir revelou qualquer razão para a superioridade da *señora* Francisca. Seu pai tinha sido um dentista e a mãe era da família Gómez Pérez. Não havia motivo para aquela atitude tão arrogante, elas diziam. Suas filhas, Raquel e Margot, eram consideradas mais elegantes do que as outras moças do quarteirão, mas ela não tinha filhos homens. A mãe de Marco, *señora* Marta, que tinha três, gostava de acentuar esse ponto, no que era fortemente apoiada por minha mãe, que achava Sofia e Carmen tão bonitas quanto as jovens Arteaga, ainda que suas roupas não fossem compradas nas butiques exclusivas da cidade de veraneio de Punta del Este.

## A Árvore das Estrelas Vermelhas

Sempre que eu e Emilia éramos informadas dessas discussões, dizíamos que não só éramos extremamente bonitas, como planejávamos carreiras profissionais. Sempre que abordávamos esse assunto, ouvia-se um suspiro coletivo e, se uma de nossas mães estivesse presente, seria consolada com simpatia, enquanto olhava para nós com olhos melancólicos. Uma vez que eu e Emilia nos considerávamos altamente qualificadas, esta reação nos irritava.

Tínhamos ficado interessadas na *señora* Francisca no momento em que ela e a família se mudaram para a casa em frente ao prédio de Emilia. Ela era uma linda mulher, com um rosto largo e pálido, cabelos castanhos ondulados e olhos cor de avelã. Usava salto alto, saias justas que moldavam as pernas longas e esguias e fumava cigarros escuros com uma piteira de marfim. Seu casaco de pele de foca, combinando com sapatos da mesma pele, fazia inveja às minhas primas, que pediam a meu pai que lhes comprasse algo semelhante. Embora não tivesse nenhum preconceito a casacos de pele em geral, meu pai era contra a pele de foca. Minha mãe alegava que era porque, certa vez, ele fora responsável pelo resgate de uma foca ferida na praia e a levara para o jardim zoológico. Tinha sido esta demonstração de sentimentos em relação a algo que não as fêmeas de sua própria espécie que, no começo, atraíra minha mãe.

Afora o casaco de pele de foca, a *señora* Francisca e suas filhas eram elegantes e discretas.

Certo dia, ao entardecer, quando não havia ninguém na rua, vi Lilita tentando chegar na porta da frente dos Arteaga sem que nenhum vizinho a visse.

Fazia frio, e um chuvisco nevoento tremulava nos brilhantes halos dos altos postes de luz. As persianas estavam descidas e as cortinas fechadas para a noite que chegava. Vi quando Lilita aproximou-se da porta dos Arteaga. Parando atrás de uma grande árvore, Lilita olhou rapidamente para o seu apartamento, voltou-se e desapareceu na casa dos Arteaga. Não era surpresa para mim que Lilita e a *señora* Francisca tivessem algo em comum. Eu suspeitava que a *señora* Francisca era introvertida porque tinha medo, e que Lilita sabia a razão. O que me surpreendeu foi o sigilo da atitude de Lilita. O que estaria alguma delas planejando que exigia que a amizade fosse tão secreta?

Nesse momento, vi Emilia correndo rua abaixo e fui interceptá-la.

— Venha comigo depressa e não faça barulho.
— Por que não? — murmurou Emilia, me seguindo pela rua.
— Quem pode nos ouvir? Ninguém com a cabeça no lugar sairia numa noites dessas.
— Shh! Sua mãe acabou de entrar na casa dos Arteaga.
— Para quê?
— Sei lá! Mas vamos descobrir.
— Como? Isso parece mais uma de suas idéias...

Pondo um dedo nos lábios, me movi silenciosamente à frente, encostada na parede da casa dos Arteaga. Emilia me seguia, relutante. Estiquei-me e tentei a porta da frente. Abriu-se com facilidade. Puxei Emilia para o *hall* de entrada, pequeno e vazio. De um quarto no alto da escada, a luz derramava-se no corredor e o murmúrio de vozes baixas misturava-se com o som da chuva na hera que cobria a frente da casa.

— Olhe! — disse Emilia.
— O quê?
— A sala de jantar. Tem uma mesa e quatro cadeiras.
— Sim...?
— E é tudo, Magda! E não há nada no *hall*. Aquela lareira parece nunca ter sido usada.

Parei um instante, concordando lentamente. A casa parecia não ser habitada.

Não havia vestígios de pessoas morando nesse lugar. Nenhum sinal de gostos pessoais ou excentricidades. Pensei na minha casa, onde os arranjos florais de Josefa apareciam em cada ângulo e fresta, nos modelos de carros de corrida de meu pai, que cobriam a mesa da sala de jantar, fazendo com que minha mãe estalasse a língua, impaciente, com esse *hobby* infantil.

Emilia se moveu silenciosamente, atraída pela curiosidade com a falta de conforto que achava essencial para o bem-estar.

— Não há um único quadro nas paredes.
— Nem enfeites — acrescentei. — E olhe a cozinha!
— Que bagunça!
— Não tem fogão!
— Você acha que ela cozinha tudo naquele pequeno Primus?
— Deve ser. Eles não podem pagar uma empregada. Minha mãe me contou que até poderiam, caso o *señor* Arteaga desse dinheiro à esposa.

Emilia estremeceu.

— Minha mãe diz que ele bate de cinto em Margot e Raquel se souber que elas se comportam que nem a sua prostituta.
— Sofia me contou que ele bateu nelas por estarem usando maquiagem e sentadas na sacada. Ela disse que geralmente lavam o rosto antes de ele chegar, mas naquele dia ele apareceu mais cedo.
— Olhei em volta, mais uma vez. — É um lugar triste e desolado.
— Não seja tão dramática. Certamente, a *señora* Francisca não tem idéia de como decorá-lo. É apenas uma casa vazia.
— Esta casa é mais do que simplesmente vazia.

Era desprezada, negligenciada. A vida ali parecia ser indesejada e intrusa. Pesadas persianas nas janelas vedavam a luz e um silêncio pesado prevalecia. Senti que a casa estremeceria se algo vital como Caramba irrompesse nela.

A mão de Emilia tocou o corrimão e nossos olhos se encontraram. Com um rápido sinal, subimos a escada. Os degraus rangeram sob nosso peso e prendemos a respiração, esperando que alguém aparecesse para nos surpreender. As vozes, no entanto, continuaram firmes. Alcançamos o topo da escada e nos abraçamos no degrau. Podíamos sentir o cheiro do cigarro da *señora* Francisca e ver a fumaça flutuar pela porta aberta de onde as vozes vinham.

— Onde ele está agora? — ouvimos a *señora* Francisca perguntar.

— No Paraguai — Lilita respondeu suavemente.

— Lutando?

— Sempre. Sempre lutando.

— É uma vida solitária — suspirou a *señora* Francisca.

— E nós não sabemos, Francisca? Imagine como seria ainda mais solitária se não nos tivéssemos reconhecido na reunião.

— Se não fossem as reuniões, eu não poderia continuar.

— Você **acha** que vai chegar o dia em que poderemos lutar abertamente? — Lilita perguntou.

— Sim, acho. Tenho de acreditar nisso. Eles nos dizem que é só uma questão de tempo. Todos os grupos concordam com isso.

— Concordam com os fins.

— Mas não com os meios. E, até todos concordarem, não chegaremos a lugar algum.

— Há uns poucos que dizem que é hora de aparecer ou desistir — suspirou Lilita.

— Nesse meio tempo, fica difícil esconder as armas — a *señora* Francisca riu.

Emilia engasgou e sua mão agarrou meu braço com tal força que quase gritei.

— Você ainda as guarda no porão?

— Sim, sob uma coisa que Rubén jamais tocará outra vez.

— E o que é? — perguntou Lilita.

— Meu vestido de casamento.

Emilia não agüentou mais. Puxando-me atrás dela, desceu a escada na ponta dos pés e abriu a porta da frente. Uma vez lá fora, suspiramos de alívio quando a chuva fria nos atingiu. Ficamos paradas alguns momentos, deixando o chuvisco molhar nossos rostos. Os corações batiam com força.

O sopro do vento fechou o portão atrás de nós, fazendo-nos pular.

— Armas! — explodiu Emilia.

— Talvez estejam preparando um assalto a banco! — eu disse, com ansiedade.

Emilia olhou-me com impaciência, enquanto me puxava pela rua.

— Não seja tola! Elas estavam falando sobre revolução!

— Contra o governo?

— Claro! E você já imaginou como devem ser malucos os amigos dessas reuniões, se forem como minha mãe e a *señora* Francisca?

— Lilita não é maluca, Emilia. É apenas triste, algumas vezes.

Emilia riu amargamente, enquanto entrávamos no seu apartamento e tirávamos os sapatos molhados.

— Você não vive com ela.

— Não, mas...

— Ela é maluca! Você não faz idéia. Eu nunca lhe contei.

Vendo lágrimas nos olhos de Emilia, compreendi pela primeira vez que aquilo que eu achava ser tristeza em Lilita possuía um lado mais soturno em Emilia.

— Então me conta agora, Emilia — falei, sentando-me no pequeno sofá escuro e chamando Emilia para juntar-se a mim.

Começava a me arrepender de ter seguido Lilita.

— Você sabe que ela sai de casa no meio da noite. Certa vez, chegou em casa com as roupas rasgadas. Outra vez, dois homens foram à minha escola e me seguiram. Quando parei para atravessar a rua, eles se aproximaram e me disseram para não ter medo, que só iriam fazer algumas perguntas sobre minha mãe. Um deles parecia estrangeiro. Sua roupa era cara e usava um grande anel de ouro.

— E o que você fez?

— Dei um chute na canela dele e corri.

— Eles correram atrás de você?

— Acho que não. Não olhei para trás até chegar em casa.

— Você contou para o seu pai?

Emilia pareceu espantada.

— Não! Ele colocava *mamá* num asilo de loucos! Ela me disse, certa vez, que ele estava só esperando ela morrer para se casar com a amante.

— Todos eles têm amantes, Emilia?

— Acho que sim.

— Por quê?

— Oh, Magdalita, como vou saber? Acho que é porque as nossas mães não sabem como fazê-los felizes.

Pela primeira vez na vida, eu estava sentindo um medo real. Não saberia dizer exatamente a razão. Suspeitava que, se o sofrimento de Lilita era realmente desespero e o orgulho da *señora* Francisca realmente sigilo, então uma porta estava se abrindo para um mundo em que eu não queria entrar. As tias insinuavam, com freqüência, o conhecimento de tal mundo, mas as tias eram seguras e previsíveis, suas conversas eram insubstanciais como os merengues de Josefa.

Sugeri a Emilia que fizéssemos chocolate quente e ouvíssemos um disco dos Platters, mas Emilia olhou-me com tal seriedade que senti ter falhado com ela de alguma forma.

Perguntei-lhe se preferia sair de casa e tocar as campainhas das portas, já que ninguém poderia esperar por isso, numa noite chuvosa.

— Já é hora de pararmos de fazer essas coisas bobas — retrucou.

Fiquei magoada demais para responder. Afinal, tínhamos tocado campainhas e feito brincadeiras desde que nos conhecêramos.

Estava subentendido entre nós que tais travessuras eram necessárias para manter à distância as sombras que faziam parte de nossas vidas. Enquanto pudéssemos rir juntas, poderíamos esquecer o mau humor de Lilita e as preocupações de minha mãe com as sobrinhas adolescentes.

Quando Emilia disse que nossas brincadeiras eram tolas, fiquei imaginando se ela também me achava tola, por gostar de tais coisas e por sugeri-las naquele dia.

Pensei que fosse chorar, por isso disse adeus e corri de volta para casa, deixando Emilia desolada, na escuridão.

❧

# Seis

O dia seguinte amanheceu claro, com o meu favorito brilho do inverno no ar — uma leveza que me dava vontade de arregalar os olhos e absorver, de uma vez, toda a beleza do dia; as flores da poinsétia balançando à brisa; os últimos exuberantes loureiros em seus tons carmim e rosa; e o brilho do rio, dançando como diamante líquido sob os gritos de lamento das gaivotas.

Eu ia descer correndo a escada e convidar Emilia para pescar comigo, quando a lembrança da forma como havíamos nos despedido na noite anterior me caiu como um peso. Talvez Emilia não quisesse mais pescar, talvez achasse que isso também fosse tolo. Suspirei e desci a escada, minha mão escorregando no corrimão como que a acariciar a madeira escura e polida.

Saí de casa e sentei-me no último degrau da escada, olhando para o outro lado da rua, onde Marco e os irmãos trabalhavam embaixo do carro, na calçada, batendo as ferramentas ruidosamente, enquanto o rádio tocava um tango em alto volume.

De súbito, os três pararam o que estavam fazendo, com os olhos fixos na esquina da rua.

Vi uma mulher estranha parada ali, olhando para cima, para a placa azul-escura com o nome da rua em letras brancas. A estranha estava vestida toda de preto da cabeça aos pés, mas nada sugeria luto. Era o preto dos ricos, o preto do ébano, das plumas de avestruz e do verniz chinês. Os lábios estavam pintados com vermelho brilhante e também as unhas, eu suspeitava, enfiadas em luvas curtas de renda preta. Os olhos eram invisíveis atrás dos óculos escuros.

Os rapazes Pereira imobilizaram-se em muda admiração quando ela passou por eles e se aproximou da casa dos Arteaga. Tocou a campainha com um modo decidido e aguardou, batendo com a pequena bolsa de couro nos quadris.

Segundos depois, foi admitida.

Passados poucos minutos, saiu apressada.

As persianas da janela da frente da casa da *señora* Francisca foram abertas com violência e ela pôs a cabeça para o lado de fora, abriu a boca e gritou, numa voz profunda e magoada que eriçou os pêlos do meu braço.

Lilita apareceu afobada, viu a amiga e desceu a rua correndo, seguida de perto por Emilia. Marco e os irmãos entraram em casa e logo a *señora* Marta apareceu e juntou-se à minha mãe, tentando aproximar-se da casa dos Arteaga. Quando chegaram perto, a *señora* Francisca desapareceu e, logo em seguida, objetos voaram pela janela — ternos de homem, camisas, gravatas, cuecas, sapatos, uma raquete de tênis — tudo formando uma pilha sob a árvore do lado de fora da porta da frente.

Quando a chuva de objetos parou, as mulheres entraram na casa, muito nervosas para reparar que Emilia e eu seguíamos atrás. Enroscada no chão, num canto da sala de visitas vazia, os joelhos dobrados até o queixo, a *señora* Francisca chorava, as lágrimas encharcando as mãos apertadas.

As mulheres ajoelharam-se a sua volta e deixaram-na chorar, aproximando-se ocasionalmente para limpar seu nariz ou afagar seus cabelos. Quando pareceu que o pior já havia passado, fecharam a roda em volta do seu sofrimento, como pétalas, e a abraçaram. Ela descansou a cabeça no colo de Lilita e a *señora* Marta saiu para fazer mate. Pouco minutos depois retornou, colocou a água quente da chaleira numa grande garrafa térmica sob o seu braço e socou o pacote de ervas com uma *bombilla* de prata, através da qual o chá seria filtrado enquanto a cuia passava de mão em mão.

— Agora, diga-nos: quem é ela? — indagou a *señora* Marta.
— Fiquei imaginando se ela também, assim como Lilita, estivera conversando secretamente com a *señora* Francisca.

— É a puta do Rubén — suspirou a *señora* Francisca.
— Por que ela veio aqui? — perguntou a *señora* Marta, espantada, trocando olhares com as outras.

Nem uma prostituta faria uma coisa dessas.

— Ele a deixou por uma mulher mais jovem.
— E essa foi a vingança dela? — perguntou Lilita.
— Rubén disse a ela que, se algum dia eu soubesse que minhas filhas viviam numa casa vazia por causa dela, eu o mataria.

— E ela espera que você faça isso? — perguntou a *señora* Marta pasma.

A *señora* Francisca sorriu.

— Sim. — Olhou em volta como se estivesse vendo a sala pela primeira vez. — Mas não farei isso. Vocês vão ver. Em vez disso, vou comprar as mobílias e fazer com que essa casa fique igual à dela, que ela me mostrou nas fotografias.

Pela segunda vez, como dias atrás, Emilia e eu escapamos da casa dos Arteaga, sem ter o que dizer.

— Você quer ir pescar? — perguntou Emilia, olhando casualmente para o rio.

— Vou pegar minhas coisas! — Ri e corri para casa.

Andamos pelas pedras ao longo do rio e atiramos pequenas iscas de pão na água.

— Eu costumava pensar que queria crescer logo — eu disse, quando os peixinhos começaram a rodear a isca.

— Eu também — respondeu Emilia.

— Mas parece ser muito complicado.

Emilia encolheu os ombros.

— Não é fácil em qualquer idade, eu acho.

— Mas essa decisão... quero dizer, o que a *señora* Arteaga vai fazer? Como ela vai viver com o marido agora? E como pode viver sem ele?

— Nunca deixarei que isso aconteça comigo — afirmou Emilia. — Sempre vou trabalhar para me sustentar.

Fiquei em silêncio por um longo tempo.

— Emilia — disse, finalmente —, você conhece alguém que seja feliz?

Ela ficou pensativa.

— Você quer dizer, como nos filmes?

— Sim. Você sabe, os problemas nos filmes parecem tão... tão...

— Simples?

— Pelo menos, simples de ser resolvidos. Os nossos são tão complicados, tão grandes.

Emilia olhou para mim.

— Sempre pensei que você fosse feliz.

Concordei, incapaz de explicar o peso que sentia dentro de mim, a responsabilidade que sentia por não ter nascido menino, capaz de sustentar a família.

— Houve um tempo — eu disse — em que eu não pensava muito, *sabés*? Quando os problemas da família não tinham nada a ver comigo. Mas, um dia, escutei Sofia e Carmen conversando, e agora sei que é por minha culpa que meu pai e minha mãe vivem preocupados.

— O que você fez?

Encolhi os ombros, lembrando-me das palavras de minhas primas:

— "Tio Javier me disse que não podemos ir para Copacabana este ano com os nossos amigos", Sofia tinha dito. "Por que não?", perguntara Carmen, "Ele diz que tem de economizar para os nossos casamentos. E imagino que até Magda achará alguém com quem se casar quando for mais velha. De qualquer forma, tio Javier diz que tem de pagar por tudo e que não vai conseguir, se nos mandar para Copacabana todos os anos." "Gostaria que Magdalena fosse menino", Carmen suspirara. "Todo mundo queria isso." Acho que sou um fardo — eu disse para Emilia. — Eles queriam que eu fosse menino.

※

Nos dias que se seguiram, o *barrio* ficou extraordinariamente quieto, os vizinhos cercando os Arteaga com cuidados e delicadezas próprios de uma família às voltas com seus sentimentos particulares.

Finalmente, a *señora* Francisca reuniu as filhas e contou-lhes sobre o pai. Juntas, foram ao mais caro antiquário de Montevidéu e mobiliaram a casa com a decoração antiga e refinada das velhas mansões espanholas. Assim que a mobília chegou e as contas foram enviadas ao escritório do *señor* Rubén, elas trocaram as fechaduras e proibiram-no de entrar na casa.

Certa noite, ele ficou um longo tempo batendo de leve na porta, implorando à esposa que o deixasse entrar. Vários pares de olhos observavam dos quartos escuros das casas ao redor. Quando não recebeu resposta, ele ajeitou o chapéu, pôs as mãos nos bolsos e, assobiando, desceu a rua em direção ao rio.

    Desse dia em diante, a *señora* Francisca trabalhava todo dia. Aprendeu a tecer numa máquina — suéteres, cardigãs, xales, vestidos e cachecóis. Levantava-se antes de clarear e tecia até que fosse hora de mandar as filhas para o colégio. Então, sentava-se à máquina até escurecer, usando cada *peso* que conseguia com a venda dos produtos para dar à família todo o conforto que não tiveram até então.

# Sete

Quando o inverno cedeu lugar à primavera e as trepadeiras de rosas cobriram os muros numa explosão de cores, foi possível imaginar que o verão chegaria outra vez e, com ele, as abençoadas férias escolares. Nesse meio tempo, Emilia e eu tínhamos de nos contentar em passar tantos fins de semana juntas quanto permitiam as obrigações de família.

Num sábado de manhã, quando eu estava saindo de casa a fim de apanhar Emilia para irmos ao jardim zoológico, vi um pequeno lenço branco acenar da janela de Cora. Acenei de volta e desci a rua correndo.

Cora debruçou-se na janela.

— *Mamá* vai passar o dia inteiro fazendo compras! Hannah ficou tomando conta e disse que posso brincar fora de casa num dia tão bonito!

Dei um viva de satisfação e bati palmas.

— Emilia e eu vamos ao jardim zoológico!

— Posso ir com vocês?

Desapareceu por um momento e reapareceu na porta da frente vestida elegantemente, como sempre, num conjunto cinza-claro combinando com um casaco debruado de veludo preto.

Subimos a rua correndo até o apartamento de Emilia e batemos na porta. Lilita atendeu. Tinha um lenço amarrado na cabeça e o avental caía frouxo na cintura fina.

— *¡Lilita, mirá! ¡Es Cora!*

Emilia chegou à porta junto com a mãe, e achei que parecia cansada. Tinha olheiras profundas e não sorriu ao nos ver. Fiquei imaginando se Lilita teria saído na noite anterior.

Lilita voltou silenciosamente para a cozinha, enquanto Emilia deslizava para fora, fechando a porta atrás de si.

— Cora pode ir conosco hoje! — eu disse. — Você lembrou do pão?

Emilia mostrou um saco de papel.

— Você lembrou da fruta?

Bati nos bolsos do casaco.

— Bananas e uvas.

Pegamos um ônibus e percorremos a pequena distância até o jardim zoológico. Havia poucas pessoas ali. Andamos vagarosamente em volta dos cercados rebaixados onde viviam as emas e as alimentamos com crostas de pão antes de irmos ver os hipopótamos numa piscina, as orelhas, o nariz e os olhos parcialmente visíveis acima da água escura.

As focas estavam latindo e Emilia e Cora queriam vê-las sendo alimentadas.

— Primeiro, preciso ver Tomasito.

— Quem é Tomasito? — perguntou Cora.

— O elefante.

— Ele é o *novio* de Magdalena — disse Emilia.

Cora riu.

— Então, eu devo conhecê-lo! Quando é o casamento, Magdalena?

Eu não gostava que fizessem brincadeira comigo e com o elefante. Nunca fora capaz de fazer Emilia entender o elo especial que nos ligava a ele. Ele tinha nascido aqui em Montevidéu, no jardim zoológico, e todas as crianças dos colégios tinham sido convidadas a participar de um concurso para a escolha do seu nome. Eu acabara de entrar na escola, e o nascimento de um pequeno elefante e a escolha de um nome para ele tinham sido as únicas coisas que faziam a escola tolerável.

Logo que nos avistou, Tomasito afastou-se de sua casa e veio em direção a nós.

— Cuidado! Cuidado! — disse Emilia. — Ele vai passar pelo fosso!

Acenei com a banana.

— Magdalena! — implorou Emilia. — Pare com isso! Ele vai atravessar o fosso.

Eu ri, descasquei a banana e atirei para Tomasito. O elefante pegou-a delicadamente com a tromba e colocou-a na boca.

Emilia estava lívida.

— Isso foi uma irresponsabilidade, Magdalena. Ele podia ter atravessado o fosso. E aí, o que faríamos?

O elefante acabou de comer a banana e recomeçou o exame cauteloso do fosso. Emilia pulou para trás:

— Ele acha que temos mais bananas! Corram! Corram!

Sacudi a cabeça.

— Ele não acha isso. — Pulei por cima da cerca baixa e atravessei o fosso até que a tromba do elefante tocou a minha mão. O calor da sua respiração na minha palma me fez ficar deslumbrada, para desespero de Emilia.

— Magdalena, volte aqui! — Emilia agora estava gritando. — Vou chamar o guarda! — Ela correu pelo caminho de cascalho, seguida por Cora.

— *Hola*, Tomasito — murmurei. — Como vai você?... Sim, eu sei. Acontece o mesmo comigo... Mas eles não sabem... Sim, eu o escuto também. Vejo você na próxima semana.

Com um sopro de adeus, o elefante virou-se e andou vagarosamente para a casa. Pulei a cerca de volta e fiquei parada, apertando as mãos, guardando o tesouro do toque suave de Tomasito.

Emilia e Cora voltaram com o guarda e virei-me para enfrentá-los.

— Eu quero ver o elefante — protestei. — Por que ele não quer sair?

O guarda pareceu surpreso e olhou com suspeita para Emilia, por baixo das sobrancelhas escuras. Havia migalhas de pão na frente da sua camisa e desconfiei que ele havia sido interrompido, na hora do descanso, quando tomava mate.

— Você pulou aquela cerca? — perguntou apontando a grade.

— Eu sei ler! — repliquei, fingindo-me zangada. — Diz aqui: "Tenha a gentileza de permanecer deste lado da cerca."

O guarda deu um puxão de leve no meu cabelo e sorriu, revelando uma grande falha entre os dentes da frente. Sorri também.

— *Bueno, preciosa.* Atire uma pedra e talvez ele saia outra vez. — Afastou-se assobiando e Emilia voltou-se para mim.

— Você me fez de boba!

— Desculpe, Emilia.

— *Só* porque os homens ficam bobos quando a vêem, você acha que pode fazer tudo que quer.

— Não. Eu não acho. Do que é que você está falando?

— Você sabe muito bem. Quando os homens chegam perto de você, eles agem como idiotas. Se você tivesse pedido ao guarda para entrar lá, ele teria deixado!

— Não, não teria.

Emilia afastou-se indignada.

— Às vezes você me faz ficar tão zangada que eu podia matá-la. Por que você sempre tem de visitar o elefante?

— Eu entendo o elefante, Emilia. Ele gosta de mim. Não posso vir ao jardim zoológico e não ver o elefante. Nós nos conhecemos.

— Isto é ridículo! Elefantes são perigosos! Você não tem noção de perigo! Você ao menos sabe do que estou falando?

Estava surpresa com a sua raiva e sacudi a cabeça.

— A mesma coisa na praia! Você nadou para muito longe. As ondas não a amedrontam. Você passa com a bicicleta na frente dos ônibus!

— Eu faço isso?

— Sim! Sim! Você faz!

— Eu não sabia que você ficava preocupada.

Emilia começou a chorar.

— Se você morrer, não terei mais ninguém.

Cora pôs os braços em volta de Emilia e olhou para mim com surpresa.

Eu estava confusa.

— Emilia, eu não vou morrer.

— Isto é o que você pensa! Você acha que as pessoas não morrem.

— Não, não, não é isso. Claro que nós vamos morrer... Mas, Emilia, eu não vou tão cedo. Não enquanto você precisar de mim. Prometo!

— Você é tão ridícula! Como pode me prometer uma coisa dessas? Você não é Deus!

— Oh, mas sou, sim — eu disse e Cora engasgou. — Sei que parece blasfêmia, mas o sentido do que quero dizer é outro. É por isso que amo o elefante. Porque ele sabe que é Deus também, assim como eu.

— Às vezes acho que você é maluca e então, porque sou sua amiga, acho que sou maluca também. — Emilia suspirou. — Você está sempre trazendo problemas para nós. Um dia, ainda vai nos matar.

Eu ri.

— Vamos mostrar a Cora o resto do zoológico. Ela não pode sair todo dia, como a gente.

Cora, entretanto, havia perdido o interesse pelo jardim zoológico. Ela queria ir à praia e fazer planos para futuras fugas.

— Eu decidi — ela disse — que vou começar a mentir para minha mãe, como as empregadas fazem quando querem encontrar com os *novios*.

⁂

— Acho que não gosto mais de Cora — Emilia confessou alguns dias depois.

Levei certo tempo para entender, até Emilia me dizer que tivera grandes esperanças de Cora ser como ela. Achava que Cora era uma menina quieta e estudiosa, até aquele dia no jardim zoológico.

— Mas agora Cora é igual à minha mãe e a você! Não a compreendo, absolutamente! Ela tem uma vida boa, um lar seguro, pais em quem pode confiar, cujo único interesse na vida é ela, e está planejando mentir para eles e se meter só Deus sabe em que espécie de encrencas! E ela parecia tão presunçosa quando nos disse que seus pais jamais a castigariam, se por acaso descobrissem! Ela acha que aqui não há nada para se temer, que não é como a Europa.

— Como eu disse, aqui até os elefantes são mansos — ri.

— Magda, quero que você fale sério por um momento. Sabe como ela conseguiu sair, naquele outro dia?

Balancei a cabeça.

— Pegou uma grande dose do remédio para dormir da mãe e

colocou no chá da pobre mulher. Como é mesmo o nome dela? A que esteve no campo de concentração?

— Hannah? — perguntei, tentando não rir.

— Isso mesmo. Hannah. Ela ficou tomando conta de Cora, quando os pais saíram, e só acordou vinte e quatro horas depois, não tendo idéia do que havia acontecido! Oh, eu sei que você acha isso o tipo da coisa engraçada, mas eu não! Cora e eu concluímos que a única coisa que temos em comum é a vontade de ter um cachorro!

※

Como a Sra. Allenberg e Lilita, minha mãe também resistiu, por muitos anos, à idéia de ter um cachorro. O pai dela, um inglês, gostava muito de animais, e o lar da sua infância fora cheio de cães, papagaios e toda espécie de animais vagando pelo grande jardim. Parecia a ela que o meu avô se divertia mais com os filhotinhos, espalhados por toda a casa, do que com as próprias filhas. Minha avó contou que ele lutava com os filhotes, rolava na grama com eles e os deixava mordiscar sua orelha, enquanto suas filhas, nos seus vestidos de renda e debruns engomados, pareciam intocáveis.

Minha mãe, quando criança, havia sido perseguida pelas emas e encharcada pelas capivaras, quando se sacudiam, depois de nadarem no rio que corria atrás da propriedade, por isso, ela decidira que, quando se casasse, sua casa seria um lugar elegante, talvez com um gato persa numa almofada de veludo vermelho ou um canário cantando em um caramanchão. Não haveria lugar ali para os frívolos flamingos ou espinhosos tatus. No seu lar, apenas os humanos seriam criados e nunca, sob nenhuma circunstância, haveria motivo para discussão sobre o extermínio de pulgas e piolhos.

Sofia e Carmen haviam-na convencido de que o peixe dourado não procria no cativeiro nem tem pulgas. Enquanto a última afirmação provou-se correta, a primeira provocou sérias dúvidas, quando o aquário, em curto espaço de tempo, passou a ter muito mais peixes do que os quatro primeiros que minha mãe havia consentido. Meu pai, que antes do casamento só se interessava pelos animais como troféus de caça, tinha sido atraído, devido ao famoso salvamento da foca, para uma sociedade zoológica, cujo objetivo era a preservação dos animais selvagens da região em rápido processo de extinção. Como resultado, minha mãe teve de abrigar um *chaná* no pátio. Josefa deu uma olhada na grande ave, com garras nos ombros e os olhos de um basilisco, e decidiu visitar seus parentes no interior, deixando minha mãe, temporariamente, sem a ajuda com a qual ela vinha contando há quase trinta anos.

Josefa disse-me que não tinha objeção a bichos, ela respeitava todas os seres selvagens, mas não queria compartilhar o seu espaço com eles.

Pouco depois da remoção do *chaná*, aranhas tinham aparecido na banheira e minha mãe, Sofia e Carmen não agüentaram mais. Minha avó, *Mamasita*, veio para o salvamento. *Mamasita* disse ao meu pai que ele era um tolo por querer submeter as mulheres da casa às visitas de bichos, quando ele sabia muito bem que Sofia e Carmen gritavam à simples visão de baratas, quanto mais aranhas do tamanho de perdizes. Ela separou um lugar em sua espaçosa casa da cidade e, desde então, bichos das mais variadas espécies têm sido alojados ali, à espera da transferência para a sociedade de preservação.

*Mamasita* acreditava que nenhum lar podia ser considerado completo se não abrigasse pelo menos um exemplar de outra espécie.

Sua fazenda, Caupolicán, era rodeada por eucaliptos, onde os papagaios verdes, que infestavam freqüentemente as fazendas, viviam em ninhos comunitários. Em Caupolicán, ninguém podia matá-los, e em conseqüência, eles se multiplicavam. Todos os anos, vários filhotes caíam das árvores e *Mamasita* criava-os na varanda, de onde eles, tão logo podiam, voavam de volta para os eucaliptos. Um deles não quis retornar ao seu lar barulhento e me foi dado de presente no meu quinto aniversário. O sonho de minha mãe de ter um lar elegante e tranqüilo foi relegado, junto com seus pertences de infância, para um dos cavernosos armários de *Mamasita*.

Quando cada minuto de minha mãe estava sendo absorvido pela árdua tarefa de fazer suas sobrinhas assumirem os padrões de comportamento feminino, eu trouxe Pepita para casa. Pepita havia se perdido nos terrenos da minha escola e fora maltratada por um grupo de meninos, que, ao implicar com uma cachorrinha, buscavam um derivativo para o tédio de ficar vendo o time da escola perder no rúgbi para um time visitante.

Eu salvei a cachorrinha e levei-a para casa, no ônibus da escola. A resistência de minha mãe estava enfraquecida, por causa de uma recente briga com Carmen, e logo Pepita estava instalada, aumentando a cacofonia geral quando latia para Caramba e qualquer outra coisa que se movesse. Pepita cresceu exuberante, amistosa e grande. Quando sentada, tinha uma aparência régia. Seu pêlo era preto e lustroso, as orelhas eretas e as patas bem feitas. Quando em movimento, era a personificação do caos.

Meu primo Miguel viu-a pela primeira vez numa das raras ocasiões em que Pepita estava sentada. Miguel vestia-se na última moda de verão e parecia resplandecente num terno de linho cor de marfim com uma brilhante gravata no meu tom preferido de azul. Ele não sabia que, na última vez que nos visitara, eu o ouvira dizer a Sofia que me achava mais bonita do que ela, um comentário que, para Sofia, não devia ser levado a sério.

Miguel estava encostado na lareira admirando Pepita.

— Bonita cadela — disse ele, olhando do alto de seus 1,80 m.

— É sim — repliquei.

— É sua?

Assenti.

— Parece um animal bem-comportado.

Olhei para Pepita e penso tê-la visto sorrir para mim.

— Você gostaria de passear com ela? — perguntei a Miguel.

Miguel era um amante da moda e eu o tinha visto folheando revistas estrangeiras onde jovens como ele apareciam caminhando com elegantes cães de raça ou caçando alguma ave selvagem com um canino de confiança ao lado. Nós dois tínhamos herdado as cores vivas de nosso avô. Miguel contava vantagem de sua herança européia e era abertamente desdenhoso com seus colegas conterrâneos, a quem se referia como "os nativos", um termo que, quando usado por Miguel, tinha um sentido pejorativo. Ele era o filho caçula de tia Aurora, que o considerava um prodígio. Aqueles que o viam com olhos menos amorosos achavam-no prodigioso apenas em seu monumental egocentrismo. Era amplamente comentado que ele poderia fazer mais, "se pelo menos tentasse". Miguel se acomodou com esse mérito duvidoso e não fazia nenhum esforço em qualquer direção que não sua infatigável perseguição ao sexo oposto.

Ele começou a se interessar por Raquel, que, com a expulsão do pai, ficava sentada na sacada acintosamente, pintando as unhas dos pés, um fato que Miguel não poderia deixar de notar.

— Você tem uma guia para ela? — perguntou, abaixando-se para afagar a cabeça de Pepita.

— Uma novinha em folha. Nunca foi usada.

Isso deveria ter servido de aviso para Miguel, mas ele não se deu conta, tão entusiasmado estava com a figura que ia fazer. Entreguei-lhe a guia e ele prendeu-a na coleira de Pepita. Ela ficou de pé quando ele a puxou e o seguiu para fora.

Acontece que Pibe, o cachorro de Marco, também estava na rua.

Pibe era igualmente grande e exuberante, com orelhas que balançavam quando corria, e patas do tamanho de um pires. Assim que Miguel saiu com Pepita e assumiu uma pose displicente, no degrau de cima, sacudindo a guia com uma das mãos, Pibe avistou a sua rival, a gata da família. Ela fez o que sempre fazia: subiu na árvore que tinha uma grande forquilha e ficou olhando, de um galho bem no alto, Pibe tentar subir na árvore e ser impedido pela forquilha. O efeito da perseguição, em Pepita, foi eletrizante. Quando a gata cruzou com ela perseguida por Pibe, Pepita pulou para a frente, puxando Miguel. Ele passou por Raquel como um raio, a gravata em desalinho, e foi arrastado em torno da árvore a tal velocidade que achei que iria virar manteiga...

Pibe, entrementes, começou a uivar. Era a sua maneira de chamar por Marco, o que provocou em Pepita uma nova onda de frenesi. Ela se lançou através da rua, mais uma vez, arrastando Miguel por sobre um montinho de esterco, subiu no meio-fio e voltou à árvore de Pibe. Uma janela se abriu na casa dos Pereira e Marco olhou para fora.

— O que você está fazendo com o meu cachorro? — gritou para Miguel, que não pôde responder, pois tentava se desvencilhar da guia que havia se enrolado no seu pulso, ao mesmo tempo em que Pepita procurava juntar-se a Pibe, na árvore.

Marco, afinal, entendeu a situação e desapareceu para surgir pouco depois com uma escada de mão. Pepita o viu e, reconhecendo um amigo, acalmou-se e foi em sua direção para receber um afago. Miguel se soltou e, cambaleando até a minha casa, estirou-se numa poltrona, pedindo água.

Decidi eclipsar-me e segui Marco até a casa dele.

No momento em que pisei na entrada, senti o cheiro da pizza, de dar água na boca, da *señora* Marta.

Ela era uma mulher grande, voluptuosa e bonita, com uma boca larga e sorridente e cabelos negros, que ela usava numa trança solta nas costas. Era poetisa e teatróloga, e escrevia novelas para aumentar a escassa mesada que recebia do marido. Era uma gentil sonhadora que, durante a gravidez, lera somente Shakespeare para que seus filhos viessem ao mundo preparados para apreciar a melhor literatura. Dera aos filhos os nomes dos personagens das peças de Shakespeare: Marco Aurelio, Orsino e Basanio, sem pensar nos olhos roxos, queixos machucados e dentes quebrados que esses nomes causariam a seus filhos e a quem ousasse fazer graça com eles.

Sua serenidade não era abalada nem mesmo pelo marido, que, como numa paródia do comportamento do antigo senhor feudal, proibira logo depois do casamento que ela saísse de casa sem a companhia de algum parente.

O coronel Pereira fora, havia pouco, reformado do exército. Era um homem grande, alto e de ombros largos, com um bigode preto que caía até abaixo do queixo, dando-lhe um ar de pirata melancólico. Certa vez, um conhecido desavisado tinha cometido o erro de fazer um elogio à *señora* Marta na presença do marido e viu-se, de repente, refletido, com horror, na lâmina da faca do coronel Pereira.

A *señora* Marta e eu éramos grandes amigas e ela me saudou com um grito de alegria e um abraço apertado.

— Peço desculpas por Pepita, *señora* Marta.

— Pepita? — perguntou a *señora* Marta, distraída, afastando as páginas do seu último manuscrito da massa de pizza que crescia.

— Ela perseguiu Pibe outra vez.

— Oh, Pibe... — disse a *señora* Marta, com o pensamento distante. — Você acha que uma *chica*, vamos dizer, de quatorze ou quinze anos, pode se apaixonar por um homem de quarenta?

Pensei nos homens dessa idade que eu conhecia.

— Não — respondi.

— Bem, a minha heroína precisa, para que eu possa terminar o trabalho — disse a *señora* Marta. — E se ele for bonito, rico e bondoso?

Pensei outra vez.

— A senhora conhece alguém que corresponda a essa descrição?

A *señora* Marta riu, aquele riso contagiante, um riso tão generoso quanto a massa na qual trabalhava e tão perfumado quanto as ervas que ela espalhava em cima da mistura, no forno.

— Não! — Ela deu uma risadinha. — E se conhecesse, teria me casado com ele!— Ela beijou minha cabeça. — Você sempre é uma ajuda para mim. Sabe que eu agradeço a você na introdução das minhas peças?

— A mim? — Dei um sorriso.

— Sim, você mesma. Vai ficar para a pizza, não? Marco, venha ajudar a Magdalena a pôr a mesa.

— Não precisa, Marco, eu faço isso — apressei-me a dizer, quando ele apareceu, relutante, na porta. Era tão bonito que me intimidava. Tinha os cabelos pretos da mãe, mas os dele eram cacheados e emolduravam sua cabeça, dando-lhe um ar suave que eu só tinha visto nas pinturas antigas. As pestanas, longas e escuras, e as sobrancelhas bem delineadas avivavam a cor âmbar dos olhos, mas era da boca que eu não tirava os olhos. Naquela época, eu era muito jovem para compreender o desejo que ela me despertava. Sabia apenas que na presença de Marco Aurelio Pereira eu me sentia fraca e sem jeito. Às vezes, se ele estava absorvido em alguma tarefa, eu me surpreendia olhando para ele, imaginando como alguém podia ser tão bonito e tão inconsciente disso. Ele não dava sinais de notar a minha presença e se passariam muitos anos até que eu descobrisse que muitas vezes ele ficava, deitado na cama, olhando-me por uma fresta da persiana quando eu atravessava a rua para a casa de Emilia ou, sentada na árvore poinsétia, secava os cabelos ao sol. Dizia a si mesmo que eu tinha apenas quatorze anos e ele dezenove, e que ele não tinha nada que ficar pensando em mim, mas a lógica não ajudara a reprimir seu anseio.

— Marco vai me levar ao Cerro esta tarde — disse a *senõra* Marta. — Você quer vir também?

Eu não estivera mais no Cerro desde aquela minha escapada quando tinha nove anos.

— Gostaria muito!

— Depois do almoço, vá e peça a sua mãe. Vamos sair às quatro.

Marco saiu da mesa para encher a jarra de água e baixei a voz:

— Por que Marco parece tão triste, hoje, *senõra* Marta? — perguntei, servindo-me de uma grande fatia de pizza.

Ela suspirou:

— Nunca devia ter dado o nome a ele de um herói trágico. Ele leva isso muito a sério.

— Não levo não, *mamá*. O nome não tem nada a ver com o

que sinto — disse Marco, colocando a jarra na mesa bruscamente, espirrando água na toalha de xadrez.

— Eu devia tê-lo chamado de Hamlet. Você é tão macambúzio quanto ele. Mas acho que você não gostaria de ter o mesmo nome do maior herói do teatro inglês!

— Um príncipe mimado que vê fantasmas e sente ciúme do tio não é a minha idéia de herói — respondeu Marco, fazendo-me arrepiar quando pôs o copo nos lábios e abriu a boca para beber.

— Jovens! — a mãe disse, desdenhosamente. — O que podem saber sobre os sentimentos de Hamlet?

— Ele devia ter a minha idade quando ficou *loco*. Provavelmente, eu o entendo melhor do que você.

— Quem seria um herói para você, Marco? — perguntei.

— Harriet Tubman.

— O que uma mulher que ajudou os escravos a fugir tem a ver com você, Marco? — disse a *señora* Marta, estalando a língua com impaciência. — Isso tudo é porque ele está aborrecido com o pai — ela disse para mim.

— É verdade, Marco? — perguntei, imaginando se fora o coronel Pereira quem tinha causado o olho roxo em Marco.

Marco olhou para mim diretamente, pela primeira vez desde que se juntara a nós na mesa.

— Ele quer que eu vá para o exército.

— E você quer ir?

Marco balançou a cabeça.

— Eu quero estudar ciência política.

— E reformar todos nós — ela suspirou.

— O que o exército tem de errado? — perguntei. — Deve ser divertido ser soldado.

— Marco não quer se divertir. Ele quer nos transformar em comunistas. Como aqueles temíveis Tupamaros.

Houve um momento de silêncio. A palavra *Tupamaro* era geralmente falada em tom baixo e cauteloso. Ninguém sabia ao certo quem eram os Tupamaros, mas a marca da estrela com o T no centro era vista cada vez mais com mais freqüência ornamentando as paredes e as passagens subterrâneas. Diziam que os tupamaros eram alguns dos homens e mulheres mais cruéis e cultos do Uruguai e que seu número crescia a cada dia. Seu objetivo era assumir o governo.

— Quer realmente que nos tornemos comunistas, Marco? — perguntei, espantada.

— Claro que não — respondeu. — Embora haja coisas muito piores.

— É? — perguntou sua mãe. — Tais como?

— Podíamos ser fanáticos de direita, como você.

— Ele diz que sou fanática porque não me deixo enganar pelo comunismo.

— É porque você vê tudo através das suas lentes cor-de-rosa.

— Eu, Magdalena, acredito que os Estados Unidos querem realmente nos ajudar. Veja os empréstimos que eles nos oferecem para que possamos participar do século vinte e nos tornar civilizados. Marco é um cético. Ele acha que os empréstimos são motivados pela ganância.

— Eu acho pior que isso, *mamá*.

— O que pode ser pior? — perguntei.

— Manipulação. Rockefeller não está propondo nos emprestar dinheiro porque pensa que o usaremos para progredir. Ele está hipotecando nosso futuro, assegurando-se de que seremos tão pobres que não conseguiremos dirigir nossas vidas, deixando nossos recursos livres para que ele possa nos espoliar.

— Quanto ceticismo! Não sei de onde ele tira isso — gritou a *señora* Marta.

⁜

Minha mãe não fez objeção à minha visita ao Cerro com a *señora* Marta; troquei então minha calça *jeans* por uma calça preta e enfiei pela cabeça uma blusa de lã vermelha. Depois, olhei em volta, procurando alguma coisa para levar para Gabriela. Desde que conhecera seu barraco, passara a recolher todas as coisas de casa descartadas pela família, juntando-as no meu quarto até que pudesse entregar a Gabriela. Através dos anos, eu lhe dera tapetes, louça lascada, um porta-cachimbo que meus tios não queriam mais, um jogo de xadrez faltando uma torre e, no ano anterior, quando *Mamasita* tinha enviado um novo edredom para mim, eu ficara encantada em dar para Gabriela o meu velho edredom florido em azul e branco, pensando como ele alegraria seu barraco e aqueceria seus ocupantes.

Naquele dia, entretanto, não havia muita coisa para Gabriela. No meu armário havia um chapéu que Sofia não usava mais e um vaso com a alça quebrada. Nenhum dos dois me pareceu adequado. Eu não queria ir ao Cerro com as mãos vazias nem queria levar algo descartado, por mais que Gabriela ficasse contente em recebê-lo. Abri a gaveta da mesinha-de-cabeceira ao lado da cama. Eu vinha economizando dinheiro para comprar o novo disco de Elvis Presley. Com a metade, poderia comprar um grande buquê de flores para Gabriela. Hesitei. Iria levar muito tempo até conseguir ter aquele dinheiro outra vez. Imaginando a cara feliz de Gabriela, tirei quinhentos *pesos*. Escovei o cabelo com mais cuidado do que de hábito e corri para o florista. Ele vinha vendendo flores para a minha família durante quase toda a sua vida e acabara tendo um interesse pessoal pelos nossos problemas. Procurava saber em minúcias para que serviriam as flores e onde ficariam, antes de recomendar alguma do seu estoque. Quando disse para ele para quem eram as flores, ficou confuso. Enfiou as mãos nos bolsos da calça de flanela cinza e balançou o corpo nos saltos dos sapatos, para a frente e para trás, examinando os vasos cheios de ave-do-paraíso, cravos, rosas, lírios e camélias.

— Ela tem uma jarra? — perguntou.

— Duvido — repliquei.

— Eu também — disse ele, olhando os majestosos lírios. — Eu não trabalho com flores de plástico...

Sacudi a cabeça.

— De qualquer forma, não gosto delas.

De repente, seu rosto se iluminou:

— ¡Sí! — ele disse. — ¡Claro! ¡Las flores mejicanas! — Ele levantou um dedo, pediu-me que esperasse e desapareceu pela porta que ficava atrás da caixa registradora.

Momentos depois, enfiou a cabeça pelo vão da porta:

— Olhe bem, *señorita* Magdalena, a *señorita* nunca viu nada como isto. A senhora sua mãe jamais o consideraria próprio para o seu lar, mas... — e, com um floreio, ele pulou para fora, quase oculto pelo maior e mais brilhante ramo de flores que eu já vira. Eram feitas de papel e pareciam flores verdadeiras. Não havia dúvida de que era a coisa certa. — Elas vão durar para sempre! — O florista riu. — E nada poderia ser mais *alegre* do que essas cores. Será como levar o Carnaval para ela.

Concordei, encantada.

— Mas quanto elas custam?

O florista olhou para mim por debaixo das sobrancelhas escuras e, depois, para as flores.

— Eu as tenho há muito tempo... mas são muito berrantes para a minha clientela... Quanto você tem?
— Quinhentos *pesos*.
— Vendo a metade por quinhentos *pesos*. Que tal?
Eu sorri.
— Muito obrigada, *señor* Paredes. A metade é tudo que eu poderia carregar.

Escolhi seis flores gigantescas e misturei amarelo, vermelho, púrpura, rosa, azul brilhante e laranja. Várias pessoas voltaram-se para olhar quando caminhei para a casa da *señora* Marta.

A *señora* Marta surgiu, confortável e fresca, num comprido poncho de seda que ondulava ao vento enquanto descia a rua, parecendo um majestoso navio de vela enfunada. Sorriu divertida ao ver as flores. Disse que eram magníficas e que, no dia seguinte, iria também ao *señor* Paredes, a fim de comprar o restante para o seu escritório. Marco não disse nada, mas sorriu para mim de um modo que me fez corar de prazer.

Na esquina pegamos um ônibus lotado e a *señora* Marta e eu nos sentamos juntas, na frente, ao passo que Marco encontrou um lugar na parte de trás do ônibus. As flores suscitaram muitos comentários e tive de explicar várias vezes onde as havia comprado. O *señor* Paredes descobriu um bom negócio com as flores de papel, comentou a *señora* Marta.

Enquanto seguíamos nosso caminho pelos bairros mais afastados, eu observava as casas. Eram tão bem conservadas quanto a minha, talvez menores e mais compactas, porém limpas e arrumadas. Foi só quando alcançamos a colina que a pobreza tornou-se óbvia. Quase que de um quarteirão para outro, as casas perderam a solidez. Paredes em ruína arqueadas sob o peso das videiras bravas e o capim crescendo por entre os ladrilhos quadrados dos pisos. Os cavalos soltos atravessavam as ruas em busca de comida. Magros e pequenos como os habitantes desses bairros, tinham o mesmo ar resoluto de independência. Só ficavam presos quando estavam arreados, e eu já os tinha visto, depois de um dia de trabalho, serem levados pelos seus donos para um banho no rio, antes de retomar o longo caminho de volta à colina.

— A senhora se lembra do dia em que Gabriela me levou para casa com Emilia e a senhora saiu com o bebê? — perguntei, voltando-me para a *señora* Marta.

Marco, que, tão logo o ônibus esvaziara tinha sentado atrás de nós, inclinou-se para a frente.

— Ela pensou que tínhamos levado o bebê.

— Pobre gente — suspirou a *señora* Marta. — Pobre, pobre gente. Imagine acreditar que alguém pudesse levar o bebê e não o devolver.

— Ela achou isso — disse Marco — porque acontece.

— Mas sua mãe jamais faria uma coisa dessas! — exclamei.

— Não, mas há gente que faz.

— Quem, Marco? — perguntei. — Quem roubaria um bebê? E por quê?

— Aquele bebê vale quatro mil *pesos* no mercado negro de adoção.

— Marco — a mãe suspirou outra vez —, como é que você sabe dessas coisas?

Com uma freada brusca, o ônibus parou no sopé do Cerro. Marco desceu primeiro, para ajudar a mãe e a mim. O ônibus partiu e, por um momento, ficamos ali parados, juntos, olhando para a íngreme subida que levava ao forte, no topo do morro. Marco e eu demos o braço para a *señora* Marta e subimos a serra.

Quando alcançamos os muros do forte, a *señora* Marta tirou da sua grande bolsa um bloco e uma caneta e foi falar com um dos soldados de guarda na entrada. Ele deu um largo sorriso quando a *señora* Marta lhe disse que um dos seus personagens da sua próxima novela de rádio seria baseado nele.

Marco foi se sentar numa grande pedra de onde se avistavam os barracos. Ficou tanto tempo parado que achei que havia adormecido. Aproximei-me cautelosamente, mas ele não se mexeu e, para minha surpresa, vi que havia lágrimas em seus olhos. Sem saber como agir, acabei fazendo uma coroa com as pequenas margaridas do campo que cresciam por toda a encosta do morro. Ao terminar, coloquei-a na sua cabeça. Ele aproveitou para secar os olhos e levantou-se, rindo.

— Marco — perguntei — como você se machucou assim no rosto?

Ele encolheu os ombros.

— Foi na escola. Entrei numa briga.

— Você marchou outra vez com os grevistas?

Marco suspirou.

— Sim, marchamos com os trabalhadores de cana-de-açúcar.

— Minha mãe diz que se eles insistirem em incomodar os proprietários americanos, eles podem se zangar e deixar de comprar a nossa cana-de-açúcar. E aí, o que acontecerá com os trabalhadores?

— Você é muito criança para entender, Leãozinho — ele disse, inclinando-se para puxar meu cabelo.

— Já é hora de você parar de me chamar assim — retruquei, batendo na mão dele. — Já nem consigo me lembrar de por que começou com isso.

Marco me fez recordar que anos antes, quando os russos invadiram a Hungria, um grande número de estudantes das escolas e universidades aglomerara-se em volta da embaixada para protestar. Revi claramente os grupos de jovens revoltados correndo pelas ruas perto da minha casa, evitando a polícia, e como a esposa de um funcionário russo foi apanhada fora do recinto da embaixada. Eu a vira muitas vezes passeando com suas roupas fora de moda e seu penteado ultrapassado, o casaco cinza ondulando ao vento, tranças apertadas bem presas, fazendo um halo em volta do rosto redondo e bonito. Que eu soubesse, a mulher não falava espanhol, mas acenava timidamente quando me via na poinsétia e, certa vez, me oferecera um doce tirado da cesta de compras pendurada no braço.

Um grupo de estudantes revoltados encurralara a pobre mulher, gritando insultos e imprensando-a no portão do jardim de minha casa.

— Você saiu de casa como uma louca — disse Marco —, empurrando-os e gritando para que deixassem a mulher em paz.

— Eles riram de mim.

— Sim, Leãozinho, porque você era tão pequenina e tão valente, mas eles também se afastaram.

— *Você* riu de mim, Marco.

— Eu era um garoto desajeitado de quatorze anos, que não conhecia nenhuma outra maneira de mostrar minha admiração por você além de apelidá-la de Leãozinho e rir da sua ferocidade.

Senti que corava. Era a primeira vez que Marco me fazia um elogio.

— Conte-me sobre os trabalhadores e sobre o bebê de Gabriela — eu disse, mudando de assunto.

Marco olhou para os barracos.

— Lembra-se de como ela abraçou o Gervasio e chorou?

Acenei, concordando.

— No dia seguinte, quando ela foi à nossa casa, tentei falar com ela, mas ela teve medo de mim.

— Por quê? Será que achou que você ia vender o bebê?

Marco sorriu, tristemente.

— Não. Para ela, só podia haver uma razão para um homem da minha classe querer falar com ela.

Eu desviei o olhar.

— Deixei você encabulada. Desculpe.

Balancei a cabeça.

— Não ligue para mim. Eu quero saber.

— O que eu desejava — disse Marco — era saber como poderia ajudá-la. Ela queria trabalhar? Por que foi forçada a mendigar? Onde estavam seus pais? Quem era o pai de Gervasio e onde ele estava? Não sei por que sou tão curioso a respeito dos pobres. Minhas lembranças mais remotas desses inquilinos do papelão são claras como cristal. Inequívocas. Sempre soube que pertenço a isto aqui, Magda, e não a Pocitos com suas ruas ladeadas de árvores e empregadas uniformizadas. É por isso que eu quero estudar ciência política. Quero tomar o poder para ajudar. Lembra-se de Battle?

— O presidente?

— Sim. Ele governou há cinqüenta anos, depois das guerras civis. Os seus programas sociais foram modelos de igualdade e oportunidade.

Marco contou-me sobre o programa nacional de Battle em relação à saúde, seus planos de pensão e projetos para o bem-estar da infância. Como ele tinha desejado garantir a segurança, do nascimento à morte, para todos os cidadãos. Contou-me que, mesmo agora, quando a promessa desses avançados programas sociais jazia enterrada nos barracos, dispersos como ruínas esquecidas no Cerro, ele ainda acreditava que essa Utopia estivera a nosso alcance e queria saber onde tínhamos errado. Marco queria entender como um país como o nosso, com ensino universitário gratuito garantido a todos os cidadãos, com uma população estável apesar dos ditames da Igreja Católica, com um clima compatível com qualquer tipo de vida, como tal país podia estar se afundando gradualmente na dívida externa e perdendo o apoio do seu povo.

Eu não sabia o que responder. Marco olhou para mim e pareceu convencido de que eu compartilhava do seu interesse. Virou-se para me encarar, e pela primeira vez, senti toda a força da sua personalidade.

— Algumas vezes, quando meu pai me leva para visitar as terras da família no interior, e os *cerros* recortam ao longe o horizonte, sinto tanta angústia que mal posso respirar. Tenho de pedir a meu pai que pare o carro para eu sair e escutar o vento assobiando nos vales. O único sinal de que seres humanos estiveram lá é aquela estrada estreita e poeirenta, serpenteando e mergulhando tão longe quanto a minha vista pode alcançar. Acima de mim, os *gavilanes* planam ao vento; abaixo, a grama ondula, pontilhada aqui e ali por carneiros, que balem uns para os outros através das cercas verdes. Meu pai vê isso apenas como um lugar para ser espoliado. Eu vejo o Éden e quero, desesperadamente, protegê-lo. Meu pai é um predador. — Marco parou e me olhou intensamente. — Você faz idéia do que estou falando?

Acenei lentamente. Era muito importante para mim que eu dissesse a coisa certa. Queria ser honesta, mas receava que, se deixasse escapar os meus pensamentos atabalhoadamente, se o deixasse saber como me sentia parecida com ele, talvez me achasse infantil e se afastasse de mim, deixando-me sem a clareza e a paixão daquele momento em que me sentia tão perto dele.

— Eu entendo essa angústia. Sinto-a também, quando viajamos para o interior. Certa vez, quando estava na casa da minha avó, fui explorar, sozinha, um pequeno rio. Vi uma tartaruga, e peixes curiosos nadavam bem perto das minhas pernas querendo saber o que eu era. Deitei embaixo de uma árvore e senti como se tivesse descoberto algo muito precioso que me competia proteger. Não sabia que mais alguém pudesse sentir essas mesmas coisas.

— Minha mãe acha que é melancolia. Na realidade, é desespero. Porque, você sabe, Leãozinho, às vezes acho que não há mais ajuda possível. Acho que fomos tão longe no caminho de nossa própria destruição, que ninguém pode nos salvar. E, no entanto, sempre que venho ao Cerro, sei que devo tentar.

— É por isso que você vai às passeatas?

— É por isso que eu vivo, Leãozinho. Porque, desamparados como estamos, somos cada um a única esperança do outro. Durante a última manifestação, uma criança morreu. De desnutrição. "Impossível!", dizem os políticos. "Essas coisas não acontecem no Uruguai. Somos a Suíça da América do Sul!" Você sabe o que os trabalhadores estão exigindo? O dia de oito horas de trabalho e um salário razoável.

— Por que não estão conseguindo?

— Porque o açúcar barato é vital para as economias do Norte, e os homens que fazem fortunas com o açúcar importado da América Latina não ligam a mínima para o povo que trabalha nos canaviais. A escravidão pode ser contra a lei, mas a mentalidade dos proprietários de escravos não reconhece isso. E no Norte eles descobriram duas espécies de açúcar. A espécie que nós produzimos, que adoça o que colocamos no estômago, e a espécie que eles produzem, que envenena nossas almas.

— Explique isso para mim.

— Eu acredito, Magdalena, que a razão pela qual os americanos e os europeus têm tanto sucesso é porque eles descobriram que é possível embotar os sentidos, satisfazendo-os. Se você consegue persuadir as pessoas de que, para ser felizes, o que elas precisam é possuir bens materiais, e se você torna esses bens acessíveis para elas, enriquecendo-se a si próprio nesse processo, encontrou uma forma de controlar a mente das pessoas de causar inveja a qualquer ideologia. — Marco, repentinamente, ficou de pé. — Chega. Estou divagando. — Ele riu. — Meus irmãos dizem que quando começo a falar desse assunto eu os chateio até as lágrimas. E não quero que esses olhos, que são da cor do céu na hora do crepúsculo, fiquem cheios de lágrimas. — Ele afastou-se. — Qual é a casa de Gabriela? Está na hora da gente levar isso para ela. — Apontou para as flores, ao meu lado, na grama.

Eu não estava pronta para parar. Tínhamos apenas começado. Queria que ele se sentasse na encosta e falasse comigo para sempre. Mas não sabia o que fazer para que ficasse.

Juntamos as flores de papel, tirei a coroa de margaridas da sua cabeça e coloquei-a no chão. Caminhei na sua frente e não o vi apanhá-la e guardá-la no bolso da camisa. Isso ele me contaria muito, muito mais tarde.

Fazia anos que não visitava Gabriela, desde quando Emilia e eu nos escondêramos na carroça, e já não me lembrava qual era a sua casa.

Marco riu e continuou descendo a colina. Foi logo rodeado de crianças e começou a distribuir caramelos que tirava dos bolsos. As crianças desembrulhavam as balas e as estalavam na boca, esticando as mãos para ganhar mais. Várias tinham cabelo vermelho. Perguntei a uma delas onde Gabriela morava, e a criança apontou para um pequeno barraco perto dali.

As lembranças me assaltaram e fiquei imaginando se os pratinhos ainda estavam pendurados na parede. Surpreendeu-me a dor aguda que senti ao lembrar-me deles.

Encontramos Gabriela nos fundos, lavando, numa tina, as roupinhas do bebê. Mal se sustentando nas perninhas, uma criança brincava com um cachorrinho e um bebê estava deitado numa toalha velha, perto de Gabriela. Eu perdera a conta de seus filhos. Nesses anos, ela mudara muito pouco. A única diferença estava nos olhos, que pareciam mais cansados e no sorriso, que escondeu com as mãos. Tinha perdido vários dentes, um por cada bebê, disse ela.

Secou as mãos no avental, quando nos viu, e veio nos cumprimentar. Ficou tão encantada com as flores que correu a mostrá-las aos vizinhos, deixando as crianças a nossos cuidados. Quando voltou, sentamos na grama e bebemos mate até que Marco, olhando para o forte, viu a mãe acenando.

Quando Marco e Gabriela caminhavam na frente, eu me atrasei de propósito, fingindo brincar com o cachorrinho, e olhei pela janela. Os pratinhos ainda estavam lá, assim como todas as coisas que eu dera a ela durante anos, incluindo o edredom rosa e branco sob o qual as duas crianças dormiam nas noites frias.

# Oito

E então, Che veio.

Ele iria falar na universidade e eu estava decidida a ir.

Meus pais proibiram. Diziam que Che Guevara era um revolucionário terrorista e que os problemas o seguiam aonde quer que fosse. Implorei a Marco que me acompanhasse, mas ele foi inflexível.

— Não, Leãozinho — ele disse —, não vou acompanhá-la para ver o Che.

— Como posso me tornar uma cidadã mais esclarecida se você me protege dessa forma, Marco?

Deu aquele seu sorriso irresistível.

— Ouvindo o que eu digo.

— **Você não é Che Guevara.**

— Eu danço melhor — Marco riu.

— Fale sério, Marco.

— Eu falo sério o tempo todo. Quando estou com você gosto de rir.

— Sou tão engraçada assim?

Marco balançou a cabeça.

— Não, Leãozinho, mas há uma fonte de alegria em você que desperta a alegria que existe em mim.

— Eu ficaria muito feliz em ir ouvir o Che — insisti.

— Ouça no rádio.

— Não é a mesma coisa, Marco.
— É mais seguro.
— O que poderia acontecer? — indaguei.
— Magda, ouça-me. A universidade é diferente do mundo em que você vive. Ainda não é crescida o bastante para enfrentar essas diferenças.
— Você só diz isso porque agora vai para a universidade e pensa que é muito esperto.
— Eu sou esperto. Esperto o bastante para saber que nesse evento as coisas podem ficar fora de controle. Vão jogar pedras e quebrar janelas. A polícia quebrará algumas cabeças. Os americanos vão providenciar para que uma visita de Che Guevara não aconteça pacificamente. E vou impedir que a sua cabeça esteja entre as que serão quebradas.
— Se ficar comigo, você pode me proteger.
Marco riu cordialmente. Acreditei que estivesse rindo de mim porque achava ingênuo e pretensioso o meu desejo de ver Che Guevara. O que Marco ignorava é que eu estava ciente de que ele estaria sendo vigiado de perto pela polícia. Já era bem conhecido deles e, embora achasse que ainda não fora preso ou espancado graças à sua boa estrela, a *señora* Marta me contara, certo dia, que o marido estava esgotando todos os seus contatos e influência para manter Marco fora da prisão, e que ela não sabia mais por quanto tempo poderia contar com a ajuda dele. O coronel Pereira dizia que já era tempo de Marco aprender uma lição. Eu estava muito zangada com Marco para contar-lhe isso, até que me lembrei da nossa tarde no Cerro. Lembrei-me do que ele dissera sobre provocar lágrimas nos meus olhos e compreendi que eu também jamais o magoaria conscientemente.

Mas estava determinada a ir ouvir o Che. Tentei então convencer Emilia a me acompanhar. Emilia não estava interessada no Che e era positivamente contra ele. As excursões noturnas de Lilita tinham cessado pouco depois da conversa com a *señora* Francisca, que escutáramos às escondidas, e Emilia acreditava que a mãe tinha desistido de suas atividades secretas. Ela não queria fazer nada que reavivasse o interesse de Lilita pela revolução. Mas quando descobriu que a mãe estava, na verdade, participando dos planos para a visita do Che, Emilia concordou em me acompanhar. Ela escutara uma conversa telefônica relacionada a esses planos e interpelou a mãe, que insistiu em dizer que fora um mal-entendido. Lilita assegurou que os planos sobre os quais ela havia escutado nada tinham a ver com o Che. Emilia não acreditou. Decidiu ir comigo, na esperança de pegar a mãe em flagrante.

Eu disse a minha mãe que Emilia e eu íamos à Rambla tomar chá. Para apaziguar a consciência de Emilia, nós realmente tomamos chá antes de pegar o ônibus para o centro da cidade.

❧

Os estandartes de boas-vindas ondeavam em homenagem a *el* Che, muitos deles condenando a intervenção ianque na América Latina. Alguns faziam referência à CIA, uma organização sobre a qual eu e Emilia não sabíamos nada.

A multidão de estudantes estava eufórica do lado de fora dos prédios da universidade. Subiram nos postes de iluminação, nas estátuas e colunas de mármore, agitando bandeiras e dando vivas quando Che Guevara, bonito e austero no seu uniforme verde-oliva, abriu caminho para o auditório. Seguimos a multidão e, por alguns minutos, a aclamação foi tão alta que Emilia tapou os ouvidos. Quando Che levantou os braços, um silêncio se fez na multidão e apenas o rangido ocasional de uma porta quebrou a quietude que se seguiu.

— *Compañeros* — disse Che e a gritaria explodiu outra vez. Ele dizia algumas palavras e o salão vibrava com as vozes famintas pelo poder que ele representava. Ele nos incentivou a nos erguer e a dizer não aos ricos e a seus interesses, aos gorilas militares e a seus métodos nazistas, ao gigante agachado lá no norte, sempre pronto a abafar as vozes do povo, tão logo os seus lucros eram ameaçados.

Então ele ficou quieto e a multidão também, sentindo que algo importante iria ser dito.

— *Compañeros* — ele começou —, apesar de tudo que temos sofrido, apesar das injustiças que nos têm sido feitas diariamente, apesar de ter de suportar e ver a fome e a pobreza devastar nossas nações, apesar de tudo isso, enquanto houver métodos legais disponíveis para reformas, não devemos pegar em armas. Devemos cuidar dessa democracia e não disparar o primeiro tiro.

A multidão gemeu, angustiada.

— Nós queremos — continuou —, oh, como queremos, fazer aos outros o que tem sido feito a nós e arrancar a bota da opressão do pé dos ianques e seus asseclas. Mas não devemos. Não, enquanto pudermos falar como pessoas civilizadas que somos. Não, enquanto pudermos seguir a letra da lei da Constituição ianque, não obstante seus representantes a desrespeitarem diariamente neste continente. Não, enquanto pudermos nos agüentar com orgulho e bradar: "Nós somos um povo livre!" A imagem de instabilidade e de ineficiência democrática com a qual temos sido retratados é uma imagem criada pelo pintor, o pintor ianque, que interfere constantemente na estabilidade econômica e política das grandes nações da América Latina e apóia apenas aqueles que têm o discurso ideológico que querem ouvir, fingindo-se de cegos para os abusos aos direitos humanos, dos quais eles são sempre culpados. Vamos mostrar-lhes que entendemos muito melhor que eles os preceitos da democracia e vamos voltar contra eles as suas próprias forças na nossa luta pacífica para a liberdade e justiça para todos!

O discurso de Che terminou e os vivas ecoavam enquanto o povo se abraçava, jogando os chapéus para o alto. Che relaxou e sorriu pela primeira vez. Quando ele acenava para a multidão exultante, um tiro reverberou através do saguão e o pânico se espalhou pelos estudantes. Emilia e eu estávamos longe do palco e não vimos quem tinha sido atingido. A multidão em torno de nós precipitou-se em direção ao saguão, desceu os largos degraus do prédio da universidade e saiu para a rua. A polícia montada, pensando que acontecera um levante, começou a agir. Os cascos crepitavam na calçada, as espadas foram desembainhadas e Emilia e eu fomos carregadas por uma corrente humana.

Enquanto a perseguição prosseguia, as pessoas que ficavam para trás eram derrubadas ou fugiam da multidão. As patas e os gritos ficaram mais próximos e uma hora quase fomos separadas por uma mulher tomada pelo pânico que tentou passar por entre nós duas. Agarramos uma à outra e conseguimos correr juntas até passarmos por uma travessa escura. Puxei Emilia e nos desviamos para ela. Quase tropeçamos numa moça caída de quatro na sarjeta. Emilia e eu ficamos geladas, hipnotizadas pelo sangue que corria da cabeça da moça, formando uma poça brilhante aos nossos pés. Pegamos seus braços, tentamos levantá-la e vimos que era Cora.

— Vão embora! Vão embora! Eles vêm atrás de vocês — Cora nos alertou.

O som dos gritos e dos cascos dos cavalos ressoava atrás de nós.

— Vão! Corram! — disse Cora, mas Emilia e eu a agarramos e, ora puxando, ora empurrando, conseguimos levá-la para dentro do abrigo de um portal. Um grupo de pessoas passou por nós correndo, atirando pedras nos policiais furiosos, desafiando-os. Desapareceram virando a esquina e nós três ficamos abraçadas, tremendo de frio e medo, até que o barulho morreu à distância.

— O que vamos fazer agora? — perguntou Cora.

— Não podemos ficar aqui — disse Emilia. — Você precisa de um médico.

Estiquei a cabeça para fora do portal.

— Vou tentar achar um táxi.

— Eu vou com você! — exclamou Emilia.

— Você não pode deixar Cora. Vou procurar ajuda. Se for vista por algum policial digo a ele que estava fazendo compras e fiquei presa na cidade quando a confusão começou.

Saí para a travessa escura. Vi a lua, agourenta e fria, brilhando na poça de sangue de Cora e estremeci, apertando o casaco no corpo. A maioria das lâmpadas tinha sido estilhaçada e a escuridão tomara conta de tudo. Achava que a 18 de Julho estava à minha esquerda. A principal avenida que levava ao centro da cidade era geralmente um lugar de intensa movimentação até às primeiras horas da manhã. Invoquei a imagem de seus amáveis camelôs e da multidão alegre para me dar coragem e mergulhei na proibida escuridão à frente. Meus saltos faziam barulho no piso quando me aproximei da placa no alto da parede. Olhei para cima e li o nome da rua. Estava certa, a 18 de julho ficava em frente, à minha esquerda. Andei dois quarteirões sem ver ninguém e já começava a me sentir mais calma quando uma motocicleta parou atrás de mim.

— Alto! — disse o policial. — Fique contra a parede! Agora! Mexa-se!

— Estou perdida! — gritei. — Fui apanhada pela multidão. O que está acontecendo?

— Na parede! Agora! — O policial pegou o meu pulso e virou contra o concreto áspero. — Abra as pernas!

— Guarda, eu... — Parei, um grito de surpresa estrangulado em minha garganta. As mãos dele estavam debaixo da minha saia, tateando entre as pernas. A ferroada de seus dedos penetrando em mim fez com que eu me virasse e o atingisse, com toda a minha força, com o fecho de metal da bolsa. Ele oscilou surpreso e caiu, a mão na boca que sangrava. Antes que pudesse se recuperar, dei um chute em seu estômago, tirei os sapatos de salto alto e corri pela calçada esburacada em direção as luzes em frente.

— Aqui! Entra aqui! — uma voz chamou de uma porta aberta e, sem pensar, me atirei pela estreita abertura, onde um grupo de pessoas se amontoava. Pediram silêncio quando caí e a porta foi fechada atrás de mim. Pouco depois, ouvimos o som de uma motocicleta pela janela acima de nossas cabeças. Gelei de medo e olhei em volta para ver como os outros estavam reagindo. Dois homens e uma mulher olharam para mim através do estreito *hall* onde estávamos agachados, seus olhos tão temerosos quanto os meus.

Quando o som da motocicleta morreu à distância, deixamos escapar um suspiro de alívio e nos mexemos pela primeira vez.

— Tenho de arranjar ajuda — eu disse. — Minha amiga está ferida.

— Onde?

— A poucos quarteirões daqui, em Gaboto.

— Vamos acompanhá-la até lá — um jovem falou. — Onde estão seus sapatos?

— Arranquei-os para poder correr.

— Laura, dê os seus sapatos para ela — disse o jovem, virando-se para a moça.

— Oh! Por favor, não, eu posso andar descalça — eu disse. Laura riu.

— Nas praias de Punta del Este, talvez.

— *Dale*, Laura, ela é apenas uma criança.

— Os ricos aprendem cedo como tirar vantagem de nós.

— Vamos, Laura — interveio o outro jovem. — Você mora perto daqui, e os pés da criança estão sangrando.

Laura afastou os cabelos dos olhos e inclinou-se para tirar os sapatos. Na penumbra pude ver que os tênis eram ordinários e gastos. Aquele par de sapatos podia ser o único que possuía.

— Vou devolvê-los — eu disse. — Onde você mora?

Laura olhou para mim com os olhos tão gastos quanto a pobreza.

— Em nenhum lugar que sua mãe lhe permita visitar.

— Vamos — repetiu o jovem. — Julio, *venís?*

— *Vengo*, Fernando — ele respondeu, pegando os sapatos de Laura e calçando-os nos meus pés. — *Bueno, nena* — ele disse gentilmente, amarrando os cordões.

Os sapatos eram muito pequenos para mim e estremeci quando nós três saímos, cautelosamente, para a rua. No meu esforço para escapar do policial, não tomara cuidado para olhar onde pisava e cortara os pés nos cacos de vidro das lâmpadas estilhaçadas.

— Quem vai levar Laura em casa? — perguntei.

Julio riu.

— Ela é quem está nos protegendo.

— Tenho de achar um táxi.

— Esqueça isso. Eles estão todos em casa, escutando o levante pelo rádio. Onde você mora? Carrasco ou Pocitos?

— Pocitos.

— Vamos ter de andar. Sua amiga está muito ferida?
— Não sei ao certo. A cabeça está sangrando.
— Posso dar uma olhada nela — ofereceu Fernando.
Julio riu outra vez.
— Ele acha que já é médico. Está no segundo ano de medicina.
Caminhamos em silêncio, colados à parede, olhando a cada segundo para trás, temerosos de sermos perseguidos, procurando sinais dos outros na rua.
— Quem foi atingido hoje? — perguntei. — Foi o Che?
Julio balançou a cabeça.
— Foi um dos nossos. Você estava lá?
— Claro! O que aconteceu?
— Os russos vão dizer que foram os americanos — respondeu Julio, encolhendo os ombros.
— E os americanos vão acusar os russos — acrescentou Fernando.
— Mas por quê? Por que atiraram num estudante?
— Porque Che veio para acalmar os ânimos. Se conseguirmos fazer o que ele pede e redistribuir a riqueza sem derramamento de sangue, então toda a América Latina apoiará a revolução.
— Mas quem era o estudante?
Julio e Fernando olharam um para o outro.
— O poderoso — eles disseram.
A resposta não me satisfez, eu queria saber mais, porém tínhamos chegado ao nosso destino, e eu podia ver a cara preocupada de Emilia olhando para nós do portal.
— Cadê o táxi? O que aconteceu?
Contei para ela.
— Vocês salvaram a minha vida esta noite — eu disse, virando-me para os dois rapazes.

Eles fizeram uma careta.

— A sua vida não, mas a sua honra, com certeza! O tira estava quente!

Fiquei envergonhada e me senti corar:

— Vocês viram o que ele...?

— Oh, não, não muito claramente, não, não! — disse Fernando, apressadamente. — Vimos quando ele parou você e sabemos... Sabe, você é uma moça e... Bem, sabíamos, isto é tudo.

Apertei as mãos que me estendiam:

— Muito obrigada.

— Como você se chama? — perguntaram.

— Magdalena Ortega Grey.

— Ortega Grey? Um dos latifundiários?

— Sim.

— ¡Ay, ay! É melhor não dizermos isso aos outros! — Eles riram. — Bem, garotas bonitas têm o direito de ser salvas, mesmo se o nome for Ortega Grey! Tenham cuidado agora. Fiquem do lado da rua onde há sombras e portais.

Fernando deu uma olhada no ferimento de Cora:

— Ela precisa de um curativo, mas pode fazer isso em casa.

Acenaram e desapareceram na noite.

— Seus pais sabem que você saiu sozinha, Cora? — perguntei, quando nós três andávamos de braços dados sob o vento áspero.

Cora balançou a cabeça:

— Claro que não! Disse a eles que ia à sinagoga.

Reparei que a sua voz havia mudado e lembrei que, fazia muito tempo, eu e Emilia tínhamos tentado falar como Cora, como uma suave melodia. Agora, sua voz soava áspera e zangada.

— Eu tinha de ver o Che! Este foi um evento histórico.

— Por que se interessa por ele? — perguntou Emilia. — Ele me pareceu bastante estranho.

Cora olhou para ela, surpresa.

— Eu sou uma socialista. Na minha família, todos nós somos. Os socialistas salvaram meus pais na Holanda. Arriscaram tudo para tirá-los sãos e salvos da Europa. Quando soube que Che Guevara estava vindo para falar, eu tinha de ir.

— O que nós temos a ver com a guerra na Europa? — persistiu Emilia, ainda confusa.

— Nada. Mas ele defende as mesmas coisas que os socialistas de lá defendiam.

— Vamos ter muitos problemas — suspirei. — Nossas mães pensam que estávamos tomando chá com amigos.

Passamos por um lampião e vi que Cora estava muito pálida.

— Emilia, tem um banco ali, vamos parar um pouco.

— Vamos congelar!

— Cora precisa descansar. — Tirei meu casaco e cobri as pernas de Cora, enquanto sentávamos bem juntas numa pequena praça escura. Podia ouvir os dentes de Cora batendo.

— Magdalena, é muito tarde — alegou Emilia. — Tenho de ir para casa.

— Desculpem — disse Cora. — É por minha causa que vocês estão nesta encrenca. Já poderiam estar em casa se não fosse por mim.

Ajudei-a a se levantar.

— Faz muito tempo que nos encontramos. É bom estarmos juntas outra vez. Mesmo que seja assim. Estaremos rindo sobre isto daqui a alguns dias.

— Se os seus pais nos deixarem vê-la novamente.

— Oh, claro que vão deixar. Direi a eles que vocês salvaram a minha vida. Além disso, eles agora me deixam sair mais, porque *papá* quer que eu trabalhe com as senhoras na sinagoga. Aproveito para ir às conferências na universidade.

Caminhamos por mais de uma hora e a cabeça de Cora recomeçou a sangrar, manchando a blusa de lã angorá amarelo-clara. Eu tentava ignorar a ferroada — que ainda sentia — dos dedos do policial. Pela primeira vez, me permiti pensar no que ele havia feito. Suas mãos eram ásperas, e a velocidade com que tinha afastado minha roupa de baixo e penetrado em mim com os dedos deixara-me aturdida. Eu queria lavar a dor ardida do seu toque e nunca mais pensar sobre isso. Estava agradecida ao frio e ao vento que faziam doer minhas orelhas. Emilia parecia perdida em seu próprio mundo. Cora estava muito fraca para dizer qualquer coisa. Os meus sapatos emprestados tinham esfolado os cortes, e eu mancava apoiada no braço de Emilia. Seu nariz estava escorrendo e a toda hora, ela, zangada, o limpava com as luvas.

Deixamos as ruas laterais para pegar o caminho mais curto no Bulevar Espanã. O bulevar estava calmo naquela noite, o tráfego escasso. Alguns pedestres passaram por nós e uns pararam para oferecer assistência, ao ver o estado de Cora. Aceitei o terceiro oferecimento e pedi ajuda para arranjar um táxi. Emilia deu ao motorista um endereço afastado um quarteirão das nossas casas. Não queríamos fazer nada que pudesse atrair a atenção na nossa chegada ao *barrio*.

Uma vez lá, fomos forçadas a caminhar mais um pouco. Tínhamos vencido uma grande distância, mas este último quarteirão parecia se estender diante de nós até o infinito.

— Vamos — eu disse —, não é longe. — Segui à frente e não paramos até alcançarmos a esquina. Todas as luzes da minha casa estavam acesas.

— Puxa! — exclamei. — Eles estão esperando por mim.
— Meu apartamento está escuro — disse Emilia.
— Tem uma luz acesa na minha casa — suspirou Cora.
Abraçamo-nos, desejando o calor e o conforto de nossos lares, mas precisando uma da outra.
— Em algum momento, vamos ter de enfrentá-los — falei.
— Vocês vêm me visitar amanhã? — perguntou Cora.
Emilia e eu concordamos.
— E ligue para nós esta noite, se precisar.
Com um último aperto de mão, nós nos separamos. Cora, segurando meu lenço na cabeça, correu para casa, os saltos batendo na calçada. Virou-se ainda uma vez para um último aceno e desapareceu.

Suspirei e encolhi os ombros.
— Vamos lá! — disse eu, e, andando perto do muro do jardim, segui para casa enquanto Emilia destrancava a porta do apartamento e entrava na escuridão.

Fui mandada para cama imediatamente, com uma bolsa de água quente, enquanto Josefa preparava um chocolate para mim. Segundo me disseram, meu pai seria informado do meu comportamento tão logo chegasse em casa. Isso queria dizer que minha mãe estava aliviada por eu já estar em casa e que não tinha idéia de como lidar com minha transgressão. Meu pai talvez ficasse ausente por muitos dias e, então, tudo teria sido esquecido.

Passei muito tempo no banheiro me lavando, mas a sensação de ardência entre as pernas não desaparecia. E se ele tivesse rasgado alguma coisa? Será que eu sangraria? Se sangrasse, precisaria ir a um médico, mas como contar a ele o que havia acontecido comigo? Ele iria querer ver? Eu já me sentia bastante humilhada.

Não importava o quanto lavasse, continuava me sentindo aviltada. O telefone tocou enquanto eu colocava talco, esperando que o leve perfume fizesse eu me sentir mais limpa. Finalmente, desisti do esforço e sentei-me na cama, desejando esquentar os pés na bolsa de água quente que Josefa tinha trazido, mas os cortes doíam demais. Minha mãe veio ao meu quarto quando eu terminava de tomar o chocolate.

— A Sra. Allenberg telefonou. Estão levando Cora ao hospital. Ela queria agradecer a você por tê-la ajudado a chegar em casa. — Ela sentou-se na cama. Eu estava desacostumada a um exame tão intenso da parte da minha mãe. — O que aconteceu, Magdalena?

— É uma longa história, *mamá*. Posso contar amanhã?

Minha mãe parecia decidida a insistir numa resposta, quando uma sirene quebrou o silêncio da noite. Por um momento que pareceu uma eternidade, achei que a polícia estava vindo para me prender pelo que eu tinha feito a um deles. Minha mãe andou rápido até a janela e olhou para fora. Disse que era uma ambulância parando em frente ao apartamento de Emilia. Pulei para fora da cama, atirei o casaco nos ombros e saí pela porta antes que minha mãe pudesse me impedir.

Quando cheguei no prédio de Emilia, uma maca estava sendo carregada. Emilia caminhava ao lado, chorando em silêncio.

O rosto pequeno de Lilita aparecia acima dos cobertores escuros, os olhos fechados e a boca entreaberta. Corri para Emilia enquanto minha mãe se juntava a nós.

— O que aconteceu?

— Eu conto depois — respondeu Emilia.

— Quer que eu vá com você?

— Não. Fique aqui e diga ao *papá* que estamos no Hospital Italiano. — Ela subiu na ambulância atrás da maca e foi levada embora, parecendo mais velha e extremamente cansada.

Minha mãe e eu entramos no apartamento e sentamos nas cadeiras em frente à porta.

— Magdalena, o que exatamente aconteceu esta noite? — perguntou outra vez minha mãe. — Não quero evasivas desta vez.

— Com Lilita?

— Não. Acho que nós duas sabemos o que aconteceu com Lilita. Quero saber de você.

Surpreendi-me contando tudo a ela.

— Foi tudo que ele fez? — perguntou.

— Sim.

— Como eu gostaria de pôr minhas mãos nele! O bastardo! Eu o mataria!

— Acabou, *mamá*. Quero esquecer. Não preciso ir ao médico, preciso?

— Vamos ver como você está amanhã. Espero que lhe sirva de lição. Tivemos sorte por esses estudantes não terem terminado o que ele começou. Ele sabia quem você era? Pediu para ver sua *cédula?*

— Não. De qualquer forma, eu não tinha levado.

— Talvez o fizesse parar. Você não devia sair sem a sua carteira de identidade. Ainda assim, como as coisas estão, é melhor que o nosso nome não apareça. Para a imprensa seria um prato cheio.

— Por que iriam dar importância a isso?

— Você é tão ingênua, Magdalena. Por que acha que os estudantes a ajudaram?

— Eles não tinham idéia de quem eu era, quando me ajudaram.

— Devem ter percebido logo, por suas roupas e modos, que você é de outro nível. Um deles, pelo menos, vai aparecer amanhã, pedindo um emprego a seu pai.

— Realmente acredita nisso?

— Vivo há mais tempo que você, Magdalena. Conheço essa gente. Eles tiram vantagem de tudo e de todos.

Ouvimos a chave do *señor* Mario virar na fechadura. Ficou surpreso ao nos ver e tirou o chapéu apressadamente. Minha mãe contou-lhe que sua esposa tinha sido levada ao hospital. Ele correu a mão pelo cabelo fino e escuro.

— Sinto muito que tenham se incomodado — disse. — Emilia devia ter deixado um bilhete.

— Não foi nada — respondeu minha mãe. — Há algo mais que possamos fazer?

— Não, não. Providenciarei tudo.

— Gostaria de comer alguma coisa?

— Não. Eu já comi. Obrigado.

— Então nós vamos embora. Por favor, avise-nos se precisar de alguma coisa.

— Sim, obrigado. É muita gentileza de vocês.

Minha mãe e eu voltamos para casa em silêncio. Ela esperou que eu me deitasse e me deu um beijo de boa-noite.

— Você tem razão — ela disse. — É melhor esquecermos o que aconteceu.

Mas esquecer era impossível. Não apenas não conseguia esquecer o que acontecera comigo, mas continuei a lembrar-me da cara aterrorizada de Emilia quando corríamos com a multidão. Sabia que jamais me perdoaria se algo lhe acontecesse por minha causa.

No dia seguinte, fui visitar Lilita no hospital e encontrei-a parecendo mais frágil do que nunca. Emilia passara a noite vestida e seu elegante casaco e a saia estavam amarrotados. Ela desviou o olhar quando entrei e ocupou-se em contar o dinheiro para a passagem do ônibus.

— Vou em casa para trocar de roupa. Pode esperar até eu voltar?
— Claro, quanto tempo for preciso — respondi.
Saímos juntas do quarto.
— O que aconteceu, Emilia?
— Ela tentou se suicidar. Eu devia estar lá. Não sei se posso ser mais sua amiga, Magda. Você está sempre fazendo coisas malucas.
— Você me disse que Lilita não ia estar em casa ontem!
— *Ya sé, ya sé*. Eu sei que disse isso, não é sua culpa, realmente, mas...
Coloquei a mão no seu braço.
— Vá para casa e troque de roupa. Ontem, aprendi uma lição, Emilia. Nunca mais vou expô-la ao perigo. Prometo.
Emilia sorriu de leve.
— Vou fazer você cumprir essa promessa.
No quarto, o ambiente era etéreo. A cortina branca e lisa da janela filtrava o sol da tarde, que invadia as paredes e o cobertor estendido sobre o corpo esbelto de Lilita. O cabelo escuro parecia flutuar no travesseiro e seu olhar era vago, evasivo, como se estivesse me olhando debaixo d'água. Segurei suas mãos e beijei-as. As veias destacavam-se em contraste com a palidez da pele.
— Eles o mataram, Magdalena, eles mataram meu Juan — ela murmurou.
— Quem era Juan, Lilita?
— Ele era meu amigo. O único homem em quem eu confiava cegamente. Meus pais não o aprovavam, então nos encontrávamos na biblioteca para conversar. Eu o amava muito. E ele se preocupava tanto comigo, Magdalena. Ele se preocupava se meus pés ficavam molhados ou se eu chorava no cinema. E eles o mataram, Magda. Eles o mataram! — ela soluçava.

Inclinei-me sobre a cama e, ao tomar Lilita nos braços, senti sua espinha, que parecia uma fileira de seixos sob o tecido macio da camisola do hospital.

— Quem o matou?

— Os homens de Stroessner. Ele foi ao Paraguai para lutar com os rebeldes e eles o pegaram.

Vasculhei minha mente confusa, desejando ter prestado mais atenção na escola, quando estudamos a política do Paraguai.

— Quem é Stroessner?

Lilita estremeceu.

— Um demônio. Um ditador, amado pelos americanos, odiado pelos povos amantes da liberdade. — Ela sentou-se, de repente, e puxou meu rosto para encará-la. — Coisas estão acontecendo aqui. Coisas importantes. Um dia, você terá de fazer uma escolha. Quando esse dia chegar, quero que se lembre de como Juan morreu.

— Sim, Lilita.

— Enfiaram um gancho no queixo dele e o suspenderam preso a um avião, voando por cima da selva, onde seus companheiros estavam escondidos. E o soltaram lá.

As lágrimas escorriam pelo rosto de Lilita.

— Vê como eu sou tola? Onde já se viu uma pessoa criar a filha única acreditando que o casamento com um homem rico é a única salvaguarda, enquanto luta para derrubar a riqueza? — Ela riu excitadamente. — Não é de se estranhar que meu marido me ache louca. — Agarrou meu braço. — Ouça, Magda. Coisas terríveis vão acontecer aqui. Ouvi você e Marco conversando. Você não é do tipo de pessoa que ficará parada observando o que acontece. Eu era como você, e eu sei. Mas Emilia consegue. Ela não tem o estofo necessário à revolucionária. Marco tem. Você também tem, mas ainda não sabe. Prometa-me que impedirá Emilia de um dia se juntar a vocês.

— Já prometi a Emilia que não vou mais chamá-la para situações arriscadas. Foi por minha causa que ela saiu ontem.

Mas Lilita não estava escutando.

— Prometa-me! — ela gritou, enfiando as unhas no meu braço.

— Eu prometo.

# Nove

Nosso baile de quinze anos, um dos ritos mais importantes da passagem para a adolescência, estava quase chegando. Era um evento que Emilia e eu esperávamos ansiosas desde crianças. Tínhamos observado Sofia, Carmen e muitas primas de Emilia se prepararem para esse evento escolhendo vestidos, imprimindo convites, ensaiando para a valsa de abertura com seus pais e sendo o centro das atenções durante meses antes e depois das festas.

Como nossos aniversários só tinham alguns dias de diferença, Emilia e eu sugerimos às nossas mães que planejassem uma só *fiesta de quince* para nós. Elas concordaram mais rapidamente do que havíamos imaginado. Com a inflação a 422%, a idéia de dividir as despesas da festa agradou minha mãe. Para Lilita, foi um alívio poder juntar os esforços. Ela havia saído do hospital tão magra que sua pele estava quase translúcida, e eu percebia Emilia olhando para a mãe, preocupada, quando ela ficava sentada à mesa, brincando com a comida.

— Que excitante! — exclamou tia Catalina, quando as tias se preparavam para consumir os bolos de Josefa. — A última sobrinha a festejar o aniversário de quinze anos! Devemos tornar essa festa memorável!

— É um rito bastante medieval, eu acho — disse tia Aurora.

Tia Josefina deu uma risadinha.

— O Uruguai não existia na época medieval!
— Claro que existia, *tonta*.
— Não como um país civilizado.
— E agora ele é um país civilizado? — perguntou minha mãe com amargura.
— Seja lá como for — insistiu tia Aurora —, a Espanha e a Inglaterra existiam. E é de lá que vêm essas pretensas tradições civilizadas.
— Era para ser chá de carnaval? — perguntou tia Catalina.
— O que é um chá de carnaval? — minha mãe reforçou.
— Não sei — respondeu tia Catalina. — Estou apenas imaginando por que Aurora veio fantasiada.

Tia Aurora colocou a chávena, cuidadosamente, na mesa.
— Olhe de novo, Catalina. No caso de não ter notado, apesar de viver aqui há sessenta e poucos anos...
— Cinqüenta e oito — replicou tia Catalina.
— Para ser exata, cinqüenta e nove — corrigiu tia Josefina. — Eu tenho cinqüenta e oito e não somos gêmeas, você sabe. Pelo menos, eu acho que não... *Mamasita* nunca mencionou...
— Como eu estava dizendo — continuou tia Aurora —, no caso de não ter reparado, usar bombachas é costume aqui.
— Não pelas mulheres.
— Você está enganada, como sempre, Catalina. As mulheres usam as calças gaúchas para cavalgar.
— Você veio a cavalo? Se veio, eu não vi.
— *Miss* Newman e eu decidimos que já é hora de as mulheres começarem a usar roupas confortáveis. E não há roupa mais confortável do que as bombachas.
— *Miss* Newman? — exclamou minha mãe. — Achei que tivesse morrido.

— Morrido? — tia Aurora surpreendeu-se. — Quem lhe deu tal idéia?

— Você. Lembro-me perfeitamente de você dizendo que o amante dela a havia matado.

Naquele momento, Caramba voou e minhas tias, minha mãe e eu colocamos o braço direito em cima da cabeça. Caramba pareceu inseguro e voou pela sala por mais tempo do que o habitual.

— Então *Miss* Newman transformou-se em consultora de moda? Foi também idéia dela você se vestir inteiramente de preto no meio do verão? — perguntou tia Josefina. — Ela devia parar de ensinar.

— Ela parou de ensinar, como você colocou tão cruelmente — tia Aurora respondeu irritada, atirando o guardanapo em Caramba, que tinha pousado no abafador de chá. — Pássaro burro. Agora, meu ombro está doendo. Estou usando preto em oposição à decisão do nosso governo de quebrar as relações diplomáticas com Cuba.

— Por que se meter nisso?

— Porque isso é outra indicação de que estamos sob o polegar dos Estados Unidos.

— É o que os comunistas falam, toda vez que alguém fica contra eles — interveio minha mãe.

— Desta vez, *hermanas*, é bom prestarmos atenção. Lembrem-se do Panamá.

— O que o Panamá tem a ver conosco? Está a centenas de quilômetros! — tia Catalina disse.

— Os Estados Unidos cobram dos navios que cruzam o Canal do Panamá — tia Aurora respondeu, impaciente. — Esse dinheiro é empregado para financiar as escolas da América... um disfarce para o treinamento de futuros líderes militares prontos a derrubar qualquer um que ameace os lucros dos Estados Unidos na América Latina.

As tias suspiraram e ficaram em silêncio.

— Tenha cuidado onde você fala essas coisas, Aurora — alertou minha mãe, finalmente.

— As pessoas vão pensar que você é comunista! — completou tia Josefina.

— Se o Panamá é muito longe para alarmar vocês — continuou tia Aurora —, pensem no Brasil. Assim que o presidente Goulart anunciou seu plano para nacionalizar as refinarias de petróleo e reformar a política agrária do país, ele foi destituído! O mesmo aconteceu na Bolívia! O que mais será preciso para termos juízo?

— Podemos voltar aos planos da festa de aniversário de Magdalena? — minha mãe perguntou às irmãs.

Tia Aurora levantou as mãos em desespero.

— Eu vou pagar os convites — disse tia Josefina. — Você quer em letras prateadas ou douradas, querida?

— Emilia e eu queremos em letras douradas, por favor, tia Josefina — respondi.

— Quem é Emilia?

— Uma amiga. Eu e ela estamos festejando juntas.

— Oh, sim! Aquela cuja mãe tentou ir desta para melhor — disse tia Josefina, alegremente.

As outras suspiraram.

— Eu pago o aluguel do Clube Inglês — ofereceu tia Catalina.

— Todas essas despesas serão divididas com os pais de Emilia, claro — acrescentou minha mãe.

— Eu pago a orquestra — propôs tia Aurora. — Pelo menos não será um dinheiro de todo desperdiçado. É importante apoiar os artistas.

— Você já desenhou o seu vestido, Magdalena? — perguntou tia Catalina.

— Talvez deva consultar *Miss* Newman — acrescentou tia Josefina.

— Nós temos o tecido — eu disse. — É muito bonito. É fino e salpicado de prata. Não estou muito certa ainda quanto ao feitio. Talvez decotado nas costas, acho, e com uma saia rodada.

— Quem é o fotógrafo?

— Não decidimos ainda. Vocês recomendam algum? — perguntou minha mãe.

— *Miss* Newman tira fotografias excelentes. É o seu *hobby* — disse tia Aurora.

— É mesmo? — disse minha mãe, ansiosa, certamente desejando não ter perguntado.

— E embora ela não aprove essa loucura de *fiesta de quince*, ofereceu seu serviço e considerável talento sem cobrar nada.

— O que ela não aprova, tia Aurora? — perguntei.

— Tudo. O dinheiro gasto para uma jovem pavonear-se em frente a um grupo de rapazes com olhares cobiçosos. Usando um vestido branco virginal. Valsando com o pai e revezando com os outros homens. Ela diz que há implicações sexuais.

— O que ela quer dizer com sex...

— Não importa — interrompeu minha mãe. — Magdalena vai ter uma festa de quinze anos, a despeito do que *Miss* Newman achar.

— Estou surpresa de Javier poder gastar. Ouvi dizer que ele vendeu muitas terras, recentemente — observou tia Catalina.

— Seus investimentos nos últimos tempos não têm dado muito lucro — disse minha mãe.

— Ele ainda tem um carro de corrida?

Minha mãe lançou um olhar para a irmã.
— Acho que sim. Um homem tem o direito a seu *hobby*.
— Você estava dizendo que *Miss* Newman não cobraria, tia Aurora? — perguntei. — Seria uma grande economia, *mamá*...
— Seria mesmo. Os preços que os fotógrafos estão pedindo hoje em dia são abusivos! Mas não vi nada que mostre o talento fotográfico de *Miss* Newman.
— Viu sim, Rita — replicou tia Aurora. — Lembra-se daquela coleção de fotos sobre a exibição do Prado? Aquelas que viu lá em casa?
— Oh, sim — disse minha mãe. — Elas eram extraordinárias.
Minha mãe tinha nos contado a respeito das magníficas fotos que tinha visto dos gaúchos e seus cavalos, do gado e carneiros premiados, e dos visitantes dessa exposição. A fotógrafa havia captado o caráter, a atmosfera e a tônica da exposição anual de uma maneira que minha mãe jamais vira.
Assim, não foi difícil persuadi-la de que *Miss* Newman faria justiça à nossa *fiesta de quince*.
— Quem era aquele rapaz com quem vimos você conversando quando chegamos, Magdalena? — perguntou tia Josefina.
— Marco Aurelio Pereira, nosso vizinho.
— Oh, um daqueles pobres rapazes cuja mãe é maluca!
— Ela não é maluca, tia Josefina. Um pouco excêntrica, talvez.
— Querida, minha empregada ouve no rádio as novelas dela. Eu lhe asseguro, a mulher é bem maluca — insistiu tia Josefina. — Outro dia, houve um episódio sobre um soldado levando a *novia* para o forte, no meio da noite, pois assim podia fazer amor com ela em um dos canhões. Todos sabemos o que isso simboliza...
— Eu não sei — repliquei.
— É melhor que não saiba! — aparteou tia Catalina.

— Eu estava com ela, quando entrevistou o soldado — revelei.
— É uma história verdadeira? — tia Catalina engasgou.
— Não sei — respondi. — Não pude escutar a conversa. Marco Aurelio e eu estávamos conversando.
— Marco Aurelio outra vez. Bem, tirando o nome absurdo e a mãe maluca, ele é qualquer coisa! — Tia Josefina deu uma risadinha.

As tias murmuraram sua apreciação pelas qualidades físicas do rapaz.

— O que o pai dele faz?
— É um coronel reformado do exército — minha mãe respondeu.
— Podia ser pior. Ele também é maluco?
— É bastante estranho — explicou minha mãe. — Terrivelmente ciumento. Não deixa a pobre mulher sair de casa sozinha, esse tipo de asneiras.
— Não posso dizer que o culpo, se ela age como os personagens de suas novelas — disse tia Catalina.
— Ela devia matar o monstro — declarou tia Aurora. — Eles têm outros filhos?
— Mais dois rapazes.
— Eles são *churros* também? — perguntou tia Josefina, ansiosa.
— Eles são muito bonitos — respondi. — Mas não como... não como... — Não pude encontrar as palavras certas para explicar o que Marco era. — Eles não são tão fora do comum — terminei.
— Você vai a muitas festas nesse carnaval, Magdalena? — quis saber Catalina.
— Espero que sim! — respondi.

Tinha grandes esperanças para o carnaval. Desde o meu encontro com o policial, na noite do discurso de Che Guevara, eu me sentia suja. Talvez as batalhas de água me limpassem, me devolvessem a sensação de aventura; talvez, nos bailes à fantasia, eu pudesse mascarar a vergonha que freqüentemente me acometia ao recordar o episódio, fazendo-me corar sem nenhuma razão.

Eu sempre gostara de carnaval. O álbum de família estava repleto de fotos de parentes fantasiados para o carnaval. Minha mãe vestida de cigana, as medalhas douradas brilhando do lenço vermelho em volta dos cabelos escuros; meu tio George como Gêngis Khan, as pontas do bigode preto caindo até o peito; e eu mesma como bebê chique num macacão amarelo e capuz coberto de penas macias e finas.

Há muito tempo Josefa tinha me contado tudo sobre o carnaval.

Eu tinha ido à cozinha na esperança de lamber a vasilha depois de Josefa pôr o bolo no forno. Em vez disso, vi-me encarando uma imponente mulher sentada à porta do pátio.

— Magdalena, essa é minha mãe, *doña* Azul — disse Josefa.

Fui até *doña* Azul e beijei-a no rosto.

— Por que seu nome é azul quando a sua cor é marrom brilhante?

Josefa e *doña* Azul riram como ecos de uma mesma canção.

— Eu nasci azul, minha mãe disse, então me chamou de Azul.

— Minha mãe veio para dançar no corso.

*Doña* Azul suspirou.

— Pela última vez. Este ano será o último desfile. Ano que vem estarei enterrada.

— Todo verão ela diz isso, Magda — assegurou-me Josefa, quando viu meus olhos se arregalarem.

— Desta vez é verdade. Josefa herdará minha fantasia — disse *doña* Azul, apontando para uma grande caixa de papelão debaixo da mesa da cozinha.

— Posso vê-la, *doña* Azul? — perguntei.

*Doña* Azul foi até onde estava a caixa e colocou-a na mesa. Uma dúzia de braceletes de cores brilhantes balançavam quando ela se movia, e reparei na saia justa e nas pernas longas. Ela desamarrou o cordão e abriu a tampa. Subi num banco e olhei para dentro da caixa. Engasguei. Não era a primeira vez que via uma fantasia tradicional, mas soube, assim que olhei, que ali havia alguma coisa muito especial.

*Doña* Azul levantou, até a altura em que eu estava, um arranjo de penas para cabeça, passando os dedos de unhas vermelhas pelas plumas brancas e amarelas.

— Minha avó me deixou isso.

Josefa passou a mão por cima do meu ombro e tocou os entremeios onde as penas estavam presas.

— As penas já foram trocadas muitas vezes, Magda, mas as contas são tão antigas quanto a memória. — Ela pegou minha mão e a colocou nas contas de madeira. — A bisavó da minha bisavó estava usando isso quando sua aldeia foi arrasada. Ela foi trazida para cá, mais morta do que viva, no porão de um navio de escravos.

Olhei para o rosto sério de Josefa.

— O que aconteceu a ela?

— Foi vendida junto com os outros. Ela e mais alguns permaneceram aqui, em Montevidéu, e encontraram meios de manter a aldeia viva com a música e a dança. Uma vez por ano, no carnaval, os senhores davam-lhe alguns dias de liberdade e eles se reuniam para cozinhar, cantar, dançar e lembrar dos seus ancestrais e suas histórias. Os patrões gostavam da música e da comida, e, por isso forneciam aos escravos as coisas que precisavam para fazer suas fantasias e tambores. Foi assim que nasceram o *candombe* e os *murgas*.

Há muito tempo, tinha aprendido que o *candombe* é uma dança que conseguia despertar, com agrados e lisonjas, os corpos extenuados. Todos os anos, no fim do verão, os *murgas* vêm dos morros e dos *barrios* do norte e enchem as ruas de Montevidéu com o perfume do passado. Às vezes, são grupos de homens, todos tocando os tambores africanos de seus ancestrais; às vezes, vêm misturados, as mulheres dançando na frente. Não importa. Janelas e portas se abrem, e as pessoas saem para se incorporar ao *candombe*. Os quadris balançam e os pés se arrastam na calçada; os seios se empinam e os braços acenam convidativos, enquanto mulheres, homens, moças e crianças se misturam ao apelo insistente dos tambores. O *candombe* pode ser dançado sozinho como um prazer solitário; pode ser um flerte ou uma consumação. Os dançarinos que se entregam inteiramente ao *candombe* jamais o abandonam, *doña* Azul me contou, porque o *candombe* é algo intrínseco nos seres humanos e tão visceral quanto a pulsação cardíaca.

Naquele ano, quando os tambores soaram à distância, pulei da cama e abri as persianas. O sol da manhã que já ia alto me fez colocar a mão sobre os olhos. Eles estão vindo! Vesti uma roupa, desci correndo a escada e fui para a cozinha.

— Josefa! Um *murga* está vindo.

— Eu já ouvi! Eu já ouvi! Estou só terminando o *crema de chocolate* para Caramba e já vou.

Caramba também adorava os tambores, mas não tanto que se privasse de seu creme. Ele subia e descia no poleiro quando abri a porta da gaiola, ao passar correndo.

— É o *murga*, Caramba.

Caramba voou para a cozinha, onde ficou rodeando a cabeça de Josefa até que ela pôs o creme na vasilha e deu para ele.

— Deixa esfriar! Deixa esfriar, Caramba! Você vai queimar a língua! — Josefa admoestou, tirando o avental.

Os tambores se aproximavam.

Emilia vinha saindo, puxando Lilita pela mão.

Marco e os irmãos estavam sem camisa, sentados no meio-fio, desamarrando os sapatos. O *señor* Mario apareceu, ajeitando a gravata. Era hora de ele ir para o trabalho, mas os tambores estavam quase chegando.

Cora, na janela, discutia com o pai.

*Mr.* Stelby estava fechando as cortinas.

Quando o *murga* virou a esquina, a *señora* Marta apareceu toda fantasiada, os grandes seios apertados num corpete de lantejoulas vermelho brilhante. Na cabeça levava um arranjo de penas muito compridas, com um arco de plumas de avestruz tremulando à brisa. Usava uma saia com várias camadas de babados de cores diversas, que se misturavam enquanto ela rodopiava pela rua, os filhos dançando à sua volta como um anel de fogo.

Por um momento, achei que não seria capaz de dançar naquele ano. O lugar onde o policial tinha me penetrado com os dedos queimou por um instante, mais quente do que nunca. Então vi Marco. Os tambores e a beleza dele eram uma força tão purificadora que ergui os braços e deixei que meus quadris me levassem. A cada batida dos tambores e a cada movimento que eu fazia, a queimadura ia sendo substituída por uma doce sensação.

Lilita passou por mim, rindo com o marido. Tinha uma aparência tão jovem e alegre, que desejei que aquela imagem rara permanecesse comigo para sempre.

Marco segurou minha mão e me fez rodopiar, até que, por um momento, tive que descansar a cabeça no seu ombro para poder recuperar o fôlego. A cada movimento que fazíamos, aumentava meu desejo de ficar mais perto dele. Já não sabia se era o meu corpo ou o dele que mantinha o ritmo, se era a sua pele ou a minha que irradiava calor, sempre que nos tocávamos. Às vezes, ele mantinha uma torturante distância, sorrindo para mim enquanto enlaçava seus dedos nos meus; então me trazia para mais perto e punha as mãos na minha cintura, para sentir meus quadris se movendo e minha saia roçando em suas pernas nuas. Uma vez, fomos empurrados pela fila de dançarinos e senti o leve bafejo de sua respiração quando roçou os lábios em minhas costas. Inclinei-me a seu toque, mas o cordão movia-se rapidamente e fomos separados, enquanto o grupo todo serpenteava entre os postes de luz e as árvores; em frente à casa de Cora, ela e o pai saíram e se juntaram a nós. O Sr. Allenberg parecia amedrontado, mas a *señora* Marta pegou-lhe as mãos e colocou-as na cintura dela. A partir daí, ele era um de nós, os pequenos pés mal tocando o chão, enquanto o arrastavam sob o sorriso deliciado da esposa por detrás das suas cortinas de renda.

    O riso corria entre nós e, como se os ritmistas sentissem um ar benéfico nessa rua, prolongaram a partida e afastavam-se vagarosamente, deixando a lembrança de liberdade e o cheiro de suor no ar, levando o ritmo da África a outra vizinhança, para lembrar ao povo a origem da humanidade.

❧

Nas semanas anteriores à *fiesta de quince*, Josefa tinha me acompanhado para as provas na costureira. Marcou hora com Ernesto e negociava com fornecedores, polidos, gordos e rápidos como moscas, que enxameavam à volta, exibindo fotos de guloseimas que somente eles sabiam como fazer.

Josefa escolheu *empanadas* do tamanho de grandes moedas, massas fritas em flocos dourados, o recheio doce cozido à perfeição; milanesas cortados em delgados quadrados, cobertos com farinha de rosca fina e crocante; os bifes tão macios que desmanchavam na boca como manteiga; diminutos cachorros-quentes; sanduíches feitos com pão branco, com toda a espécie de recheios, desde fatias de presunto, finas como papel, até creme de milho; conchas com frutos do mar; e *masitas* de todos os tipos — de palmitos cortados na forma de coração e até o meu favorito, os *jesuitas*, camada sobre camada de massa transparente grudadas com doce de leite, feito com leite cozido e açúcar até virar caramelo e ficar com a consistência e a cor da manteiga de amendoim.

Emilia e eu chegamos cedo e fomos surpreendidas pelo *flash* de uma máquina fotográfica quando saíamos do táxi.

Pelo que minhas tias haviam dito sobre *Miss* Newman, eu a imaginara uma mulher robusta e de comportamento estouvado. Fiquei surpresa de ser cumprimentada por uma loura baixinha com um sorriso radiante. *Miss* Newman gostou de nossos vestidos, achou que as cores faziam um contraste charmoso, e nos fez posar em frente à grade de ferro batido da entrada do clube.

Quando entramos, vimos que o *señor* Paredes tinha se superado. Guirlandas de camélias perfumavam o ar sobre nossas cabeças. Cravos brancos e rosas vermelhas, entrelaçadas, enfeitavam o centro de compridas mesas e os arranjos de lírios compridos tinham sido dispostos em cada canto do salão.

Emilia e eu fomos ao toalete para nos certificar de que o *spray* nos cabelos sobrevivera ao vento que soprava pela Rambla, onde o nosso clube estava localizado, e *Miss* Newman nos seguiu.

— Algumas das minhas melhores fotos foram tiradas nos banheiros — disse ela.

Olhamos surpresas para ela.

— Oh, não fiquem chocadas — ela riu. — Não estou falando de quando as pessoas estão na privada! Mas é muito revelador o que as pessoas fazem quando estão em frente ao espelho.

Murmuramos qualquer coisa sobre isso ser muito artístico e saímos rapidamente do banheiro para juntar-nos a Josefa. Ela usava o seu melhor vestido de tafetá preto e mandava a orquestra começar a tocar enquanto arrumava os quadros da família. Os pés marcavam o ritmo e os quadris se mexiam, mas, sob o olhar severo de Josefa, ninguém ousaria dançar antes que eu e Emilia abríssemos o baile, dançando uma valsa com os nossos pais. Josefa estava determinada a seguir todas as tradições das *fiestas de quince* e logo acabou com a idéia de *Miss* Newman de posarmos informalmente em pequenos grupos. Josefa nos colocou primeiro com as nossas famílias, depois nós duas juntas, e disse para *Miss* Newman que ela teria bastante tempo, mais tarde, para suas idéias modernas. *Miss* Newman tirou sua desforra fotografando Josefa enquanto ela organizava o ritual e, assim, quando os convidados começaram a chegar, as duas já estavam, abertamente, de ponta uma com a outra.

O convite dizia oito horas, o que significava que a maioria dos convidados chegaria entre oito e meia e nove horas.

Eu tinha oito anos quando Sofia e Carmen festejaram a *fiesta de quince*. Meu pai ficou muito bonito com o terno preto e camisa branca, valsando com as gêmeas pelo salão. Quando chegar minha vez, pensei, dançarei tão bem quanto ele e ele dirá de mim o que disse de minha mãe, que era como se estivesse dançando com a própria sombra. Mas o telefone havia tocado na véspera. Meu pai ficara preso no Rio de Janeiro a negócios e não poderia estar presente.

Quando minha mãe me deu a notícia, fingi não me importar.

Continuei a girar vagarosamente, enquanto a costureira, ajoelhada a meus pés, acertava a bainha do vestido. Perguntei:

— A quem convidaremos?

— Eu acho que temos de chamar o pobre tio George para prestar esse serviço — respondeu minha mãe.

Quando a orquestra começou a tocar o *Danúbio Azul*, tio George, apesar da sua aversão à dança, cumpriu seu dever dignamente e acompanhou-me à pista de dança ao lado de Emilia, cujo pai refulgia de orgulho e enxugava a testa com um imaculado lenço branco. Para alívio de meu tio e meu também, ele não teve de sofrer muito. Como a tradição mandava, os rapazes vinham e nos interrompiam, um depois do outro, e Emilia e eu fomos levadas rodopiando pelo salão por pelo menos uma dúzia deles, até os acordes finais da valsa.

Marco foi o meu primeiro e meu último par, e quando paramos de dançar ele beijou-me levemente no rosto e desejou-me um feliz aniversário. Eu não o via há muitas semanas. Ele tinha terminado os dois anos de *prepatorio* e ia entrar no exército, pois o coronel tinha dado um ultimato. Sua paciência com as escapadas políticas de Marco se esgotara. Ou Marco se alistava no exército ou saía de casa. A *señora* Marta ficara nervosa e discutira com o filho. O que ele poderia perder, perguntou, se tentasse por um ano ou dois? Se ele realmente não gostasse, pensariam em outra coisa. Nesse meio tempo, fazendo a vontade do pai, ele poderia ficar em casa como era próprio de um jovem normal, não sendo marginalizado pela própria família. Marco cedera e concordara em agradar o pai. Brinquei com ele a respeito do cabelo curto, e *Miss* Newman tirou uma foto dele passando a mão sobre os cabelos pretos tosados.

Ele deu um sorriso.

— Espere até eu ser um oficial. Aí vou poder deixar que eles cresçam mais um pouco.

— Oh, e quando será isso? — perguntei.

— Mais cedo do que você pensa. Se vou seguir a carreira militar, então pretendo fazer isso direito.

Emilia e eu dançamos o foxtrote, o tango e o *rock* pela noite adentro. De vez em quando, a dança de pares era interrompida por uma *farándula*. A dança começava com uma longa fila, que incluía todos os presentes, independente de idade e tamanho, e evoluía para uma grande roda em que Emilia e eu ficávamos no centro. Cada uma de nós escolhia um parceiro e o deixava reunir-se ao grupo, quando então ele escolhia uma outra parceira na roda e, pouco depois, ela o deixava para que, por sua vez, fizesse o mesmo. Até *Miss* Newman foi puxada para essa dança, único momento da festa que não houve fotografias. A música tornou-se mais rápida e, depois disto, uma grande quantidade de sidra e Coca-Cola foi consumida, enquanto os dançarinos tomavam fôlego e a orquestra descansava. Os homens reuniram-se do lado de fora para fumar e afrouxar a gravata, ao passo que as mulheres lotavam o banheiro para refazer a maquiagem, passar um pente no cabelo e tirar os sapatos de salto alto para descansar. Algumas das fotos mais espontâneas dos nossos amigos foram tiradas nesse momento, quando elas riam alegremente à idéia de uma fotógrafa seguindo-as ao toalete para tirar fotografia enquanto massageavam os pés.

Apesar da entrada nesses bailes ser permitida apenas com a apresentação do convite, não era raro algum rapaz trazer um outro que não havia sido convidado. Se ele estivesse vestido com roupa apropriada e se comportasse de acordo com as regras vigentes nessas ocasiões, o amigo era bem-vindo. Sabia-se que, às vezes, os rapazes eram chatos e se recusavam a dançar, então as matronas presentes, atentas, procuravam arranjar novos parceiros para as que tomavam chá de cadeira.

Um rapaz chegou bastante tarde e ficou parado discretamente perto da mesa de doces, fumando, até que viu Marco. Este alegrou-se ao vê-lo e deu-lhe um rápido abraço. Procurou as debutantes e nos apresentou ao amigo.

Meu coração bateu mais depressa. Jaime Betancourt era tão alto quanto Marco, magro e bem moreno. Tinha mãos fortes e delicadas e um sorriso indefinido, que aparecia raramente. Aparentava um ar sério e os olhos verdes, orlados de cílios escuros, eram francos e cordiais quando apertou minha mão e convidou-me para a próxima dança. Sorriu levemente ao colocar o braço em volta de mim.

— Você está na força aérea, Marco me contou — eu disse.

— Sim.

— Você gosta de voar?

— Sim.

Ele parecia gostar de dançar e não fiz mais qualquer esforço para conversar. Claro que me convidara para dançar por educação e não pelo desejo de me conhecer melhor. Essa suposição foi confirmada quando ele me levou de volta a Marco e convidou Emilia para a próxima dança.

— Ele não gosta muito de conversar — disse, irritada, para Marco.

— Oh, gosta sim, quando o assunto lhe interessa! Ele é brilhante e um mestre no jogo de xadrez.

— Bem, certamente não estou entre os assuntos que lhe interessam. Ele disse o total de duas palavras para mim.

Marco me olhou atentamente.

— Ele não é homem para você, Leãozinho.
Eu corei.
— Como se atreve! Quem é você para me dizer que homem serve para mim?

A força das minhas palavras atingiu Marco como um soco, mas eu estava muito envergonhada pela transparência de minhas emoções para pedir desculpas pela raiva.

Fiquei surpresa ao receber uma carta, alguns dias depois, enviada da base da força aérea, perto de Montevidéu. O envelope era branco e trazia o meu nome e endereço escritos com letras maiúsculas.

Jaime Betancourt escrevia sucintamente para agradecer a festa e dizer que, embora achasse que tínhamos pouca coisa em comum, não podia negar que estava atraído por mim e que me procuraria na próxima licença. Ri da sua presunção e não respondi à carta. Quando ele me telefonou no fim de semana seguinte, eu não estava em casa e várias semanas iriam se passar até que voltasse a se manifestar. Um grande ramo de flores chegou com um convite para irmos dançar no próximo sábado, à noite. Ele me telefonaria na sexta-feira para saber se eu concordava.

Para minha surpresa, minha mãe permitiu. Sofia terminara recentemente com seu último namorado e Carmen começava com um novo. Minha mãe estava sempre procurando contornar a situação de uma e de outra e não tinha tempo para fazer perguntas a respeito da minha saída com Jaime. Ela achou que iríamos sair com um grupo de amigos e não pensou mais nisso. Aproveitei a situação. Marquei hora com Ernesto, o cabeleireiro, que deu um jeito de imobilizar meus cabelos rebeldes. Quando Jaime me telefonou na sexta-feira, estava pronta para ele.

— Você está certo — eu disse —, nós não temos nada em

comum. Tem certeza de que quer desperdiçar o seu tempo levando-me para dançar?

O seu riso de surpresa foi espontâneo.

— Sim.

— Bem, uma vez só não vai fazer mal.

Ele ligou às dez horas da noite seguinte e fomos sentados no banco de trás de um táxi, em silêncio, até chegarmos em frente a um prédio estreito sem janelas. Eu estava determinada a não ser a primeira a falar e Jaime parecia não ter necessidade de fazê-lo. Embora fosse a minha primeira ida a uma boate, fora preparada por Sofia para a escuridão de breu que iria encontrar lá dentro. Ao redor da pequena pista de dança, mesas e reservados desapareciam nos recessos escuros do clube, e um conjunto tocava na frente de uma parede escura. Jaime escolheu um reservado e pediu duas Coca-Colas.

— Eu esperava que você viesse com o cabelo solto.

Fiquei sem fala. O penteado me custara o dinheiro da semana e esperava que ele dissesse que eu estava maravilhosa, sensacional, ou pelo menos, bonita.

Jaime pegou minha mão e levou-me para dançar. O conjunto tocava a canção dos Platters "One in a Million" e a cadência da batida envolveu-me. Pareceu completamente natural que Jaime me abraçasse bem apertado com o rosto colado ao meu. Quando a música estava terminando, ele abriu a minha mão e deu um beijo na palma. Quando voltamos para a mesa, fiquei contente em sentir que ele estava tão dominado quanto eu pela paixão repentina que havia surgido entre nós quando nos tocamos. A escuridão nos envolveu e sua boca fechou-se na minha. Deixei-me levar e beijei-o com veemência. Jaime afastou-se.

— Já chega! — disse ele, pegando o copo com as mãos trêmulas. — Vamos sair daqui! — Jogou algumas notas sobre a mesa e saímos em silêncio.

Caminhamos e atravessamos o largo Rambla em direção à praia. O rio brilhava ao luar com um brilho frio e hostil. Nunca o havia visto tão inóspito.

— Não estou pronto para qualquer envolvimento — disse Jaime. — Principalmente com você. Você representa tudo o que acho de mais reprovável neste país.

— Como é possível que você saiba o que represento? — perguntei.

Ele riu, amargamente.

— Um baile no Clube Inglês. Todos os grandes proprietários deste país presentes. Escola particular. O que conhece da vida?

— Diga-me o que acha que eu devo saber.

— Meu pai é alfaiate. Se o seu pai soubesse disso, não me deixaria entrar em sua casa.

— Então, o que esta noite provou a você?

— Que sou mais tolo do que pensava.

— Bem, eu devo ser tola também. Não sei por que está tão zangado, Jaime, mas gostaria que me beijasse outra vez.

※

Nas semanas seguintes, ele mostrou-me todo o ódio que havia acumulado como incentivo para sua ambição. Contou-me como era ter nascido tão pobre que usava jornal por baixo da puída blusa de lã para esquentar. Contou-me o que era saber ser mais inteligente do que os professores, receber o diploma depois de um curso brilhante e ainda assim ver que o único caminho aberto para ele seguir em frente era a carreira militar. Ele queria ser médico, mas decidiu que não poderia ser um fardo financeiro tão pesado para os pais.

— A universidade é gratuita — eu disse.

Jaime riu amargamente.

— É verdade, Magdalena, mas a comida, as roupas e os materiais não são.

— É. — Baixei os olhos, embaraçada. Eu não estava escutando? Sim, mas ele estava falando sobre um tipo de pobreza que eu sequer podia entender. Por um momento, pensei em pedir-lhe que não me telefonasse mais; quando, porém, me voltei, ele estava olhando para mim e toda a sua raiva havia evaporado.

Tomou meu rosto em suas mãos.

— Soube, no momento em que a vi, que eu estava perdido. Toda vez que toco em você, oscilo entre o pânico e o desejo. Estou acostumado ao pânico, mas o desejo me amedronta.

— A mim também — murmurei, confundida por essa mistura de namoro e análise. O que ele queria de mim?

— Se eu perguntasse, você se casaria comigo?

— Isto é uma pergunta ou uma proposta?

Jaime riu com um súbito prazer.

— É apenas uma pergunta.

Suspirei, frustrada.

— Então, não tenho de responder.

Parte de sua imensa atração, percebi, estava na sua imprevisibilidade. Quando eu pensava que já o conhecia um pouco melhor, ele mostrava um lado que eu jamais vira, atraindo-me cada vez mais para o labirinto de sua personalidade. Que um homem tão complexo me achasse tão interessante tornava-o irresistível.

Estávamos caminhando na água rasa do rio outra vez, e parte de mim queria fugir de Jaime, mas meus pés estavam enterrados fundo na areia molhada e tudo que fui capaz de fazer foi tirar a areia, impacientemente, e afastar-me da beira d'água.

— Conte-me como é voar — pedi-lhe.
— Voar é como fazer amor. Libera a pessoa. O avião torna-se parte de mim e posso fazer o que quero com ele. Posso levá-lo suavemente para cima das nuvens ou embicá-lo num mergulho mortal. Posso fazê-lo subir com um simples toque. E a sensação de liberdade! Principalmente quando estou sozinho. Podia alçar vôo e voar até acabar o combustível e, então, perder-me no mar. Um dia, se não conseguir ter o que quero, é isso o que vou fazer.
— O que você quer, Jaime?
— Dinheiro. Poder. Dinheiro.
— Como pensa em obter isso?
Jaime deixou que a areia escorresse por entre os dedos.
— Não sei. Vou para os Estados Unidos. Não serei pobre a vida inteira.

Imaginei se ele estava me cortejando como um meio de subir na vida. Senti-me na obrigação de dizer a ele que a minha família estava enfrentando uma época de dificuldades financeiras. Jaime riu, fazendo-me perceber, mais uma vez, como as minhas declarações eram muito relativas para ele. Comparada com a dele, a minha família ainda era rica.

Minha mãe não tinha dúvidas sobre o que ele estava querendo. Ela sabia que tínhamos uma coisa que estava além de qualquer preço: um nome de família, antigo e respeitado, e influência — uma coisa que o dinheiro não podia comprar. Era influência de ligações tão antigas quanto a própria colônia espanhola; de uma rede familiar que se espalhara pelos mais elevados cargos no âmbito do governo, das finanças e da diplomacia. Ambos — minha mãe e Jaime — sabiam que alguns poucos telefonemas dela poderiam fazer com que ele se encontrasse com pessoas influentes, capazes de conseguir sua transferência para os Estados Unidos, como também, uma vez lá, arranjar-lhe visto de permanência e entrevistas. Falavam-se pouco e havia, entre eles, um clima de animosidade não declarada. Jaime pediu permissão para oficializar o namoro. Minha mãe consentiu, limitando em duas horas as visitas semanais, mas reparei numa nova ruga entre os seus olhos. Não era sempre que tinha de enfrentar uma determinação tão rígida e inflexível quanto a dela. Ela fitara Jaime com seu olhar penetrante e crítico e encontrara um outro igualmente arrogante, concluindo daí que ele era um alpinista social. Jaime representava tudo o que ela abominava; ela representava tudo o que ele considerava pernicioso e degenerado.

Minha mãe tinha um modo de levantar o nariz com desprezo quando falava de Jaime, como se ele exalasse um odor desagradável que ela gostaria de remover da sua presença. Ele estalava as juntas dos dedos como se os estivesse preparando para o aristocrático pescoço dela.

Eu ficava apavorada quando sorriam um para o outro. Era mais um esgar de dentes do que um sorriso. Eu me perguntava se algum deles me amava, tão intensa era a sua luta por mim. Parecia que se preocupavam mais com sua guerra pessoal do que comigo, o que me magoava profundamente.

Marco esteve ausente durante os meses do meu namoro com Jaime. Eu sentia tanto a sua falta que ficava sentada sob a *estrella federal*, olhando a casa dele, na esperança de que aparecesse como num passe de mágica, o que raramente acontecia. A sua mãe me disse que ele estava ocupado na base militar, era reconhecido como um líder em potencial e seria indicado para promoção pelos amigos do pai. Então eu me lembrava das nossas últimas palavras na minha *fiesta de quince* e queria tê-las de volta. O que ele tinha visto em mim e em Jaime para dizer o que dissera?

Não me ocorrera que um homem, cinco anos mais velho do que eu, pudesse estar me amando. Jaime era três anos mais velho e mesmo isso já parecia uma grande diferença. Além do mais, Marco era tão perfeito — bonito, inteligente, engraçado e amável. Parecia-me impossível ser amada por alguém como ele. Acreditava que ele se casaria com uma daquelas belezas boazudas de cabelos pretos que eu tanto invejava, como Emilia. Aquelas presunçosas, que andavam nas praias de Punta del Este como se fossem as donas do mundo. Talvez a minha atração por Jaime se devesse a isso. Ele me viu como uma daquelas orgulhosas e presunçosas, enquanto Marco via dentro de mim o meu coração amedrontado. Eu ainda não tinha olhado de perto para dentro de mim, e tinha medo e desconfiança de alguém que parecia me conhecer melhor do que eu mesma.

Poucas palavras foram necessárias para Jaime compreender que, se pagasse o preço, o seu sonho de ser piloto de uma companhia aérea americana poderia ser alcançado. Se desistisse de mim, minha mãe sugeriu, ela faria o resto. Jaime considerou a possibilidade de agir de acordo com o desejo de minha mãe, ficando rico, e casando comigo, no fim de tudo. Tentou convencer-me a dizer para minha mãe que eu tinha terminado nosso relacionamento, mas que, ainda assim, queria que ela o ajudasse a obter o visto. Eu recusei. Apesar da minha família parecer me considerar uma espécie de pessoa meio avoada, uma pessoa que sempre os surpreendia, como se tivesse aparecido no meio deles inesperadamente e sem a devida apresentação, eu me preocupava muito com o que pensavam sobre mim e queria agradá-los. O que me impediu de sucumbir à influência de Jaime, não sei exatamente, mas fez com que ele me questionasse impiedosamente. Eu deixaria a minha família por ele? Teria coragem? Sempre evitava responder a tais perguntas, repetindo que, com o tempo, minha família acabaria aceitando.

Jaime estava a ponto de desistir do seu ultimato e aceitar a oferta de minha mãe, quando foi visitado, durante uma licença da base, por dois missionários mórmons. Eles falavam muito pouco o espanhol e ficaram encantados quando Jaime foi capaz de responder em inglês, que ele estava praticando com a minha ajuda.

No Uruguai, os missionários mórmons eram inconfundíveis. Mesmo com muito calor, caminhavam em dupla pelas ruas de Montevidéu usando ternos escuros de corte americano, camisas brancas e sapatos de amarrar. Os cabelos eram curtos, não à moda uruguaia, e o pouco espanhol que falavam não tinha a fluência necessária para tornar coerentes seus argumentos religiosos. Moravam juntos num condomínio caro, no mais elegante subúrbio da cidade, e mandavam os filhos para a escola inglesa mais dispendiosa da vizinhança. Lá eles se tornavam amigos de outros estrangeiros, já que o seu estilo de vida era tão incompreensível para os uruguaios, que a maioria dos jovens não se relacionava com eles.

Jaime não tinha o menor interesse por religião, mas nunca perdia uma oportunidade de praticar o inglês. Convidou-os a entrar e, durante a visita, inadvertidamente revelaram que alguns dos convertidos tinham obtido o visto americano. Eles ficaram duas horas com Jaime e saíram animados.

Converter-se ao mormonismo seria uma atitude astuciosa. A família dele ficaria abalada e os poucos amigos achariam que Jaime tinha perdido o pouco juízo que acreditavam que pudesse ter. Se já era uma *persona non grata* para minha mãe, eu disse para ele, aderindo ao mormonismo, ela não teria nenhuma dúvida sobre a sua incompatibilidade com a nossa família.

Minha mãe, entretanto, fazia seus próprios planos. A tradição mandava que eu deveria ir para a Europa. Sofia e Carmen já tinham ido, acompanhadas por tia Josefina, e eu já tinha idade bastante para fazer o mesmo. Numa atitude sovina fora do comum, meu pai disse que não tinha condições, no momento, de arcar com os gastos de uma viagem à Europa para mim. Minha mãe ficou furiosa por um dia ou dois, e então, usando o seu vestido Chanel mais elegante, num tom de rosa que fazia seus cabelos castanhos brilharem, foi fazer uma visita ao embaixador americano, que teve o prazer de informar-lhe sobre as oportunidades disponíveis para a participação de estudantes estrangeiros nos programas de intercâmbio.

Ela decidiu, então, que eu ficaria mais feliz na minha viagem ao estrangeiro se Emilia fosse comigo; assim, depois de uma conversa com os Lanconis, Emilia e eu recebemos os formulários do programa de intercâmbio para estudantes estrangeiros, e minha mãe certificou-se de que eles fossem preenchidos corretamente.

Eu estava confusa. Jamais pensara em me afastar de casa para melhorar minha educação. A viagem de Sofia e Carmen tinha sido apenas de lazer. Os Estados Unidos nunca haviam sido considerados como meca educacional para a família Ortega. Alguns dos meus primos haviam estudado na Inglaterra, um se aventurara até a Austrália, mas não tínhamos elos com os Estados Unidos. Minha mãe, entretanto, parecia decidida e Emilia estava animada. Sem o programa de intercâmbio, seria impossível para ela visitar os Estados Unidos.

Depois de enviar os formulários para o Youth for Understanding, minha mãe até sorriu para Jaime, quando ele chegou para a visita da noite. Ela também arranjou um jeito de ficar alguns minutos sozinha com ele, enquanto eu ia buscar um copo d'água. Mais tarde, Jaime contou-me que minha mãe ameaçara não permitir que ele voltasse a me ver, caso tentasse impedir a minha ida aos Estados Unidos.

— O que você respondeu? — perguntei.

— Eu disse que não tinha intenção de impedi-la. Ela declarou que você não é boba e que um dia perceberá como sou realmente. Sei o que ela quis dizer. Pensa que sou um caçador de dote, um *social climber*. Fiquei com raiva, Magdalena, e disse isso a ela. Não por mim. Não receio que você possa ver, caso olhe bem dentro de mim, como sua mãe deseja. Você veria a minha ambição, por certo, mas veria também amor. E estou com raiva porque ela não percebe que você é amada pelo que é, e não pelo dinheiro e posição social, a que ela dá tanto valor. Você acredita, não? Você nunca pensou... — Ele me viu desviar o olhar e voltou o meu rosto para ele. — Magdalena...

— Eu sei que você me ama, Jaime — eu disse —, mas tenho pensado...

— A influência dela é tão forte assim?

— Coloque-se no lugar dela, Jaime. Você não tem feito muito esforço para que ela goste de você. Ela mal o conhece.

— Acredito que ela me conheça um pouco. — Ele sorriu. — Ela disse que deu o meu nome ao embaixador americano e, caso eu peça o visto enquanto você estiver fora, não será autorizado.

— Estava planejando fazer isso?

— Claro! Podíamos casar nos Estados Unidos e nunca mais voltar aqui!

— Jaime, você está maluco!

— Bem, agora não é mais possível. Mas sua mãe também me disse que o embaixador tem um grande amigo, um executivo de uma grande companhia de aviação, e que se eu solicitar o visto depois que você voltar...

— Será autorizado sem contestação?
— O embaixador não pode prometer, mas...
— Deixe-me adivinhar. Se o seu visto for autorizado no próximo ano, o embaixador está disposto a apresentá-lo ao seu amigo da companhia de aviação?
— Exatamente!

# Dez

Tão logo a notícia da minha iminente visita aos Estados Unidos tornou-se pública, as tias reuniram-se para oferecer seus conhecimentos sobre viagens ao estrangeiro.

— Eu — tia Catalina declarou — sou uma que guardo minha roupa de baixo velha justamente para tais ocasiões. Lavar e secar roupa pode ser muito inconveniente quando se está viajando. Jogo fora minha roupa íntima pela amurada do navio, todo dia.

— Será difícil fazer isso no avião, Catalina — comentou tia Aurora.

— Oh, Magdalena vai de avião? — perguntou tia Catalina, surpresa.

— Vou, sim, tia Catalina — repliquei.

— Oh, bem, não tenho mais nada a dizer sobre o assunto.

— Vou emprestar-lhe o meu cinto de guardar dinheiro — disse tia Josefina. — Você pode levar todas as suas jóias ali, e ninguém vai conseguir tirá-las, a não ser que a derrubem primeiro.

— Obrigada, tia — eu disse.

— Eles não têm bidê, você sabe — disse tia Catalina, bebericando o chá.

— Não têm bidês? — perguntou tia Josefina.

— Não — confirmou tia Aurora. — *Miss* Newman diz que só se vê bidês, ocasionalmente, nas casas dos muito ricos.

— O que você está levando de presente para a sua família americana, Magdalena? — tia Catalina perguntou.

— Não leve abafador de chá — interrompeu tia Josefina. — Aurora levou abafadores de chá, por alguma razão absurda conhecida só por ela, já que os americanos só tomam café, como todo mundo sabe, e as americanas pensaram que eram bonés e os usavam na cabeça.

— Triste, mas é verdade — suspirou tia Aurora.

— Acho que *mamá* está mandando coisas típicas do Uruguai.

— Eu não sabia que se podia embrulhar greves e ineficiência — disse tia Josefina.

Tia Aurora olhou para ela.

— De vez em quando, eles têm greves lá. Seus conhecimentos — disse ela, voltando-se para mim — serão postos à prova. Você deve ser objetiva sobre religião e política.

— E sexo — acrescentou tia Josefina.

— O que mais há para se falar? — quis saber tia Catalina.

— Você verá — continuou tia Aurora — que os americanos farão perguntas mais íntimas tão logo tenham sido apresentados.

— *Miss* Newman me perguntou se o meu pai tinha tido mais de uma amante — disse tia Catalina, afetadamente. — Ela não acreditou quando eu falei que ele não tinha tido nenhuma.

— Acho que *Mamasita* o teria matado — eu ri, pensando na minha indomável avó.

— Você verá também — persistiu tia Aurora — que, se fizer o mais simples comentário sobre o carro de um homem americano, terá que aturar uma exaustiva aula sobre a invenção do automóvel e de todos os seus avanços até nossos dias. Se chegado a este ponto, você ainda estiver acordada, ele prosseguirá contando minuciosamente a história de cada peça do seu próprio carro.

— A mulher americana, como aprendemos com a nossa querida *Miss* Newman — disse tia Josefina —, tem uma profunda preocupação consigo mesma.

— Fazem muito bem — concordou tia Aurora. — Ninguém mais liga.

— Você vai ver que o inglês deles é de estarrecer — acrescentou tia Catalina. — Eles não se preocupam com a educação. Ao falar, parece que fazem questão de ignorar as regras básicas da gramática.

— Nós devíamos ajudar Magdalena, falando com ela apenas em inglês, até a sua partida — declarou tia Aurora. — Pelo menos quando *Mamasita* não estiver aqui...

As tias falavam inglês fluentemente, uma língua que aprenderam por insistência de meu avô, que nascera em Londres. Já ouvira a história várias vezes: como ele partira da Inglaterra ainda jovem, cansado de ser constrangido pela família a seguir a carreira religiosa. Conseguiu convencer o pai a lhe antecipar vários milhares de libras esterlinas, a que teria direito no ano seguinte, quando completaria 25 anos, e embarcou no primeiro navio que, aos seus olhos inexperientes, parecia seguro. Quando o capitão lhe informou o destino do navio, Ernest Grey encolheu os ombros e disse que o rio da Prata era um lugar tão bom quanto qualquer outro.

Quando o navio atracou, três meses depois, ele sabia que fizera a escolha certa. Não tinha conhecimento da língua nem da cultura que iria encontrar, mas sabia reconhecer uma cidade próspera quando via uma. Em 1902, desembarcou em Montevidéu e comprou uma fazenda. Ele se estruturou para criar carne bovina, progrediu e, alguns anos depois da sua chegada, conquistou o coração de Aurelia Ponce de Aragón, uma moça animada, de dezessete anos, que se casou com ele apesar da objeção dos pais. As duas famílias, segundo *Mamasita*, encontraram-se na festa do casamento e, em mútuo e silencioso consenso, concordaram que nunca mais queriam repetir a experiência.

Meu bisavô ficou horrorizado ao saber que a futura esposa de seu filho possuía uma educação igual à dele próprio, lia muito e era encorajada a expressar sua opinião em público. E concluiu que o casamento com tal mulher só poderia trazer sofrimento.

Minha bisavó inglesa não gostou da efusiva demonstração de afeto feita a ela pelos novos parentes de seu filho. Os abraços perturbavam a sua postura e amarrotavam os enfeites de renda.

Estava claro que, na opinião dos pais de *Mamasita*, ela havia se casado com alguém de classe mais baixa, uma atitude que espantou os Grey: o fato de eles serem ingleses deveria ser o bastante para provar sua superioridade. Seguiu-se uma competição em torno do casamento. A tradição mandava que os pais de *Mamasita* pagassem a festa, e para isso, eles tinham condições e desejavam muito. Não houve nada, porém, que impedisse os pais de Ernest de construir uma casa em Montevidéu para o jovem casal.

Ela e Ernest, *Mamasita* revelou num momento de descuido, riam de tudo isso e continuaram a fazer o que vinham fazendo, quase que imediatamente após terem se conhecido. Com intervalo de poucos dias, encontravam-se na praia para nadar nus no rio da Prata, fazendo amor sobre o casaco de Ernest, na areia. No momento em que deixou escapar isso, minha avó sentou-se ereta na cadeira e agarrou meu braço: "Esqueça o que eu disse! O que estou dizendo? Será a única coisa que, provavelmente, você lembrará de mim! Nunca diga nada à sua mãe ou às suas tias."

Prometi não revelar o que ela tinha deixado escapar e o segredo criou um elo especial entre nós que durou até sua morte.

Depois da morte do meu avô, minha avó ameaçou vender a

grande casa que os pais dele tinham construído para eles, cinqüenta anos atrás, e se mudar para um apartamento, mas ela não fez isso, porque eu amava a casa e eu era a neta predileta de *Mamasita*.

A casa fora construída no meio de um grande terreno, cercado de palmeiras: *Mamasita* tinha aprendido a subir nelas com o jardineiro, *don* Leopoldo. Para minha mãe, era motivo de constante irritação que a minha avó, com setenta anos, tivesse pernas mais fortes do que ela, com cinqüenta. As pernas de *Mamasita* eram longas, esguias e bem torneadas, enquanto minha mãe disfarçava seus tornozelos finos e panturrilhas protuberantes por meio de artificiosos modelos de saia. *Mamasita* tinha se oferecido para ensinar a minha mãe a arte de escalar uma palmeira, mas ela declinou do convite.

Pouco depois de ter sido informada de que eu iria passar vários meses nos Estados Unidos no programa de intercâmbio, procurei minha avó e encontrei-a com Leopoldo, do lado de fora dos grandes portões de ferro batido. Estava usando calças compridas e uma blusa amarrada na cintura. Os cabelos pretos brilhavam, penteados num coque intrincado, preso na nuca. Uma pilha de bambu *tacuara* estava disposta dentro dos portões, e ela e Leopoldo travavam uma discussão animada.

— Alô, *Mamasita* — eu disse.

Minha avó sorriu ao me ver e me deu um beijo.

— ¡Hola, *corazón*! Você está cada vez mais bonita! Sua bisavó teria dado qualquer coisa para que os cabelos vermelhos dela tivessem esse tom de cobre. Os dela pareciam cenouras grelhadas e tinham a mesma textura.

— Para que é essa *tacuara*, *Mamasita*?

Ela apontou para os fundos da propriedade.

— Precisamos de uma cerca nova e Leopoldo me trouxe isso

— fez um gesto de tristeza para a pilha de bambu. — Eu pedi pereira espinhosa.

— Para quê? — perguntei divertida. Eu tinha caído numa pereira espinhosa e sabia que era uma planta pouco hospitaleira.

— Para manter afastados os *charrúas*.

— Eles estão todos mortos, *Mamasita*.

— Isso é o que eles querem que pensemos. Estão apenas esperando. Qualquer dia desses, descerão lá do *monte*, para nos atacar, exatamente como costumavam fazer antigamente, montados em seus cavalos selvagens.

Troquei um olhar com Amapola, a égua impassível de Leopoldo, que estava amarrada no portão. Sorri à sua expressão digna, que desafiava qualquer um a acusá-la de ser um descendente de salteadores.

*Mamasita* virou-se para Leopoldo.

— Leve isso embora. Traga-me pereira espinhosa. E leve Amapola para a porta da cozinha. Tenho maçãs para ela e *empanadas* para você. — Afastou-se em direção à casa.

— O que você vai fazer, *don* Leopoldo?

Encolheu os ombros e sorriu.

— Vou trazer a pereira espinhosa, claro.

— Mas não existem *charrúas*.

— *Doña* Aurelia diz que existem. Quem vai teimar com ela?
— Levou embora Amapola, enquanto eu atravessava o caminho de cascalho, lembrando-me das histórias que *Mamasita* me contara sobre os *charrúas*.

O território agora chamado Uruguai fazia parte da terra onde os *charrúas* perambularam durante séculos. Quando os ancestrais de *Mamasita*, um irlandês negro chamado FitzGibbon e sua mulher, Isabel, chegaram à província do Rio da Prata em 1743, os *charrúas* eram uma ameaça a todos os colonos. Entretanto, Charlie FitzGibbon conseguiu construir e defender uma fortaleza às margens do rio Cebollatí, e Isabel FitzGibbon fez amizade com um jovem *charrúa* que, segundo *Mamasita*, tinha se apaixonado por ela. Tio George, o historiador da família, afirmava que isso era bobagem, mas *Mamasita* não se convenceu. Ela dizia que só um homem apaixonado poderia ter feito alguma coisa tão linda como o jogo de ágata que tinha ficado para ela.

Vi o jogo pela primeira vez quando tinha nove anos. Eu estava na casa de *Mamasita* em Caupolicán, sua propriedade no campo, enquanto meus pais viajavam pelo Brasil. *Mamasita* e eu tínhamos passado o dia cavalgando — ela num de seus *criollos*, eu na sela de um gaúcho de confiança, que fumava cigarros escuros e tinha um rosto sulcado por rugas profundas. Quando regressamos, ela foi trocar de roupa e, ao voltar, encontrou-me olhando interessada sua coleção de artefatos indígenas; lanças e pontas de flechas, adereços de conchas e alguns pedaços do que parecia ser couro enrugado.

Eu os manuseei com cuidado, enquanto *Mamasita* me olhava.

— Sei para que servem essas coisas, *Mamasita* — eu disse, apontando para as conchas e pontas de flechas –, mas o que é isso? — Peguei um pedaço de couro e larguei-o rapidamente, limpando minhas mãos na calça.

— Por que você limpou as mãos? — perguntou *Mamasita*.

— Não sei. Não gostei de tocar nisso.

*Mamasita* concordou.

— É pele humana. Os *charrúas* costumavam tirar a pele de quem matavam nas batalhas.

Eu me afastei da cesta que continha a coleção.

— Por que guarda isso?

— Porque tem poder. Assim como está. — Saiu do quarto e

voltou, alguns minutos depois, com outro pedaço de couro velho.
— Não tenha medo — ela disse. — Este não é humano. — Desdobrou o couro e mostrou várias peças da mais legítima ágata azul que eu já havia visto. A ágata azul não é rara no Uruguai, mas essas eram translúcidas, quase tão claras quanto os diamantes. Todos os tons de azul possíveis brilhavam nas minhas mãos. Pareciam tão delicados que eu tinha medo de respirar.

— É um quebra-cabeça — disse *Mamasita*, reunindo as peças. — Somente os *charrúas* sabiam fazê-lo, e este aqui foi feito para Isabel FitzGibbon há mais de duzentos anos.

Uma estrela se formara em suas mãos, as delicadas bordas ajustando-se para ressaltar os vários tons de azul das ágatas. Não conseguia tirar meus olhos dali. Deste dia em diante, eu pedia para segurar o quebra-cabeça todas as vezes que visitava Caupolicán. Era mágico para mim, misterioso e revelador. *Mamasita* disse que o jogo e eu brilhávamos juntos quando eu o segurava.

Quando me aproximava dos degraus de pedra que levavam à porta da frente da casa de *Mamasita*, esperava que o jogo estivesse na casa da cidade para que eu pudesse segurá-lo mais uma vez.

O mordomo estava esperando e curvou-se quando entrei.

— Boa tarde, Frederick.

— Boa tarde, *Miss* Magdalena. A senhorita me parece extremamente bem.

— Obrigada, Frederick. Quanto tempo eu tenho?

Ele tirou o relógio de ouro do bolso do colete listrado.

— Dez minutos, *Miss*.

Subi a escada para o quarto que *Mamasita* mantinha pronto para todas as suas netas. Era um quarto grande com duas camas duplas e um enorme armário de carvalho, onde ficavam guardadas roupas que *Mamasita* considerava apropriadas para as refeições em sua casa.

Escolhi uma blusa de seda branca, com mangas compridas e largas, e uma saia azul preguedada; tirei as sandálias e troquei-as por um par de sapatos de couro que estavam no chão do armário. A porta dava para um quarto similar, reservado para os netos de *Mamasita*. No armário, vários ternos de diversos tamanhos e cores. Certa vez, Miguel viera jantar com uma camisa azul engomada sem paletó; *Mamasita* mandou-o para o quarto com um simples erguer de sobrancelhas. Nenhum homem jamais se sentara sem paletó para fazer uma refeição com ela, e o neto não iria ser o primeiro. Estava um dia excepcionalmente quente. Miguel pediu a Frederick uma tesoura, cortou fora as mangas do paletó e apareceu na sala usando o que sobrara.

Na penteadeira, uma variedade de escovas de prata me aguardava. Olhei-me no espelho. Eu estava bem. Os cabelos ondulados caíam até os ombros; os dentes eram certos, graças a dois anos de aparelho; meus cílios estavam sombreados, ressaltando os olhos. Talvez um dia eu fosse bonita, como Sofia dissera recentemente.

Desci para a sala de jantar, assim que o gongo soou. A mesa comprida estava resplandecente com uma antiga toalha espanhola de renda e prata, uma terrina com grande quantidade de rosas vermelhas no centro. Desde o primeiro aniversário da morte do meu avô, vinte anos atrás, uma rosa vermelha era enviada a *Mamasita*, todas as manhãs. A família inteira sabia que as flores vinham do brigadeiro Paz, um admirador de *Mamasita* desde a juventude. Ele se conservara solteiro enquanto subia na carreira militar, do humilde tenente que vira a jovem Aurelia pela primeira vez num baile, ao empertigado e grisalho brigadeiro que tantos temiam. Ele a visitava regularmente, e a jarra com as rosas vermelhas era levada para a sala onde se sentavam. *Mamasita* fingia não saber quem as enviava e o brigadeiro fingia ficar encantado com a fidelidade que elas representavam.

Minha avó e eu nos sentamos numa das extremidades da mesa,

para facilitar a conversa. Ela havia trocado o vestido para um cinza-claro, com mangas compridas, e em volta do pescoço usava uma gargantilha de pérola de dez voltas.

— Então, o nome dele é Jaime Betancourt. Não conheço sua família.

— O pai dele é alfaiate.

— Uma profissão honrada.

— Minha mãe não acha.

— Sua mãe é esnobe. Ele tem boas maneiras à mesa?

Eu sorri.

— Tem.

— A força aérea ensinaria a ele, se a família não tivesse feito. Ele lê?

— Muito.

— Do que você abriria mão para casar-se com ele?

Ergui os olhos do prato de sopa.

— Não sei — respondi, surpresa.

— Quando você souber, estará pronta para casar. Por enquanto não prometa nada a ele.

— Ele está ansioso por promessas.

— Os jovens apaixonados geralmente estão. Eles querem estabelecer logo a posse. Não deixe. Ele tentará moldá-la e você é quem deve decidir como quer ser. Você é muito inteligente para casar jovem.

— Você tinha dezessete anos.

— Era uma época diferente. Naqueles dias, a mulher casava ou ficava subordinada à família pelo resto da vida. Eu tive sorte. Estava apaixonada e meu marido era um homem rico. Os cavalos eram a minha paixão e ele me satisfez. Eu tinha tudo o que queria.

— Como é isso, *Mamasita*? A pessoa ter tudo o que quer?

— É humilhante e libertador.
— Devo ir para a América?
— Claro que sim.
— Jaime está com medo que o esqueça.
— Talvez você esqueça.
— Minha mãe espera que sim.
— É apenas um ano. Uma ótima oportunidade de participar de uma cultura diferente.
— Você se lembra de Marco Aurelio Pereira, *Mamasita?*
Ela descansou a colher.
— A minha feminilidade teria que estar completamente morta para eu me esquecer de um jovem como Marco Aurelio Pereira. Espero que se apaixone por ele.
— Oh — baixei os olhos. — Eu não poderia. Ele... ele é muito especial. Ele se casará com alguém como você. Alguém que seja uruguaio puro, como ele.
— Ninguém é uruguaio puro. Exceto os *charrúas*. Nós somos todos misturados. Mestiços, todos nós.
— Talvez. Mas as misturas espanholas e portuguesas são aceitáveis. As raças do norte não são.
— Aceitáveis para quem, criança? — *Mamasita* perguntou, surpresa.
— Para homens como Marco Aurelio Pereira. Para os de raça pura.
— Que idéias extraordinárias você tem! Talvez os americanos que formam uma nação *tutti-frutti* ajudem você a superá-las.
Eu ri.
— Já esteve lá, *Mamasita?*
— Não, mas adoraria ir. Admiro os americanos. São umas crianças grandes, mas um dia eles chegarão no ponto certo e nos ensinarão uma ou duas coisas.

— As tias dizem que vão me entediar até às lágrimas falando dos seus carros num inglês antigramatical.

*Mamasita* riu.

— Eles têm orgulho dos seus brinquedos. A prosperidade deles é baseada no fato de terem convencido a si mesmos e ao mundo de que ninguém pode viver sem eles.

— Marco diz que a ambição nos destruirá um dia.

— Assim será. Entretanto, você deve aproveitar sua estada na América do Norte. Tenho o pressentimento de que a vida será bastante difícil para você quando você voltar.

— Por que, *Mamasita?*

— Bem, porque os seus dias escolares terão terminado. Você terá que começar a assumir as responsabilidades da família.

— Eu quero estudar psiquiatria.

— Ótimo. Espero que consiga. A família precisará de mais uma fonte de renda. Você poderá ter de trabalhar para estudar. Acho que suas primas já estão procurando.

Concordei.

— Sofia começará a dar aulas no ano que vem. Não sei nada sobre Carmen.

— Carmen está esperando por um marido que a sustente. Ela devia ter uma opinião melhor a respeito de si própria.

— *Mamá* diz que as mulheres não deveriam tirar o emprego dos homens.

*Mamasita* suspirou.

— Às vezes eu fico imaginando como pude ter tais filhas. Dizem que o cérebro pula uma geração. Talvez você possa nos redimir.

# Onze

Logo depois, Emilia e eu começamos a receber cartas das famílias que iriam nos hospedar, com calorosas palavras de boas-vindas e fotografias com paisagens desconhecidas cobertas de neve. Emilia ficou animada ao descobrir que a família dela tinha um grande cão dinamarquês.

Junto com uma centena de outros jovens adolescentes, Emilia e eu embarcamos num jato da Pan American, cheias de presentes de despedidas dos amigos e parentes. Flores murchas e balões obstruíam a nossa visão, mas viajar no nosso país era uma ocasião para brincadeiras e presentes, e poucas famílias pensavam no lado prático da situação. Os terraços ao redor do prédio do aeroporto estavam cheios de pessoas animadas acenando para nós, enquanto subíamos a escada e entrávamos no avião. Emilia e eu acenamos de volta, fingindo reconhecer alguém no terraço lotado. A família de Emilia, influenciada pela minha, tinha concordado em fazer uma despedida discreta no saguão dos passageiros, sem flores e balões.

Os comissários de bordo já estavam acostumados a viajar com o avião lotado de estudantes e aceitavam com bom humor o nível de barulho, os violões no corredor e alguns estudantes sentados nos braços das cadeiras. As luzes foram apagadas quando o avião voou para dentro da noite, mas dormimos pouco. Alguns de nós já sentíamos saudades de casa.

Gostávamos de pensar que éramos sofisticados, mas ficamos

boquiabertos à primeira visão de Nova York, espalhada por muitos quilômetros abaixo de nós, uma terra encantada de luzes na escuridão ao redor. O aeroporto pareceu-nos grande e inamistoso comparado com o nosso, tão pequeno, e não havia mãos acenando para nos saudar.

Os ônibus esperavam para nos levar aos vários destinos e Emilia e eu nos separamos; ela foi para o sul e eu, para o norte. Só tivemos tempo para um rápido abraço e o rosto familiar de Emilia desapareceu no cinzento da neve velha e sob um céu lúgubre.

A ausência de cores na natureza, pensei, era algo novo com que tínhamos de nos acostumar. Fomos agredidos por cartazes de todos os lados, nos mandando beber, fumar e sorrir com um sorriso perfeito.

Pela primeira vez, desde que saíramos de casa, os cinqüenta estudantes com destino a Michigan ficaram silenciosos, conscientes de nossa pequenez na vasta paisagem de concreto e vidro. Foi somente depois de termos deixado a cidade para trás e começado a atravessar espaços abertos que relaxamos e começamos a falar. Ficaríamos no ônibus dezessete horas. Finalmente dormimos.

Quando desci do ônibus em Michigan, vestindo um casaco leve, sapatos de couro e luvas, o frio parecia tão tangível quanto as pedras cinzentas da igreja onde nos abrigamos. Café e biscoitos esperavam por nós, e rodeamos a mesa, famintos. Alguns estudantes pegaram seus violões e, enquanto esperávamos as pessoas que viriam nos buscar, cantamos canções populares da nossa terra.

Logo, as famílias começaram a chegar. Fiquei sentada, nervosa, avaliando-as. Em uma delas, um homem de lábios grossos e caídos olhava furtivamente para as garotas. Rezei para que ele não fizesse parte da minha nova família, quando uma senhora baixinha entrou. Seus olhos escuros brilhavam, enquanto comparava a fotografia que segurava em uma das mãos com os rostos a seu redor. Sorria e irradiava cordialidade. Ela me viu, pôs as saudações de lado e pegou-me pelo braço.

— Aqui está você! — disse. — Eu sou Amanda Norton, sua mãe.

Mal podia acreditar na minha sorte. Logo "meu pai" me abraçava. Com aquela simpatia e bom humor, era desnecessário dizer que, embora num país estrangeiro, no que dependesse dele eu nunca me sentiria solitária.

Era janeiro de 1964, e o país ainda estava chocado com o assassinato do presidente Kennedy, dois meses antes. A primeira mulher astronauta, Valentina Tereshkova, tinha feito um vôo de três dias no espaço, e um golpe militar derrubara o governo do Vietnã do Sul.

Encontrei dificuldade em me adaptar à escola. Os métodos de ensino eram diferentes e as matérias, elementares. O único assunto desconhecido para mim era o governo americano, mas com as respostas aos testes sendo sob a forma de múltipla escolha, pude resolvê-las com um mínimo de estudo. Com o tempo, percebi que o que eu estava aprendendo não eram fatos, mas toda uma nova forma de vida de estudante e que, afinal de contas, era por isso que estávamos lá.

A primeira coisa que reparei nos meus colegas foi a sua passividade. Eles se sentavam corretamente, mais preocupados, assim me pareceu, com a sua aparência e vida social do que com os estudos. As meninas usavam maquiagem e ostentavam penteados complicados. Uma ou duas planejavam se casar.

Das pessoas que encontrei, na minha estada em Michigan, muito poucas sabiam alguma coisa sobre o Uruguai. Era geralmente confundido com o Paraguai e toda a América Latina parecia ser, na mente das pessoas, uma entidade instável com perigosa tendência ao comunismo.

Janet, minha irmã americana, tentou me ajudar:

— Este é um país estável, Magdalena. Não temos uma revolução desde a Guerra Civil.

— Não sei se isso é algo para se gabar.

— Você acha que as guerras são boas?

— Não, mas as revoluções podem ser. Seria melhor que ninguém fosse morto durante uma revolução, mas do modo como nós fazemos as coisas, não aceitando o que o governo nos manda fazer, isso não é mal.

— Alguns de nós confiam no governo. Isso é ruim?

Hesitei.

— Não. Penso que é o ideal. Mas você acha que eles são dignos de confiança?

Janet encolheu os ombros.

— Até que façam algo que nos surpreenda, para que nos preocupar?

— E o que você me diz de Martin Luther King? Ele não é um revolucionário?

— O Dr. King é um pacifista.

— Eu sei. Mas o que ele está propondo pode tornar os outros violentos, você não acha? O presidente Kennedy teve de mandar o exército ao Alabama. Diga-me, vocês já fizeram uma greve?

Janet riu.

— Uma greve? Para quê?

— O governo nunca fez nada que vocês contestassem?

— Bem, às vezes eles aumentam os impostos, mas de que adiantaria entrarmos em greve? Ninguém liga para o que os jovens pensam.

Expliquei que as greves estudantis ocorriam quase que mensalmente no Uruguai. Era simplesmente uma questão de princípio, protestávamos contra a política do governo, em tudo e por tudo, exercitando nossa veia política, escrevendo palavras de ordem nas paredes da cidade, participando de passeatas, impedindo o trânsito e danificando propriedades do governo. Janet ficou chocada. Perguntou-me que resultados advinham dessas greves e desse comportamento rebelde, já que eu lhe dissera que não podíamos votar antes dos dezoito anos. Ninguém até então havia levantado essa questão na minha presença.

— Não, eu ainda não posso votar, mas não sou impotente, Janet! — respondi.

Os sindicatos insistiam nas greves e a nossa união estudantil era uma organização tão séria quanto qualquer outra. Janet pareceu não só não ter ficado impressionada, como, de certa forma, estar acima de tais assuntos.

Pouco depois, quando a guerra no Vietnã abalou as fundações da sociedade americana, recebi uma carta de Janet recordando nossas conversas, na dúvida se a sua confiança no futuro, tão seguro ele parecia ser, tinha sido apenas uma ilusão. Naqueles dias dois amigos de Janet tinham morrido no Vietnã e ela começara a questionar as coisas, da mesma maneira que eu havia feito.

Mas voltando atrás, vivendo com uma família cuja paciência me parecia santa, eu aproveitava para me divertir naquela casa tão alegre, com tanta acolhida e amor. Tentei entender o resto do mundo americano onde parecia haver mais liberdade ou, pelo menos, mais privacidade. Os jovens namoravam e saíam sozinhos. Os estudantes trabalhavam em meio-expediente.

No Uruguai, as escolas eram em tempo integral, cinco dias e meio por semana, com várias horas de dever de casa à noite e aulas no verão, se falhássemos no exame final. Não se podia escolher as matérias, a não ser no esporte, e tínhamos de estudar muito. Não sobrava tempo para fazer qualquer outra coisa, mesmo que um emprego de meia jornada estivesse disponível.

Quando disse a Janet que a única coisa que podíamos escolher era o esporte, ela não pôde acreditar.

— Como pode alguém se formar se tem de fazer quatro anos de física, quatro anos de química, quatro anos de tudo?

Mais tarde, quando se tornou professora, Janet disse-me que preferia que seus alunos estudassem mais e fossem menos preocupados com seus empregos de meio-expediente, de que necessitavam para manter seus carros.

Antes de completar nove meses com os Norton, acompanhei a família em uma visita à futura casa de Janet no *campus* da universidade. Foi o acontecimento mais importante da minha estada nos Estados Unidos. No momento em que desci da caminhonete dos Norton e pisei no gramado que circundava os prédios majestosos, soube que eu queria, mais do que tudo, ficar lá. A atmosfera de paz era tão penetrante que, por um momento, simplesmente respirei e fechei os olhos. Para mim, lugar de estudo era lugar de confusão. Os prédios da nossa universidade, no centro da cidade, serviam como receptáculos de anos de ódio e frustração. As paredes eram cobertas de pichações; monumentos, danificados. Os ônibus chegavam e partiam, os freios chiando, expelindo fumaça negra. As buzinas tocavam, e folhas, poeira e jornais velhos espalhavam-se pelas ruas estreitas.

Aqui, os alunos passeavam com os livros debaixo do braço, no primeiro calor da primavera, entre canteiros de flores exuberantes. Eu queria estudar num lugar como esse, onde, por uns tempos pelo menos, poderia esquecer os direitos humanos, injustiças e opressões. Pensei nos professores, cuja única meta era apenas ensinar, alheios à política.

Eu havia criticado a indiferença de Janet pelo que acontecia fora do seu mundo, sentindo que ela e seus amigos não se preocupavam com a política intervencionista do governo, preferindo ignorar o que estava sendo propagado pelo mundo, em nome deles.

Pela primeira vez, entendi a razão. Sabia que, se vivesse num lugar com tal conforto e tranqüilidade, eu também perderia o contato com o perigo e iria mergulhar na exploração da mente, esquecendo tudo o mais.

Eu gostava de estudar e desejava fazê-lo onde as greves não interferissem nos exames finais; onde a visão política de um estudante fosse ignorada pelos professores e não influenciasse nas notas; onde, como Janet me contara, a pessoa pudesse tocar numa orquestra, cantar no coro e atuar numa peça.

Não sabia dizer as causas das diferenças entre os nossos países, nem se um sistema era melhor do que outro, e, se era, por que seria. Soube apenas que, parada por um momento ali no *campus* de Ann Arbor, como Janet, eu preferia nunca ter ouvido falar de Che Guevara.

※

A grande descoberta de Emilia foi que a religião na América era levada muito a sério. Nunca nos ocorrera, até que viajássemos, que no Uruguai a religião era uma questão muito individual. Emilia e eu íamos à missa, todos os domingos de manhã, porque isso nos dava a oportunidade de observar os rapazes do Colégio Católico. Sempre víramos as freiras e os padres como pessoas despojadas, que haviam entrado para os conventos ou por ter o coração partido ou por não ter interesse em sexo. As pessoas que conhecíamos ouviam educadamente os sermões e os conselhos, compreendendo que, como pessoas que viviam retiradas, elas não podiam saber nada sobre a vida. A ida à igreja era para nós um acontecimento social. Ninguém que conhecêssemos levava a sério a idéia de inferno; o céu, se houvesse um, devia estar aberto a todos, caso contrário, do que adiantava rezar para um Deus benevolente?

Emilia estava morando com uma família de católicos devotos quando, pela primeira vez, questionou o problema do céu e do inferno. Eles não só liam o que o papa escrevia, como acreditavam no que ele dizia. Emilia ficou horrorizada. Rezar antes de cada refeição ela agüentava, mas ir à missa todos os dias era uma tortura. Os poucos rapazes ficavam concentrados na cerimônia e não havia absolutamente ninguém com quem flertar. Para piorar as coisas, ela sabia que o rapaz mais jovem da família estava muito apaixonado por ela e, certa vez, mexera na gaveta de suas roupas de baixo. Emilia considerou tal comportamento uma depravação e quis ir embora do país.

Escrevíamos uma à outra diariamente, às vezes, cartas compridas, outras vezes, um simples comentário num cartão-postal.

# Doze

*Querida Magdalena*, por que os pais americanos estão sempre em casa? Não consigo escapar! Ele vem para casa depois do trabalho e faz a refeição conosco todas as noites...!!! *Emilia*.

*Querida Emilia*, o meu também!!! Em quatro meses, já estive com o meu pai americano mais vezes do que com meu verdadeiro pai em quatro anos. Acho que os nossos pais não saberiam o que fazer em casa. O meu pai nem mesmo dormia lá freqüentemente! *Magdalena*.

*Querida Magdalena*, já lhe contei que minha família cultiva legumes? Todos esperam que, durante uma hora ou duas, capinemos e estraguemos nossas unhas em troca do privilégio de comer coisas que poderíamos comprar facilmente nos supermercados. Outro dia, houve uma discussão sobre os tomates. As regras especificavam que, para obter sucesso, os tomates precisavam ter " conformidade na aparência" (quer dizer, ser iguais) e "sem defeito". Não tinham gosto, só aparência. Nós não vencemos. Amor. *Emilia*.

*Querida Emilia*, tem certeza de que não participou do concurso de Miss América por engano? Ah-ah. Acabei de receber uma carta de sua mãe. Escrita sob a luz de vela. Ela diz que os funcionários da UTE entraram em greve e Montevidéu está sem eletricidade e telefone. Não posso imaginar tal coisa acontecendo por aqui, pelo menos por causa de uma greve. Ouvi dizer que na Costa Leste e parte do Canadá houve um grande *blackout*, mas foi devido a uma chave ou qualquer coisa assim, em Ontário. *Cariños. Magdalena.*

※

*Dear Magda*, desde que saí do aeroporto não parei de pensar em você. (Devo dizer que tentei.) Tudo parece vazio agora que você não está comigo. Passos os dias voando, aperfeiçoando minhas habilidades em navegação aérea, ou numa bicicleta, indo a lugar nenhum, tentando alcançar algo que está muito longe.

Tudo aqui me lembra você. As canções de que gostamos, o mar, o céu; tudo faz com que eu me sinta terrivelmente só.

Eu amo você de uma forma que nunca amei ninguém antes e quando penso em você, sei que estou vivo.

Acabei de ler o que escrevi até agora. Queria ser poeta e ser capaz de me expressar. Não tome esta carta como uma carta de amor; é uma representação pobre dos sentimentos que não consigo pôr em palavras.

Todos aqui estão abatidos e tristes desde que você partiu. Exceto Josefa, que diz que você está bem e feliz. Pergunto sempre a ela se tem tido notícias suas (só recebi duas cartas) e ela diz que sabe de você *todos os dias*. Sua família americana deve ser muito rica para poder pagar ligações diárias para o Uruguai. Josefa olhou para mim de modo estranho quando perguntei se você havia telefonado. Marco, que estava comigo na hora, riu e explicou que você é meio feiticeira. Ele disse que é o sangue irlandês em você. Do que é que o pobre tolo está falando? Ele e Josefa pareceram se divertir com o fato de eu não acreditar em telepatia ou qualquer dessas bobagens. Marco passa horas na praia, nadando, e ficou tão moreno que quase não o reconheci. Ele continua se esforçando para ser preso (marchou com os trabalhadores da UTE) e o pai dele continua a salvá-lo. É um idealista. Fico na dúvida se ele é o maior tolo que já conheci ou um verdadeiro aristocrata. Um membro de uma classe acima do restante de nós. Desde que haja Marco Aurelio no mundo, não precisamos nos preocupar, porque sabemos que ele resistirá, forte como o aço. Ele assumirá os ideais democráticos que todos admiramos; até morrerá por eles, fazendo com que nos sintamos inúteis.

Você pode me fazer um favor? Procure os endereços de algumas das grandes companhias de aviação. Quero escrever para elas pedindo emprego. Não me importo de começar como carregador de bagagem. Sei que, se chegar aí, arranjarei um lugar de piloto.

Obrigado pela caricatura do *Charlie Brown*; eu gosto dos *Peanuts*. Mande mais.

Você se casaria comigo logo que voltar? Eu adoro você. *Jaime*.

*Querido Marco*. Espero que tenha recebido minha última carta, na qual lhe contei sobre a minha maravilhosa família. Acho que também reclamei muito sobre o frio. Bem, não tenho de me preocupar muito mais com isso. Depois do primeiro dia, quando fiquei gelada, voltando a pé da escola, nunca mais tive de fazer isso. Minha mãe me arranjou uma condução para ir e voltar da escola e comprou botas e luvas. Meu pés e minhas mãos parecem estar dez vezes maiores do que são realmente, mas não congelam. Tenho brincado na neve e tentado aprender a patinar; passo mais tempo sentada no gelo do que patinando.

Você ouviu falar sobre os tumultos raciais em Los Angeles? Morreram 35 pessoas.

Você viu os Beatles em *Help?* É bom!!
Sei que seus irmãos gostam de futebol. O que eles dizem sobre aqueles jogadores ingleses acusados de roubar no jogo?
Falando de esporte, o Michigan conquistou o Rose Bowl! Você sabe o que é isso?
Por favor, diga a sua mãe que eu escreverei breve para ela.
Amor, *Magdalena*.

*Querida Magdalena*, estou tão triste hoje que não sei nem se terminarei essa carta, quanto mais enviá-la. Se a enviar, perdoe-me pelas divagações. Estou muito feliz por você ter me escrito. As cartas ficam ao lado da minha cama e as leio sempre que sinto necessidade de rir. As descrições de seus colegas e as novas danças que está aprendendo me deixam com inveja. Aqui, os estudantes estão re voltados. Mas eles não estão sempre revoltados? Às vezes, penso que a raiva deles é uma diversão, assim como são os discos de sucesso, as roupas e os cabelos para seus amigos nos Estados Unidos. Não fique zangada comigo, mas acho que o questionamento de Janet é pertinente. Já obtivemos algum resultado com nossos métodos? Como pode ver, fico realmente deprimido quando começo a duvidar das próprias ações que me têm mantido ligado e cheio de ideais desde os doze anos. Trouxe comigo esse abatimento depois de uma licença de poucos dias, quando decidi aderir às manifestações do lado de fora de uma das usinas elétricas. Isso me fez lembrar de dois anos atrás, quando você e Emilia salvaram a vida de Cora. Sim, eu sei, você me acha exagerado, mas acredito realmente que ela poderia ter morrido naquele dia se não fosse vocês. (Cora concorda.)

Continuando, lá estava eu, quando me vi cercado por um destacamento da polícia. Meu primeiro pensamento foi: se não me matarem, meu pai o fará, quando souber que não desisti das táticas que tanto reprova. Eles vieram para o meio de nós usando pequenos cassetetes de borrachas e *piñas* americanas, rindo enquanto tentávamos escapar dos golpes. Um fotógrafo não sei de qual jornal ou planeta tirava fotografias. Obviamente, era sua primeira atuação, porque o pobre homem anunciava, para quem quisesse ouvir, que a ação da polícia seria levada ao conhecimento público. A polícia avançou para ele e, quando se dispersaram, o fotógrafo e a câmera estavam arrebentados.

Fomos levados sob o manto da escuridão para o túnel embaixo do Palácio de la Luz.

E foi ali que aprendi uma das lições mais amargas da minha vida. Quando eu era empurrado para dentro do túnel, senti a mão no meu braço. Era Pepe. Não o via há mais de um ano, desde que se mudou do nosso bairro. Bem, ele me reconheceu e me puxou para fora da fila. Perguntou-me o que estava fazendo ali, se tinha sido por engano. Eu disse que não, que fazia parte do movimento. Ele balançou a cabeça e segurou meu braço outra vez, empurrando-me até um grupo de policiais. Contou para eles quem era o meu pai, disse que me conhecia e me ordenaram que fosse para casa. Eu disse que não queria ir, que iria para o túnel com os outros. E eles riram de mim. Fiquei zangado e tentei bater num deles, mas Pepe deu um passo e recebeu o soco. Tentei entrar no túnel e não me deixaram.

Pepe passou em nossa casa no dia seguinte e, claro, meu pai deu-lhe uma recompensa. Depois que Pepe saiu, *papá* foi pegar o chicote. Arrancando o chicote das mãos dele, atirei-o pela janela. Tenho vinte anos e ele jamais me baterá outra vez.

Não ria — Pibe achou que o chicote tivesse sido atirado para ele procurar e saiu correndo para brincar com ele. Acabou perdendo o chicote, quem sabe onde. Ele está ficando velho e já não traz as coisas de volta como antigamente.

Meu pai parece perceber que alguma coisa mudou entre nós. Disse pouca coisa, apenas que eu não devia desgraçar seu nome. Pelos seus padrões, temo que terei de fazer isso freqüentemente. Agora sei que, todos esses anos, tenho sido secretamente protegido por ele. Não era sorte, como eu costumava pensar, nem esperteza, como gostaria de acreditar. Foi, apenas, a boa e velha política uruguaia, outra vez. Não é o que você faz que conta, somente quem você é ou quem você conhece.

Quero acreditar, pelas suas cartas, que você me perdoou pelo indesejado conselho que lhe dei, na sua festa, a respeito de Jaime. Eu me preocupo com o que acontece com você, Leãozinho.

Ainda não assisti *Help!*. Talvez possamos ir juntos quando você voltar para casa. Sim, eu sei o que é Rose Bowl. Um grande *play-off* de beisebol, certo?

Jaime parece não se aborrecer por escrevermos um para o outro. Então, talvez, afinal de contas, eu envie esta carta. Minha mãe anexou seu último poema e diz que sente saudades de você.

*Cariños, Marco.*

*Caro Marco*, não sei como você poderia desgraçar o seu nome. Sinto orgulho em conhecê-lo. Acho maravilhosos os seus sentimentos pelos trabalhadores. Sempre achei isso, desde aquele dia, no Cerro, quando o coroei com margaridas. Você é o meu herói.

Peço desculpas se, na minha festa, fiquei zangada com você. Eu é que tenho de pedir desculpas, não você. Não nos falamos mais desde então e escrever me parece estranho. Queria que você estivesse aqui para me mostrar a perspectiva das coisas. Tento não ser crítica. Afinal, estou longe de ser perfeita, e não vivemos numa

Utopia, vivemos? Talvez você possa me ajudar a entender por que acho ofensivo entrar em lugares onde há tantas coisas à venda que mal consigo ver todas em apenas um dia. Por que me incomodo de jogarmos fora tantas coisas? É por causa do que você tentou me explicar, naquele dia no Cerro, quando disse que o desperdício embota os sentidos? Não me adapto muito bem. Acho que você também não se adaptaria. É difícil lidar com a emoção. Você é a pessoa mais passional que conheço e fico comparando os outros com você. Aqui, as pessoas são muito sentimentais. Adoram histórias sobre crianças que estão morrendo ou têm doenças incuráveis.

Os estudantes parecem não dar importância ao governo. Não sei dizer se eles acreditam nele ou se simplesmente o ignoram. Espero que não fiquem desapontados. Acham que, porque têm eleições livres, são um povo livre. Parecem mais sedados do que livres. É difícil pensar quando se é assediado por todos os lados com coisas para comprar. O que me leva de volta ao Cerro e de como você falou sobre as duas espécies de açúcar.

Emilia está no Missouri. A família dela é muito religiosa. A minha é muito boa, como já lhe disse milhares de vezes. Eu gosto dessa casa. Eles estão sempre sorrindo.

Você vai mesmo me ver quando eu voltar para casa? Gostaria de assistir *Help!* de novo!

Ocorreu-me outro dia que a minha infância acabou. A escola acabou. Sinto-me como se estivesse à beira de um precipício e sem outra escolha a não ser pular. *Mamasita* me avisou que eu me sentiria assim. Quando voltar para casa, quero fazer o curso de medicina, mas duvido que minha família aprove. Emilia quer ser advogada.

Vou ficar muito triste quando tiver de dizer adeus aos Norton. Minha mãe me escreveu recentemente dizendo que os negócios nos quais me pai se envolveu não deram bons resultados e ele teve de vender mais terras. Minhas primas tiveram de arranjar emprego para ajudar nas despesas da casa.

Como está Lilita? Você a viu recentemente?

Estava pensando, antes de receber sua carta, que eu devia ter pedido desculpas mais cedo por ter sido tão rude com você, a respeito de Jaime, e que não podia viver pensando que você já não era mais meu amigo. Agora sei que você me perdoou porque sabe, tão bem quanto eu, que eles não jogam beisebol no Rose Bowl.

Com o amor de sempre, *Magdalena*.

# Treze

O ano que se seguiu ao meu retorno para o Uruguai foi triste. Os brasileiros estavam inundando o país, tentando escapar à ditadura militar recentemente estabelecida, e Jaime e eu tivemos a nossa primeira briga séria.

Jaime não recebera nenhuma resposta das companhias às quais oferecera seus serviços de piloto, mas, de qualquer forma, estava decidido a sair do Uruguai. Os brasileiros advertiam que o que tinha acontecido lá era uma indicação de uma tendência de afastamento da democracia e Jaime queria sair do Uruguai enquanto era tempo.

— Acho que devia ficar, Jaime. Marco precisa de você. Há poucos de vocês nas forças armadas que falam abertamente contra a intervenção militar. Você concorda com Marco, eu sei.

— Eu concordo. Concordo com cada um dos ideais que ele sustenta para nós, mas não morrerei por ideais, Magda.

— Mas por que iria morrer? Se vocês, nas forças armadas, resistirem, os extremistas não podem ganhar.

— Magda, os bandidos *sempre* ganham.

— Marco não acredita nisso.

— Claro que acredita. Ele sabe, tão bem quanto eu, mas isso não tem importância para o idiota. Para ele, quem vence não é importante. O que importa é a superioridade moral. Marco é um homem perigoso, principalmente para ele mesmo.

Fiquei chocada com tanto cinismo e recriminei Jaime por isso.

— Magda, fui pobre a vida toda. Nenhum governo jamais se preocupou comigo e nenhum governo, militar ou civil, jamais se preocupará. O Uruguai vai seguir o mesmo caminho da América Latina. Marco e seu muito pequeno grupo de amigos são tolos suicidas por tentarem impedir que tal aconteça. — Ele pegou minha mão. — Magda, tenho um plano. Você e eu vamos acabar o namoro, exatamente como sua mãe quer. Então vou cobrar dela a promessa de me ajudar a arranjar um visto. Antes de partir, nós nos casaremos. Quando chegar nos Estados Unidos e arranjar um emprego, mando buscar você.

Eu ri.

— Não seja tolo. Não tenho ainda vinte e um anos. Não posso casar sem o consentimento de meus pais.

— Conheço um juiz que fará isso. Por um preço.

— Seriamente, Jaime, não posso ir. Sou necessária aqui.

— Para quem? Achei que você queria ir para a universidade. Você disse que daria tudo para conseguir isso.

— Não tenho dinheiro. Você sabe quanto custa a universidade nos Estados Unidos?

— Estarei ganhando o suficiente para mandá-la a Harvard, se é só isso que você quer.

— E se você não puder? E se deixo tudo aqui e não consigo ir ao menos para a universidade?

— É só isso que importa a você? Se vai poder ir ou não para a universidade? E nós?

— Ainda não estou pronta para casar, Jaime. Realmente não estou. E não quero deixar o Uruguai para sempre. Ir para universidade e depois voltar, talvez, mas você está falando em ficar lá.

— É Marco, não é?

Senti que corava. Tentava esconder, até de mim mesma, meus sentimentos por Marco, mas meu silêncio foi revelador.

— Você quer ficar aqui só por causa dele e de suas estúpidas idéias para salvar a democracia do Uruguai. O que, em nome de Deus, você pode fazer? Eu posso até ver você juntando-se aos Tupamaros!

— Não é só isso — respondi, me afastando.

— Hein?

— Eu... Marco e eu...

Jaime riu amargamente.

— Oh, que tolo tenho sido. Marco e você. Claro. Eu devia saber.

Comecei a falar, mas ele me interrompeu.

— Quero minhas asas de volta.

Ele tinha recebido as asas douradas como o melhor piloto da turma e me presenteado com elas no lugar do anel de noivado que não podia comprar.

— Nós estamos terminando? — perguntei, a voz embargada.

— Não seja tola. Você sabe que estamos. É como se você tivesse me dito que ama outro.

Subi a escada e peguei a caixa de veludo na mesinha-de-cabeceira. Olhei as asas douradas pela última vez e fechei a caixa com um estalido, sentindo-me estranhamente aliviada.

Lembrando do orgulho com que Jaime usara as asas em seu uniforme, desci as escadas e coloquei a caixa em suas mãos. Ele foi embora sem mais palavras, deixando-me a refletir sobre que faria com esse amor por Marco que quase admitira.

Voltei vagarosamente para o meu quarto depois da partida de Jaime, deitei na cama e chorei. Não havia lenços na mesinha-de-cabeceira, então levantei-me e fui procurar no armário. Vi numa sacola escondida atrás de algumas roupas. Abrindo-a, fiquei surpresa ao deparar com um casaco novo, ainda com as etiquetas, que eu havia comprado em Michigan para Gabriela. Uma onda de culpa me invadiu ao perceber que, desde meu retorno, eu me esquecera de Gabriela. Absorvida por meus problemas, não tinha pensado nela até então.

Achei uma caixa e embalei o casaco. Era sábado e os ônibus para o Cerro não eram tão freqüentes quanto nos dias de semana. Fiquei esperando muito tempo na parada, até que um ônibus velho aproximou-se, sacolejando. Embarquei então para a longa viagem à periferia da cidade.

Ao me aproximar do morro, fui invadida pelas lembranças da minha última visita e tive de conter as lágrimas ao pensar em Marco com a coroa de margaridas. Ele devia ter pensado que eu era uma tola. Como poderia um homem que nem Marco me levar a sério, quanto mais me amar?

Soprava um vento frio e eu tremia ao escalar o morro em direção à cabana de Gabriela. Saía fumaça pelo buraco no telhado. Apressei-me em direção à promessa de calor.

Não havia porta em que se pudesse bater, apenas um velho cobertor fechava a entrada. Chamei por Gabriela e, imediatamente, o cobertor foi afastado e ela estava me abraçando.

— Magda! Achei que era você! Olhei pela janela; vi que alguém se aproximava e disse para o Gervasio: é Magdalena! Veio nos ver finalmente. Linda como sempre mas ... — os dedos passaram de leve pelo meu rosto — triste! Tão triste! Gervasio, ponha a cadeira perto do fogo! Sim, aquela mesma que ela nos deu! Bem perto do fogo!

Gervasio era, agora, um garoto grande, alto e bonito, o cabelo castanho-avermelhado. Não sorriu quando colocou a cadeira para mim, e notei uma certa reprovação nos seus olhos quando a mãe se sentou num banco perto de mim. Afastou o cobertor e saiu.

— Agora — disse Gabriela — me conte por que estava chorando.

— Tome aqui. — Entreguei-lhe a caixa, evitando sua pergunta. — Trouxe dos Estados Unidos para você.

Gabriela bateu as mãos.

— Abra!

Ela abriu a caixa e ficou extasiada. O casaco serviu perfeitamente e combinava com ela, também. Eu tinha escolhido um tom castanho-claro com a gola de pele escura e, enquanto ela dançava em volta do barraco, lembrei-me que sempre achara que ela parecia uma artista de cinema.

— Gabriela — eu disse, tocando em seu rosto —, são novos?

Ela sorriu feliz, mostrando dentes brancos e perfeitos.

— Cortesia dos militares.

— Os milicos deram uma dentadura para você?

— Sim! O tenente Pereira conseguiu — ela bateu os dentes alegremente. — As crianças adoram os meus dentes.

— Onde estão as crianças? — perguntei, reparando pela primeira vez na ausência delas.

— Com o pai. Uma vez por mês, ele as leva ao Parque Rodó.

— Gervasio não foi?

Gabriela balançou a cabeça.

— Ele não gosta do pai. Por minha causa.

— Porque ele não se casou com você?

— Sim, porque Gervasio acha que ele devia comprar uma casa para nós. Mas ele não pode. Ele tem mulher e mais cinco filhos para sustentar. Agora, responda a minha pergunta — ela disse, apertando o casaco em volta do corpo e voltando a sentar no banco. — Qual é o problema?

— Descobri que amo alguém.

— Espero que seja meu conhecido.

— Você conhece, sim.

Ela logo percebeu de quem se tratava.

— Fico feliz! Vocês dois foram feitos um para o outro.

— Você acha que ele pensa em mim?

— Sim. Mas ele tem uma missão, Magda. E homens assim são difíceis de ser amados.

— Qual você acha que é a missão dele, Gabriela?

— Sou uma mulher ignorante, Magda. Nunca terminei a escola. Portanto, a minha opinião não vale muito. Mas tenho ido às assembléias. O tenente Pereira está quase sempre lá.

— Você se refere às assembléias do sindicato.

— Há outras também. Menores. Algumas em barracos tão pobres quanto o meu. Homens e mulheres falam e até nos fazem sentir bem-vindas... quero dizer, a nós, do Cerro. São pessoas bem-educadas, mas nos tratam como iguais. O tenente tem ajudado Gervasio nas lições da escola. Eu sempre obriguei Gervasio e as crianças a irem à escola, você sabe. Minha mãe nunca foi exigente nisso e eu gostaria que ela tivesse sido. Gostaria de ter tido mais instrução. — Ela olhou tristemente para o fogo por um momento. — Mas Gervasio lê bem, e o tenente procura mantê-lo em dia com os estudos. Nessas reuniões, as pessoas falam em mudança. Eu não entendo tudo, mas sei que o tenente é muito respeitado. Quando ele fala, os outros escutam.

— Uma pessoa me disse hoje que Marco está levando uma vida perigosa.

— Não é sempre perigoso pedir por justiça? Quando Gervasio

lê para mim o seu livro de história, fico achando que as pessoas sempre morrem antes de haver mudanças.

— Você acredita que os maus sempre vencem?

— Oh, não! — Gabriela foi enfática. — Oh, não! Sempre, caminhamos para a frente! Pode até parecer que o mal vai triunfar, mas o bem sempre deve vir em seguida, ou então não haveria esperança para nós. — Gabriela pusera água para ferver e o vapor já estava saindo pelo bico da chaleira. Ela levantou-se para preparar o mate. — O tenente me deixou ler a mão dele.

Olhei interessada para ela.

— Não sabia que você lê mão.

— Minha mãe era *curandera*; todas as minhas tias lêem mãos e as cartas também. As cartas nunca me falaram nada, mas as mãos das pessoas falam.

— O que a mão de Marco disse para você?

— Não posso revelar. Mas posso dizer que vi algo em sua mão que nunca havia visto antes. Faltava um pedaço da linha da vida. É interrompida bruscamente e depois continua. Não tenho idéia do que significa. A linha do coração é a mais forte que já vi, exceto a minha. Procurei por filhos, mas eles não estavam lá. E agora já falei demais.

— Você quer ler minha mão, Gabriela?

Mas ela estava aborrecida consigo mesma por ter revelado tanto e queria falar somente de outros assuntos. Ficamos sentadas por várias horas tomando mate, discutindo as proezas das crianças e suas esperanças quanto a Gervasio.

Falamos sobre Marco, relembrando nossas conversas, seus gestos e sua aparência. Mostrei a Gabriela o pequenino elefante branco de marfim que ele me presenteara, quando eu estava em Michigan e que eu usava pendurado a uma corrente de ouro no pescoço. Gabriela me perguntou se eu ainda ia toda semana visitar Tomasito no zoológico.

— Ele está muito grande agora.
— Vocês ainda são amigos?
— Somos, sim. Achei que ele tivesse me esquecido por ter me ausentado tanto tempo. Mas ele não esqueceu.
— Nenhum de nós esqueceu, Magdalena.
— Não tenho sido uma amiga muito constante.
— Por que pensa assim?
— Veja quanto tempo demorei para vir visitá-la.

Gabriela fez um gesto de indiferença.

— É difícil ser jovem. Há tanto com o que sonhar. Você tem de se preocupar com o futuro.
— Gabriela, não sei o que o futuro me trará. Por isso quero que você me diga.

Ela balançou a cabeça.

— Não posso. Nem sempre é bom saber. Quisera nunca ter lido a mão do tenente Pereira. Agora, não faço mais isso para os amigos, só para estranhos. Aí, se eu não gostar do que vejo, fico quieta e digo só coisas boas. De qualquer forma, as pessoas preferem assim.

⁂

Minha mãe ficou eufórica com o meu rompimento com Jaime. Não perdeu tempo em me pressionar para que eu aprendesse uma forma rápida e respeitável de ganhar a vida. O trabalho de secretária era socialmente aceito e, se eu me dedicasse com afinco, poderia me formar em datilografia e taquigrafia em dois anos. Expliquei que queria continuar a estudar e entrar para a Escola de Medicina, mas minha mãe não agüentou as queixas de Sofia e Carmen. Elas disseram que, se tinham de trabalhar, eu também tinha. Não podia ser tratada de forma diferente, só por ser mais moça do que elas.

As salas da escola de datilografia eram sujas e não tinham janelas. Fileiras de datilógrafas sentavam-se às mesas de madeira debaixo de lâmpadas presas por um fio pendente do teto — as floridas avenidas e colunas de mármore da universidade dos meus sonhos estavam fora do meu alcance.

Emilia e eu tínhamos de andar quilômetros, mesmo nos dias mais frios, lutando contra o desespero que crescia em nós quando contemplávamos nosso futuro. Voltamos às rochas que escaláramos quando crianças, quando tínhamos sonhado sobre nossas carreiras, nossos brilhantes casamentos, filhos talentosos e, de alguma forma, nos revíamos através daquele inverno desolador. Lilita compreendia nosso desespero. Nos dias em que sua depressão melhorava, ela preparava chocolate quente, assava bolos e nos encorajava a aceitar todos os convites que apareciam.

Antes que notássemos, o verão voltou, no barulho das ondas. Durante três meses, eu estava livre. Dormia até o meio-dia ou levantava-me de madrugada para correr, pés descalços, os dois quarteirões até o rio para ver o sol nascer. Emilia e eu nadávamos independente do tempo e, graças a Marco, levávamos uma vida social ativa. Ele tinha muitos amigos e nos incluía nos convites que recebia. Íamos dançar pelo menos uma vez por semana, organizávamos piqueniques e íamos ao parque de diversões, junto com a turma, para andar na auto-pista ou na roda-gigante.

Quando o sol escureceu nossa pele e clareou meus cabelos, sentimo-nos revitalizadas e decidi concluir a escola de secretariado seguindo um programa intensivo de estudo. Então, eu encontraria emprego e faria a universidade à noite. Outros faziam isso.

*A Árvore das Estrelas Vermelhas*

Eu também poderia. Emilia e eu fizemos um juramento solene de que iríamos ajudar uma à outra a manter vivos nossos sonhos. Emilia também se matricularia na escola noturna e eu ajudaria a tomar conta de Lilita.

Enquanto o outono cobria de folhas as calçadas sob a janela de Emilia, trabalhei duro e consegui me adiantar nas aulas de datilografia e taquigrafia.

A poinsétia estava pronta para florir e um dia, no começo do inverno, o milagre de uma flor prematura se repetiu. Certamente era um bom sinal. Na última vez em que a árvore florira antecipadamente, tínhamos conhecido Cora e começado a nossa jornada para a adolescência. Agora, por entre as folhas da poinsétia, vimos um jovem, do outro lado da rua, encostado no muro da casa da *señora* Francisca, olhando para a janela de Cora, a motocicleta estacionada junto ao meio-fio. Emilia e eu quase caímos do galho, que agora mal podia suportar nosso peso. Tyrone Power ou Robert Taylor teriam feito nossos corações disparar; aquele jovem quase nos levou a um ataque cardíaco. Ali, finalmente, estava um romance em carne e osso!

Ramiro tinha 1,85 m, pernas longas, ombros largos, dedos fortes e artísticos que naquele momento seguravam um cigarro. Seus olhos, veríamos depois, eram azuis-escuros, tinha feições perfeitas, com uma boca generosa e nariz delicado.

Notamos que olhava para a janela de Cora. Pela sua expressão, era como se as sete maravilhas do mundo, em todo o seu esplendor, tivessem sido reveladas a ele. Seu olhar brilhava e o corpo estava tenso. Cora apareceu rapidamente na janela. O rapaz atravessou a rua correndo e pulou, resoluto, o tronco baixo do jasmim. Com os dedos das mãos estendidos para cima, apanhou o papel que flutuava. Por ser alto e a janela baixa, as mãos quase se tocaram. Ele beijou as pontas dos próprios dedos, enquanto a cortina balançava como uma onda de renda na brisa da manhã.

Emilia e eu vimos quando ele montou na motocicleta e virou a esquina rapidamente. Corremos então para a casa de Cora e tocamos a campainha. Cora abriu a porta, afogueada e ansiosa.

— Podemos entrar? — perguntei.

Cora hesitou.

— Só um instante. Prometi à mamãe que iria estudar.

Nós entramos e sentamos ao lado de Cora no sofá.

— Quem é ele? — perguntou Emilia.

Cora enrubesceu.

— Vocês o viram? — perguntou ansiosamente.

— Cora! — riu Emilia. — É dia claro, um homem *churro* daqueles numa motocicleta é difícil de não se notar.

— O nome dele é Ramiro — suspirou Cora.

— Onde você o conheceu? — eu quis saber.

— Numa reunião política.

— Há quanto tempo?

— Há três dias.

— E foi amor à primeira vista! — exclamou Emilia.

— Bem, talvez não tenha sido à primeira vista, mas foi logo depois.

Emilia bateu palmas.

— Como nos filmes!

— Não exatamente. Ele não é judeu — murmurou Cora, olhando em volta, como se a própria casa pudesse condená-la pela transgressão.

— E daí? — perguntei.

— Não seja tola! — disse Emilia. — O que você vai fazer, Cora?

Os olhos de Cora se encheram de lágrimas.

— Não sei.

Nas semanas seguintes, Emilia e eu observamos Ramiro chegar diariamente de motocicleta, estacionar no meio-fio do outro lado da rua e esperar.

Como ele não ficava em frente à porta da casa de Cora, a mãe dela não podia protestar ou pedir que o tirassem dali. Ele ficava encostado na árvore, suas longas pernas esguias vestidas com elegantes calças marrom, os braços cruzados, olhando para a janela com a cortina fechada sobre o pé de jasmim, atrás da qual Cora se sentava. Ele sabia que não tinha a menor chance de ser admitido naquela casa. Emilia e eu concordamos que, se fôssemos Cora, nos atiraríamos pela janela num piscar de olhos.

E então, um dia, minha mãe nos contou que Cora ia se casar.

— Ela vai casar com Ramiro? — perguntou Emilia.

— Não sei o nome dele — respondeu minha mãe. — A Sra. Allenberg me disse que é um rapaz judeu, advogado.

— O quê?! — exclamei. — Ela está apaixonada pelo Ramiro.

— Quem é Ramiro? — perguntou minha mãe.

Quando contamos a ela, ela balançou a cabeça com uma expressão grave.

Tentamos telefonar para Cora, mas sempre recebíamos as mesmas respostas. Ou não estava em casa, ou estava no banho ou dormindo. Escrevemos bilhetes e não obtivemos respostas.

Ramiro continuava a vir todos os dias, só que agora a janela estava sempre fechada, a cortina não era tocada pela brisa e o jasmim definhava. Ramiro emagreceu, seus olhos lindos estavam sombreados e ele fumava um cigarro após outro.

Então desapareceu.

Ficamos pensando se teria se suicidado num acesso de ciúme

ou se ficava agora em frente à janela de outra mulher inatingível, seus olhos azuis perscrutando as cortinas, os braços cruzados e ainda vazios.

Um dia, toda a aparência da casa mudou. O Sr. Allenberg pegou um machado e derrubou o pé de jasmim. A Sra. Allenberg substituiu as encrespadas cortinas de renda por pesadas cortinas de veludo, que eram conservadas fechadas o dia inteiro.

Cora fugira para casar.

⁂

Não ficamos surpresas com a fuga. Cora nunca se comportara da forma que esperávamos, desde o momento em que a conhecemos.

Durante dias, os vizinhos não falaram de outra coisa. Faziam toda espécie de conjecturas, com a certeza de que ela seria encontrada, o casamento seria anulado e o bebê — todo mundo estava certo de que em breve haveria um bebê — seria entregue para adoção. Corria até mesmo o boato de que os Allenberg tinham posto a casa à venda, quando o interesse por Cora foi suplantado pela notícia de que Raquel ia se casar com um milionário.

Todo mundo se alegrou, pois agora a *señora* Francisca poderia, finalmente, parar de costurar quinze horas por dia para pôr a comida na mesa. Graças foram dadas a Raquel e o quarteirão se alegrou até quando Walter, seu pretendente, explicou que seus pais insistiam num contrato de casamento, deixando muito claras as obrigações dele para com Raquel e os futuros filhos e declarando que, caso Raquel se divorciasse dele, não teria direito à fortuna da família.

A *señora* Francisca ficou humilhada por sua filha, mas engoliu a amarga pílula filosoficamente. Não haveria divórcio e Raquel encontraria um meio de ajudá-la indiretamente.

Raquel levou Emilia e a mim para conhecer o apartamento onde iria morar com o marido; mostrou a mobília, projetada especialmente e feita a mão, os lençóis bordados e os tapetes importados. Tudo tinha sido presente da família e dos amigos do noivo. O pequeno quarto de empregada perto da cozinha era confortável, as colchas de *chintz* combinando com as cortinas da pequena janela que dava para a clarabóia do edifício. As panelas de cobre reluziam nas paredes cor-de-rosa da cozinha e finas toalhas brancas estavam penduradas no cintilante banheiro. A conta aberta para eles pelos pais do noivo já tinha dinheiro suficiente para a lua-de-mel na Europa.

Eu queria saber se ela estava feliz. Claro, respondeu Raquel. Emilia perguntou quem a levaria ao altar, sabendo que o pai não havia sido convidado para o casamento. O irmão mais velho da sua mãe, nos contou Raquel.

O dia do casamento amanheceu ensolarado, um dia perfeito de inverno para um casamento. A vizinhança estava excitada.

A família de Raquel entrou e saiu de casa o dia inteiro, ocupada com a costureira, o cabeleireiro, os presentes de última hora e os telegramas enviados e os vizinhos vindos de suas casas para oferecer os préstimos e desejar felicidades à *señora* Francisca. Raquel não era vista em lugar nenhum, o que não era de surpreender. As mães explicaram para as filhas que aquele era o dia mais importante de sua vida, e ela, sem dúvida, estava se preparando convenientemente. Emilia a tinha visto entrar na igreja próxima dali, muito cedo de manhã. Parecendo preocupada, acrescentou Marco. Meu Deus, Emilia e eu exclamamos, o que ela queria? Já se casar com um Díaz Varela! Milhões estavam em jogo. Quem iria para um casamento desses levianamente?

Os vizinhos partiram juntos para a catedral, trajando suas

melhores roupas, como convinha à ocasião, e sentaram-se em silêncio esperando a noiva. Ela, como mandava a tradição, chegaria meia hora atrasada. O noivo, com um *smoking* que lhe disfarçava a barriga, esperava no altar. A transpiração fazia brilhar sua testa. Os candelabros foram acesos e a iluminação mostrou uma profusão de flores em todos os cantos da catedral. O órgão tocou a "Ave Maria", o coro começou a cantar e Raquel entrou, régia, escondida sob o véu, esplêndida e brilhante num vestido bordado com centenas de pérolas. Estranhamente, seus olhos estavam baixos, e Emilia e eu pensamos ter visto uma lágrima brilhar nos cílios, quando ela passou por nós.

— Oh, Raquel, linda Raquel, diga não! — rezei. — Se você não o ama, diga não! — Assistira a muitos filmes de Hollywood e acreditava que essas coisas eram possíveis.

A missa prosseguiu em ritmo lento. A noiva e o noivo ficaram de costas para um público de mais de quinhentas pessoas, quando o padre começou o rito da cerimônia nupcial.

Depois do que pareceram horas, ele voltou-se para Raquel e perguntou se ela aceitaria Walter como esposo. Raquel pareceu vacilar por um momento à luz dourada. Então, num silêncio eletrizante, ela levantou o véu e voltou-se para o noivo. O seu "não" balançou os alicerces da velha catedral e obrigou a *señora* Francisca, que estava em pé perto dela, a procurar um apoio. O irmão passou o braço pelos seus ombros.

O padre, com um sorriso gelado, fez uma pergunta da qual iria se arrepender para sempre. Ele perguntou o motivo e Raquel disse para ele, para Walter e para todos os convidados.

Na noite anterior, na sua última ida à costureira, ela havia perdido o ônibus e precisara andar vários quarteirões. A caminhada fez com que ela passasse em frente a uma casa de encontros, onde, nas sombras do portal, ela vira aparecer Walter e — aqui Raquel voltou-se e apontou para a primeira fila, onde a prima dele, Graciela, estava sentada, petrificada — sua amante. Eles tinham se beijado apaixonadamente e, depois, ido cada um para o seu lado. O marido de Graciela levantou-se, como se fosse protestar, e foi bruscamente impedido pelo pai, que o fez sentar-se novamente.

Raquel atirou o buquê no chão com um gesto violento, empurrou as alianças que estavam numa almofada de veludo em frente a ela, rasgou o contrato de casamento e atirou os pedaços no rosto de Walter. E, sozinha, voltou por onde tinha entrado.

Todos ficaram horrorizados quando Marco, Emilia e eu a aplaudimos.

Quando saíamos da igreja, Lilita sussurrou para a *señora* Marta que achava inteiramente justo que a conta desse fiasco fosse para o pai de Raquel.

A *señora* Marta não ficou muito satisfeita. Comprara um vestido novo e estava planejando conviver com a alta sociedade, colhendo novas idéias para a sua próxima novela radiofônica. Em vez disso, tinha uma história muito melhor do que qualquer outra que pudesse ter criado, mas, devido à lealdade aos Arteaga, não poderia usá-la.

# Quatorze

Marco amava sua mãe profundamente, tinha orgulho dos escritos dela e gostava de trazer seus amigos para casa. A *señora* Marta ia para a pequena cozinha e preparava suas famosas pizzas — uma pizza fina, pródiga em queijo e tomate. Depois ela servia e ficava ouvindo os jovens tocar violão e cantar canções de amor. Jaime, eu me lembro, achava as canções frívolas, mas gostava da conversa da *señora* Marta e de sua biblioteca. Ela anunciara que iria escrever um livro, um livro que era muito esperado por seus jovens amigos, a partir do momento em que dissera que todos poderiam aparecer nele.

Desde o casamento malogrado de Raquel, entretanto, a *señora* Marta não estava muito feliz. Seu filho caçula, Orsino, estava namorando uma moça que conhecera numa rua em Rivera, cidade localizada perto demais da fronteira com o Brasil para agrado dela. O povo de lá falava uma mistura abastardada de portunhol que ofendia o castelhano castiço da *señora* Marta.

Certo dia, a jovem chegou com a mãe para uma reunião familiar. Arredias e encasacadas, elas ficaram no quarto de hóspedes da *señora* Marta, para passar o fim de semana. As três não combinavam. Adriana e a mãe preferiam novelas a livros, uma feliz coincidência com a qual Orsino esperava atrair Adriana para sua mãe. Tal não aconteceu. A *señora* Marta escrevera muitas novelas, mas nunca as escutava e não se dava com ninguém que tivesse esse hábito.

Emilia e eu não entendíamos por que Adriana queria se casar com Orsino, já que ela não parecia estar muito interessada nele. A *señora* Marta contou que Adriana tinha um objetivo em mente, mudar de Rivera para a capital, mas esse julgamento do caráter dela parecia muito frio e calculista para ser verdade.

Orsino escolheu aquele fim de semana para anunciar sua decisão de se alistar nas forças armadas, como o seu irmão. Ele tivera uma longa conversa com Jaime e decidiu que ele, também, queria ser piloto. O pai ficou extremamente satisfeito. A *señora* Marta encolheu os ombros e, com um movimento que surpreendeu a todos, diminuiu em um terço a quantidade de molho de pizza que fervia no fogão. Quando perguntei o que estava fazendo, ela suspirou e respondeu:

— Você verá. Seremos menos pessoas para jantar.

Sentou-se no grande sofá espanhol na sala da frente e esperou.

As portas começaram a bater no andar de cima, e podia-se ouvir a voz zangada de Orsino. O barulho de saltos altos soou nos degraus da escada e logo Adriana e a mãe apareceram à porta, calçando as luvas. Elas se desculparam por ir embora mais cedo, agradeceram à *señora* Marta pela hospitalidade e chamaram um táxi.

A *señora* Marta não fez perguntas. Ficou simplesmente observando elas saírem e então queimou um pouco de eucalipto numa vasilha de cobre, respirando fundo o aroma pungente que ia enchendo a sala e abanou gentilmente o perfume na minha direção.

Orsino apareceu, os olhos vermelhos.

— Ela acabou o namoro.

— Vocês querem que eu saia? — perguntei.

Ele balançou a cabeça e a mãe pôs o braço em volta dos seus ombros. Ele sentou-se ao lado dela, a cabeça no seu ombro, e deixou-a que enxugasse suas lágrimas. Dei um tapinha no seu ombro.

— Não entendo — ele exclamou —, éramos tão felizes juntos.

— *Ya pasó, corazón* — murmurou a mãe. — Ela gostava muito de casacos de pele e vai acabar como a mãe, parecendo um Papai Noel sem barba.

Depois, quando Orsino já saíra para jogar futebol com os amigos, perguntei à *señora* Marta o que achava que tinha acontecido.

— Era uma jovem ambiciosa. Estava interessada em Orsino porque ele dizia que iria ser engenheiro. Quando ele anunciou que ia se alistar na força aérea, ela perdeu o interesse.

O coração partido de Orsino sarou e, no fim do ano, ele convidou a mim e Emilia para a festa de Natal na base da força aérea em que estava servindo. Era a mesma base de Jaime, a quem eu não via desde o rompimento do nosso namoro. Jaime, segundo Orsino, não estaria lá: estava arrasado com a morte recente de seu melhor amigo numa manobra. Orsino achava que o jovem fora obrigado a voar num avião sabidamente defeituoso e caíra no mar tempestuoso.

Quando perguntei a Orsino como essas coisas podiam acontecer, ele me falou sobre o capitão Prego, um oficial que menosprezava seus homens e, pior que isso, era um covarde. Ele não assumia a responsabilidade e jogava a culpa dos seus erros nos oficiais mais jovens. Comprometido com uma jovem rica em Montevidéu, Prego gabava-se de sua virilidade e de ter feito mais de um filho entre as trabalhadoras residentes na cidadezinha perto da base. O amigo de Jaime ousara discutir com Prego sobre tal comportamento e o seu castigo fora pilotar o avião defeituoso em manobras durante um temporal.

Emilia e eu fomos de avião até a base da força aérea com os outros convidados. Ficamos sentadas juntas, apreciando o curto vôo. Quando o avião aterrissou, Orsino desceu primeiro para ajudar Emilia e a segui. Uma mão numa luva branca se estendeu e eu a segurei, pulando para o chão. Ergui os olhos para agradecer ao oficial e me vi fitando os olhos verdes de Jaime. Sem notar que estávamos impedindo a passagem das outras pessoas atrás de nós, ficamos olhando um para o outro, até que Orsino pôs os braços em nossos ombros e, gentilmente, nos empurrou para fora.

Jaime tirou as luvas e segurou minhas mãos. Seu calor me atingiu. Os últimos meses tinham sido solitários. Havia mergulhado nos estudos e terminado como a primeira da classe. Não aceitara o pedido de casamento de Jaime e assim deixar minha família, e ficara satisfeita com a aprovação de minha mãe por ter rompido com ele, mas Marco e eu não tínhamos conversado sobre os nossos sentimentos e começava a pensar que nunca o faríamos.

Os olhos de Jaime brilhavam, quando ele me ofereceu seu braço e me acompanhou até o resplandecente hangar sob as estrelas, decorado com pára-quedas coloridos suspensos pelas altas vigas no teto. A orquestra estava tocando "One in a Million", a música dos Platters, que tínhamos dançado juntos no nosso primeiro encontro. Rimos, excitados com a coincidência, sem notar a aproximação do capitão Prego.

Ele saudou Jaime e, pelo olhar do oficial superior, Jaime tinha acabado de subir em sua estima. Retribuiu a continência de Jaime e estendeu a mão para cumprimentá-lo, mas olhando para mim.

— Por favor, nos apresente. Seu bom gosto deve ser elogiado.

Jaime permaneceu em posição de sentido, ignorando a mão estendida.

— O nome da *señorita* é Magdalena Ortega.

O capitão Prego sorriu para mim e tocou no braço de Jaime, mostrando a mão estendida.

— Eu saudei o regimento que o senhor representa, capitão, mas apertar sua mão é um gesto pessoal de amizade ao qual ninguém pode me forçar.

O capitão ficou surpreso. O sorriso vacilou.

— Ora, vamos, Jaime, o que fiz para ofendê-lo? No dia em que escolheu *Miss* Ortega, devia saber que qualquer homem que é homem ia reparar nela. Se não sabe como lidar com uma mulher bonita, talvez...

— Isso não tem nada a ver com *Miss* Ortega.

— Então o que é?

— Jorge Blanes.

A luva do capitão atingiu o rosto de Jaime com tal rapidez que não cheguei a ver como acontecera.

— Meu ajudante-de-ordens entrará em contato com você — disse ele. Voltou-se para mim, inclinou-se e perguntou: — Posso ter o prazer dessa dança, *Miss* Ortega?

Por um momento, pareceu que tudo ficara em suspenso, como o castelo da Bela Adormecida, parado no tempo. Todos olharam para mim. Mas em vez de ser acordada pelo beijo do príncipe, me vi nos braços do capitão, sendo levada a rodar enquanto ele cumprimentava os amigos com um aceno de cabeça ou um sorriso. Seus olhos saltavam rapidamente de um lugar para outro e suas mãos me seguravam firme e levemente, com a graça com que, por certo, ele manejava seus aviões.

Quando a música terminou, escapei e fui encontrar Jaime lá fora, acendendo um cigarro com mãos trêmulas. Peguei o fósforo e segurei para ele: então, beijei o rosto que o capitão havia esbofeteado. Já sabia que não o amava. Que não faria parte da vida que ele, tão desesperadamente, almejava. Mas estava determinada a ajudá-lo e se ele queria sair do Uruguai, convenceria minha mãe a arranjar os meios.

— Não lute com ele, Jaime — aconselhei.

Olhou para mim atentamente, quase como se estivesse me vendo pela primeira vez.

— Você não compreende.
— Sei que é tolice duelar, e que é perigoso.
— Estou acabado na força aérea.
— Por quê?
Jaime suspirou.
— Se eu me recusar a lutar, serei tachado de covarde. Se aceitar e vencer, o orgulho de Prego não deixará que eu permaneça na força aérea. Ele fará com que eu não receba mais nenhuma promoção.
— Então não há outra expectativa a não ser derrotas, e você nunca perdeu nada mais importante do que jogo de cartas desde que alcançou a puberdade, não é isso?
Jaime me olhou friamente.
— Que percepção interessante, vindo de você, a maior perda da minha vida.
— Você vai deixar que o orgulho seja mais importante do que até mesmo o seu futuro?
— Sem orgulho, não terei futuro! Acha que eu posso deixar Prego me esbofetear, apertar a mão dele e esquecer tudo? Se não for por mim, então por Jorge. Eu vou matá-lo.
Eu ri. Não conseguia acreditar.
— Jaime, está me ouvindo? Estamos falando de duelo! Você se queixou muitas vezes que desejava ir embora do Uruguai porque vivemos aqui na Idade das Trevas. E agora está querendo praticar uma das tradições mais obscuras! O que aconteceu com a sua decisão de não morrer por um ideal? Ambos sabemos o que um duelo implica. Não é matar um ao outro; implica satisfazer o orgulho. Prego não quer você morto; ele quer ter o seu momento de glória, as manchetes dos jornais da tarde. Ele quer ser repreendido pelos oficiais superiores, sabendo ao mesmo tempo que eles

invejam a sua oportunidade de viver, por alguns instantes, os seus próprios sonhos tolos de cavalaria medieval. Não posso acreditar que você vá cair nessa.

— Jorge Blanes era meu amigo, Magdalena. E Prego o matou.

Abracei-o. Foi tudo que consegui fazer. Pedi a ele que pedisse baixa e esquecesse o duelo. Que me deixasse ajudá-lo.

— Se eu fizer isso você se casa comigo? — Ele sentiu minha rejeição antes que eu respondesse, pôs os dedos em meus lábios, gentilmente:

— Não se preocupe — disse ele.

A data do duelo foi marcada e, à medida que os dias passavam, crescia o sentimento de irrealidade que cercava o evento. Duelos eram contra a lei, mas como as autoridades civis não podiam aplicar as leis civis nos oficiais militares, ambos foram colocados sob prisão militar.

Minha mãe ficou horrorizada. Sob nenhuma circunstância, nem nos meus mais audaciosos sonhos, ela me disse que eu deveria ir assistir. Os repórteres estariam presentes, esperando ansiosamente o duelo terminar para poder fotografar os protagonistas. As normas de cortesia do duelo os obrigavam a aguardar; por isso, como abutres inquietos, eles se reuniam nos arredores até depois dos primeiros tiros serem disparados, ou um dos sabres desembainhados. O nome Ortega Grey, minha mãe avisou, não podia aparecer nos jornais em qualquer seção a não ser nas páginas sociais; e mesmo assim, discretamente.

Jaime escolhera Marco para seu padrinho e todo fim de semana ele me dava as últimas notícias.

— Que arma Jaime escolheu? — perguntei.

— Pistolas.

— Pistolas? Ele tem medalha de ouro em esgrima!

Marco pôs as mãos na cabeça.

— As regras de cortesia do duelo mandam que não se tenha vantagem sobre o oponente.

Marco e eu parecíamos os únicos a levar a sério a situação. Os outros diziam que seria uma briga de galos, com as penas dos machos espalhadas pela areia. Um pouco de pólvora, um pouco de sangue e, logo, tudo estaria acabado.

Marco e eu conhecíamos Jaime melhor.

⁂

Na noite anterior ao duelo, fui para cama o mais tarde possível, apavorada com as horas que ficaria acordada, no escuro, esperando para escapar. Tinha trazido o jornal esquerdista *Marcha* e tentei ler o editorial sobre São Domingos. Tia Aurora havia usado luto de novo. Desta vez pelo pequeno país cujo presidente fora preso em Porto Rico, porque, de acordo com o *Marcha*, desafiara o imperialismo americano. Não pude me concentrar na história. Minha cama ficava de frente para as altas janelas no fundo do quarto, e, quando olhei pela fresta da persiana, a lua tinha desaparecido atrás das nuvens. O vento fazia bater o portão de entrada. Logo a chuva começou a brilhar na vidraça e tremi de medo que minha mãe fosse acordada pelo barulho distante da trovoada rolando sobre o rio. Com o coração aos pulos, esperei ouvir o som de seus passos. Em noites de tempestade, minha mãe costumava se levantar para ver se as portas estavam trancadas, como se as tempestades fossem ladrões ansiosos para roubar o silêncio que ela tanto prezava.

Olhei o relógio. Quatro e trinta. Logo, nosso plano penosamente elaborado seria posto em prática.

Primeiro, era necessário que minha mãe descesse a escada para atender o telefone e ficasse lá o tempo suficiente para eu escapar pela porta da frente. Marco daria o telefonema simulando número errado. Então, Emilia tomaria o meu lugar na cama.

O telefone tocou, fazendo-me saltar, apesar do meu controle. Ouvi a cama da minha mãe ranger e ela estalar a língua, impaciente, enquanto descia a escada. Sua constante preocupação com a maneira imprudente de meu pai dirigir interrompia seu sono várias vezes, quando ele estava fora, e ela sempre atendia o telefone, não importando a hora que tocasse. Marco a distrairia o tempo suficiente para que eu pudesse sair de casa. Como estava já vestida debaixo das cobertas, só tive que pegar os sapatos e a bolsa. Desci a escada silenciosamente e saí pela porta da frente. Emilia estava lá, debaixo da *estrella federal*, parecendo absurda com uma peruca brilhante sob o enorme guarda-chuva do pai. Não pude deixar de rir.

— Você está parecendo Harpo Marx!

Ela me apressou.

— Vá! — disse e subiu os degraus correndo, entrando em casa. Sabíamos que, antes de deitar-se, minha mãe verificaria, mais uma vez, os quartos das filhas adormecidas. "Só para confirmar", ela dizia, quando brincávamos a respeito desse hábito, "que estão respirando tranqüilas." Emilia estaria lá no meu lugar, apenas com a ponta da peruca cor de cobre aparecendo.

Um leve chuvisco molhou meu rosto, quando saí da proteção da velha árvore, e percebi que não havia trazido nada para me proteger da chuva. Fiquei feliz. Queria sentir o toque constante e limpo da chuva no rosto. Corri, passando pelos postes de iluminação com sua luz amarela e quente, para o ponto de táxi na esquina. Não havia nenhum táxi ali.

Entrei em pânico. O ponto de táxi era um dos mais procurados na cidade e nunca tinha sido visto sem nenhum carro. O duelo teria lugar a quilômetros de distância, na praia, e eu tinha uma hora para chegar lá. Devia ter combinado um táxi na véspera.

Corri para o rio, que naquela noite estava escuro e agitado, as ondas marulhando na praia em redemoinhos turvos. Sabia que precisava parar de chorar se quisesse alcançar o próximo ponto, a dois quilômetros e meio dali. Respirei fundo, tirei os sapatos e comecei a andar ao longo da areia dura, com as ondas batendo nos meus pés. A dor do lado começou quando vi os degraus que levavam da praia ao ponto de táxi, faltando ainda uns oitocentos metros. O sangue latejava nos meus ouvidos. A respiração queimava no peito, tropecei quando cheguei nos degraus e, caindo de joelhos, me arrastei até chegar ao topo.

Lá estava. Um táxi solitário, o motorista lendo uma revista e fumando. Ele me viu quando alcancei o topo da escada, e sua expressão me fez pensar, pela primeira vez, na minha aparência. Fiquei parada ali, descalça, as roupas molhadas grudadas na pele, os joelhos sangrando e os cabelos grudados na cabeça.

Fiz sinal para o homem abrir a porta do táxi. Ele saiu rapidamente e colocou um braço no meu ombro. Era um homem baixo, mais baixo do que eu, com um rosto redondo como o de um bebê inquieto.

— Você precisa de um médico? — perguntou, enquanto tentava me fazer sentar.

— Não, não! Eu preciso de você! — gaguejei, entrando no banco traseiro. — Preciso que você me leve a El Pinar.

— Claro, claro — disse. — Uma emergência de família, hein? Onde fica El Pinar?

— Na mata, perto do monumento.

— Na mata?

— Sim, por favor. Olhe aqui — eu disse, tirando o dinheiro da bolsa —, eu posso pagar.

— Não era com o dinheiro que eu estava preocupado, *señorita* — ele disse. — Eu sou pai, sabe? Tenho filhas da sua idade. O que vai fazer na mata?

Os primeiros sinais do alvorecer clareavam o dia enquanto eu lhe contava tudo.

Sem uma palavra, sentou-se ao volante e ligou a chave de ignição. O pequeno Mercedes preto partiu.

Às vezes, ficava na dúvida se não estávamos voando. Não havia nenhum outro carro na estrada e ele tirou vantagem disso, os olhos sérios perscrutando a noite, além do limpador de pára-brisa molhado pela chuva.

Os pneus cantaram, quando paramos no monumento. Saltei do táxi nas dunas. Ao pisar na areia, soaram dois tiros.

Houve um momento de silêncio e, depois, o som de vozes. Eu e o motorista corremos juntos por entre os pinheiros e paramos quando vimos o grupo de homens mais abaixo.

O capitão Prego vinha sendo carregado apressadamente em nossa direção, o rosto pálido, o sangue escorrendo de uma ferida no braço direito.

— Ele andou quando atirei, juro! — gritou, quando me viu. — Mirei no ombro dele! Tenho certeza!

Terminado o duelo, os repórteres tiveram permissão para tirar fotos e enxameavam em volta dele, vindo de todas as direções. Ele passou por mim no meio de vozes agitadas e lampejos das divisas militares. Naquele momento, os repórteres me viram e vi Jaime. Rápidos em perceber um drama, convergiram para mim enquanto eu caminhava em direção à pilha de cobertores na areia. Ajoelhei-me perto de Jaime e descobri seu corpo. Um orifício recortado no seu peito me fitava com maldade. Segundos depois, percebi quem estava a minha volta quando uma máquina fotográfica foi arrancada pelo motorista de táxi das mãos de um repórter e atirada na areia úmida.

— *Hijo de puta*, eu vou ter de pagar por ela! — esbravejou o repórter.

Olhei para a boca de Jaime, tão sensível na morte quanto havia sido em vida, e quis beijá-lo, mas imaginei que ele não gostaria, não em frente aos repórteres. Então, tirei a areia de seus cílios e limpei o sangue da águia dourada presa no uniforme — águia dourada que eu devolvera muito tempo atrás. Ao sentir e ver o sangue nas minhas mãos, atirei-me para trás, pela praia inóspita, e olhei para cima. Marco havia tirado o casaco e incitava os amigos a fazer o mesmo. Juntos, fizeram uma cortina ao redor do corpo de Jaime, o galante pequeno motorista junto com eles, a cabeça mal alcançando seus ombros. Os punhos de Marco voavam e mais de um repórter foi afastado. Enquanto os amigos de Jaime protegiam seu corpo, Marco pôs seu casaco nos meus ombros e arrastou-me até o táxi. Lutei com ele todo o percurso.

A chuva estava caindo forte e ele limpou o rosto com uma das mãos, enquanto, com a outra, tirava a carteira do bolso.

Mais uma vez, o motorista mostrou-se magoado.

— Isso não é necessário, *teniente*.

— Leve-a para casa! — ordenou Marco, empurrando-me para o banco de trás e dando o meu endereço.

Sabendo desde a madrugada que eu tinha fugido, minha mãe e minhas primas correram para o táxi quando este estacionou junto ao meio-fio. A chuva havia parado. Vi as cortinas esvoaçarem na janela do quarto de Emilia e desejei correr para lá, para o abrigo daquele pequeno quarto. As persianas das janelas iam sendo abertas discretamente à medida que os vizinhos curiosos espiavam para fora. Minha mãe olhou para mim e apoiou-se no portão do jardim. Ela acenou para Sofia e Carmen.

— Paguem o táxi — gaguejou — e entrem imediatamente.

O motorista suspirou e segurou minha mão.

— Tanta preocupação com dinheiro!

— Você foi meu amigo hoje — eu disse, falando pela primeira vez desde que deixara o corpo de Jaime na areia.

Ele beijou minha mão.

— *Senõrita...*

— Se não aceitar o dinheiro — eu disse rapidamente, receando que sua bondade fizesse explodir as lágrimas que eu estava retendo —, como poderei retribuir?

— Seja feliz. Ame um bom rapaz, como o orgulhoso *teniente*, e tenha filhos cuja beleza alegrarão os seus dias, como a sua beleza fez hoje comigo.

# Quinze

O pior receio de minha mãe aconteceu. Tanto os jornais da manhã, quanto os da tarde, traziam fotos minhas na primeira página, minhas roupas manchadas com o sangue de Jaime, meu rosto transtornado, irreconhecível, desagradável. Foi *Mamasita* quem assumiu a situação. Ela apareceu cedo, na manhã seguinte ao duelo, mandou Josefa pôr algumas das minhas roupas na mala e anunciou que iria me levar para Caupolicán. Há vários anos eu não ia à *estancia*. *Mamasita* a administrava sem o auxílio de minha mãe ou de qualquer uma das minhas tias, que detestavam a "vida no campo" desde que tinham aprendido a falar.

*Mamasita* pegou-me pelo braço e conduziu-me ao carro, onde Frederick, que trabalhava como mordomo e motorista, estava em pé, com sua habitual dignidade, pronto para abrir a porta.

Rodamos em silêncio por um longo tempo. O verão tinha sido chuvoso e as ruas estavam cheias de poças d´água. O rio ainda estava marrom e encapelado e os gritos das gaivotas eram abafados pelo vento e pelas janelas fechadas.

Sentindo-me segura pela primeira vez desde o duelo, dei um longo suspiro e *Mamasita* bateu de leve no meu joelho. Paramos para almoçar em La Paloma, de onde os *cerros* eram avistados. Frederick anunciou que o sol brilharia à tarde e estava certo.

Assim que alcançamos a estrada acidentada e poeirenta que nos levava às serras baixas, as nuvens desapareceram. O sol transformou o brilho da chuva nas encostas em milhares de arco-íris quando eu e *Mamasita* descemos do carro no topo da primeira montanha. Era sobre isso que Marco falara, naquele distante dia no Cerro. Seu Éden, um lugar onde o único sinal da interferência humana na paisagem era a estrada, ondeando para cima e para baixo nas montanhas. Os *gavilanes* pairavam no ar muito acima da minha cabeça como ele os descrevera, e os carneiros chamavam um pelo outro através das divisórias.

*Mamasita* apontou para longe.

— Está vendo aquela montanha lá adiante? Aquela com uma árvore morta no topo? Caupolicán fica um pouco depois.

Passei o resto do caminho com a cabeça fora da janela, *Mamasita* afagando minhas costas.

Em minhas recordações a casa era baixa, uma casa de campo branca, com os arcos cobertos de buganvília púrpura. A casa era menor do que a que eu me lembrava, rodeada por um bosque de altos eucaliptos e frágeis mimosas. Os papagaios gritavam de seus ninhos nos galhos mais altos dos eucaliptos.

— São todos parentes de Caramba — disse *Mamasita*.

A casa estava escura e fria, cheia da velha mobília espanhola, pesada e brilhante. Cadeiras de madeira trabalhada sobre tapetes de pele de carneiro e couro malhado de vaca.

*Mamasita* me levou para um quarto de onde se avistavam as montanhas. Quando abri a janela, um bando de borboletas amarelas e laranjas que se alimentavam nas videiras em volta entraram no quarto. Elas adejaram por entre as altas colunas entalhadas da cama e pousaram na renda que cobria o armário alto. *Mamasita* enxotou-as e abriu as portas com espelho do guarda-roupa. Lado a lado, penduradas ordenadamente nos cabides, estavam bombachas gaúchas, faixas coloridas, blusas brancas lisas e longos ponchos de tecido feito a mão.

— Sempre foi meu sonho — disse *Mamasita* — que uma das minhas netas aprendesse a cavalgar.

O sonho de *Mamasita* tornou-se realidade. Assim como ela, apaixonei-me por cavalos. Às vezes, já estávamos de pé antes do sol nascer, preparando mate e cortando pão para levar conosco para os campos, onde andávamos por entre as manadas de *criollos*, que eram o seu orgulho e sua alegria. Todos os anos, seus cavalos ganhavam prêmios na exposição do Prado, mas isso era o de menos. *Mamasita* orgulhava-se deles pela sua ascendência. Havia cavalos em seu rebanho que nunca tinham sido montados, descendentes de rebanhos selvagens da época de sua tataravó, e outros cujos ancestrais lutaram na guerra da independência. Quando o sol aparecia e os cavalos acordavam, sacudindo o orvalho do pêlo, *Mamasita* e eu pegávamos os cabrestos e escolhíamos nossa montaria para aquele dia.

Saíamos da montanha, conferindo os carneiros e, às vezes, *Mamasita* me levava pelo *monte*, uma espécie de mata selvagem ao longo das correntes, e a pequenos lagos escondidos, onde podíamos nadar junto com os peixes em águas frias e cristalinas.

Estávamos sentadas no tronco de uma árvore que crescera sobre a corrente, patinhando, quando *Mamasita* falou pela primeira vez no que acontecera.

— Tenho um recado do seu pai.

— Tenho de voltar?

*Mamasita* sacudiu a cabeça.

— Ele quer saber se você quer ir para uma universidade americana. Ele pagará.

Apenas o canto dos pássaros e a ondulação da água quebravam o silêncio que se seguiu a esse comunicado.

Comecei a soluçar. Meu maior desejo tinha se realizado e meu coração não pôde suportar.

*Mamasita* me abraçou por um longo tempo, embalando-me, enquanto os peixes nadavam por entre os nossos pés.

Finalmente, quando parei de chorar, *Mamasita* tirou uma carta do bolso.

— Acho que é do seu amigo Marco. — Ela subiu o barranco enquanto eu abria o envelope e tirava a carta com a caligrafia conhecida de Marco. Um pequeno pedaço de papel dobrado caiu, quase sendo levado pela corrente antes que o apanhasse.

*Querida Magdalena*. Encontrei isso numa caixa com coisas de Jaime, que a mãe dele me pediu para arrumar. Era para você. Ele nunca lhe mostrou, porque disse que a poesia era muito ruim. Eu gostei. É sobre o amor. De qualquer forma, não sou bom para julgar poesia. Sinto a sua falta. Vamos passear na praia do rio quando você voltar para casa. *Marco.*

Desdobrei o papel que recuperara da corrente. Era uma folha de papel pautado e várias palavras tinham sido riscadas e outras escritas por cima. O que restou foi um pequeno poema.

> Andei quilômetros
> nas estradas de seu pensamento
> e purifiquei minhas mãos
> na vida do seu corpo.
> Exalei o meu alento em você
> simplesmente para vê-lo viajar
> através de labirintos de névoa
> nunca voltando para mim.

> Tenho me apegado às coisas
> com mãos generosas
> e as vozes do passado
> não me chamam de volta.
> Tenho observado os poentes
> sem deslumbramento ou medo
> tornarem-se um espelho
> e não sua imagem
> um lago profundo, muito profundo
> e não sua luz trêmula
> e se me for permitido
> tocá-la ainda outra vez
> que seja com mãos generosas.

※

Desde o momento em que cheguei aos *cerros*, compreendi que pertencia àquela terra que meus ancestrais tinham escolhido havia gerações. *Mamasita* também tirou um peso do coração ao ver que eu assumia a terra como parte de mim mesma. Há anos, ela me disse, vinha lutando contra o desespero. Tinha dado à luz quatro filhas e elas, oito filhos. Todos viam Caupolicán apenas como uma fonte de renda, um lugar para levar visitantes estrangeiros curiosos de ver os gaúchos ou bom para caçar. Quando *Mamasita* proibiu a caça, as atrações de Caupolicán diminuíram ainda mais. Recusando entregar as terras a um membro da família que não reverenciava o lugar como ela, a única alternativa seria vendê-las a estranhos. Ao pensar nisso, era tomada de um sentimento de perda tão profundo que interrompia o que estava fazendo e procurava se acalmar abrindo a gaveta em que mantinha guardado o seu tesouro mais valioso. Na noite em que ouviu falar sobre o duelo, foi até a gaveta e tirou de lá o jogo da estrela azul.

Segurando as ágatas, *Mamasita* soube que devia me levar para Caupolicán a fim de que eu me recuperasse. Estávamos sentadas perto da janela do seu quarto, a lua nos iluminando, quando ela me contou a respeito dos seus sentimentos, desembrulhou as ágatas e colocou-as na minha mão. Elas brilharam ao luar, e o meu antigo e profundo amor por *Mamasita* — e agora pelo próprio Caupolicán — indicou-me o que deveria fazer.

Voltei a Montevidéu para me matricular na universidade e me formar em economia e administração rural, e não em medicina e psiquiatria, como havia pensado. *Mamasita* e eu concordamos, quase sem falar, que era isso o que ela desejava, o que tinha estado esperando e que, agora, o meu futuro estava em Caupolicán.

Transmiti meus planos a meus pais, como também minha decisão de arranjar um emprego para me sustentar. Minha família não me levou muito a sério, mas não viu nenhum inconveniente. Minha mãe fez os contatos necessários e me foi oferecido um lugar de secretária no United States Information Service, onde descobri pela primeira vez as vantagens que a minha fluência perfeita em duas línguas poderia me trazer.

A matrícula na universidade foi deixada inteiramente comigo e, no primeiro dia da apresentação do currículo para o curso de administração rural, cheguei esperando não ser aceita. O teste de admissão tinha sido bem difícil e estava certa de não tê-lo preenchido de forma satisfatória.

Ninguém me impediu de entrar e logo eu estava assistindo a primeira aula, quando, para minha surpresa, percebi Ramiro sentado na carteira atrás da minha. Ele tinha tingido os cabelos de castanho-escuro e trocado de nome, mas o reconheci imediatamente. Nunca havíamos nos falado, e tanto quanto eu sabia, Ramiro não tinha idéia de quem eu era. Escrevi um bilhete dizendo ser uma velha amiga que esperava notícias de Cora e ele me escreveu de volta, marcando um encontro, depois da aula, no bar do outro lado da rua.

Escolhi uma mesa no canto e pedi um café, sentindo-me estranhamente nervosa. Ramiro não perdera o seu ar romântico e misterioso, e quando o vi dirigindo-se à mesa com o mesmo charme e encanto que quase fizera eu e Emilia nos atirarmos da *estrella federal* a seus pés, desejei ter cuidado mais da minha aparência naquele dia. Tomei um demorado gole de café.

Ramiro puxou a cadeira em frente a mim e sorriu. Quase esqueci que não conhecia aquele homem. Eu não era mais uma adolescente suscetível e estava ali apenas para saber notícias de Cora. O aparecimento do garçom deu-me tempo para me controlar. Ramiro pediu água mineral, tirou do bolso um maço de cigarros e me ofereceu um. Já ia aceitar quando me dei conta de que, além de não saber fumar, minhas mãos tremiam. Declinei o oferecimento bem a tempo de evitar fazer papel de boba.

— Como vai Cora? — perguntei.
— Ela está esperando um bebê.
— Posso vê-la?
Ele exalou a fumaça.
— Vou falar com ela. Nós moramos com os meus pais.
— Tenho pensado muito nela. Você diz isso a ela?
Ele concordou.
— Ela fala muito de você.
— É mesmo?
— Ela diz que foi graças a você que saiu de casa.
Eu ri.

— Oh, não! Cora não precisou de mim para encontrar seu caminho. Ela é muito mais forte e mais independente do que jamais serei.

— O que você está fazendo na universidade?

Falei para ele de Caupolicán e do plano de minha avó, para o que eu deveria me preparar para dirigir a *estancia*, aprendendo as bases da agronomia e administração rural.

— Ela não vai dar a *estancia* a você, vai?

— Não, ela não fará isso. Aquele lugar é a sua vida. Vai continuar à frente, até que sinta que sou capaz de administrar tão bem quanto ela, ou ainda melhor. — Dei um sorriso largo. — Tenho de ir agora. Vou começar a trabalhar e tenho de preencher alguns formulários. Não esqueça de dizer a Cora que quero vê-la.

— Onde você vai trabalhar?

— Ofereceram-me um emprego no USIS. — Eu estava procurando minha carteira e quase me escapou o repentino interesse que surgiu na expressão de Ramiro.

— Tenho certeza de que Cora vai querer vê-la muito em breve — disse ele.

# Dezesseis

Dois dias depois, Ramiro me convidou para ir à casa de seus pais, afirmando que há muito tempo não via Cora tão feliz como quando dissera a ela que eu o havia reconhecido e pedira para ir visitá-la.

Encontrei Cora radiante. Abraçamo-nos e choramos nos braços uma da outra até que Ramiro interveio temendo que tanta emoção prejudicasse o bebê. Cora sentou-se ao meu lado e me olhou bem de perto.

— Li no jornal o que aconteceu com Jaime. Sinto muito, Magda.

— Minha avó me levou para Caupolicán. Foi muito bom ficar lá uns tempos.

Cora segurou minha mão.

— Você vê meus pais?

— Às vezes, vejo seu pai. Sua mãe já não sai muito de casa.

— Espero que, quando tudo isso tiver terminado...

— Certamente eles vão querer ver o neto!

— Estou falando sobre um novo governo, então...

— Magdalena não sabe nada sobre isso, Cora — interrompeu Ramiro.

Houve um silêncio incômodo. Ramiro se levantou, dizendo que ia trazer refresco para nós. Esperei que saísse da sala para perguntar a Cora como era estar casada.

— Oh, nós não nos casamos — disse Cora. — Estamos esperando que o novo governo assuma e, então, faremos uma verdadeira celebração. — A voz adquiriu a ternura antiga. — Com todos os nossos amigos.

— Conte-me a respeito desse novo governo.

Cora hesitou.

— Você não confia em mim, Cora.

— Magda — perguntou ela —, por que você foi assistir o Che falar?

— Estava curiosa. Eu era idealista. Gostei de ouvir o Che pedir que sentíssemos na alma qualquer injustiça feita a qualquer pessoa em qualquer lugar do mundo.

— Você sabe por que atiraram no estudante, naquele dia? — perguntou Ramiro, retornando à sala. Serviu-nos Coca-Cola em três copos altos.

— Disseram-me que foi de propósito. Para provar que a visita de Che não havia decorrido pacificamente.

— Há anos os russos e americanos vêm fazendo um jogo muito perigoso entre eles, tendo a nós como seus peões — disse Cora. — Os comerciantes de armas e os militares de ambas as nações convenceram seus governos de que cada país está pronto a aniquilar o outro.

— Assim, os EUA e a URSS estão indo à falência comprando armas — acrescentou Ramiro. — A América Latina é seu campo de prova. O lugar onde podem se defrontar com relativa segurança.

— Os russos, Magda, querem provar que se tiverem oportunidade, os povos da América Latina não escolherão o capitalismo americano — disse Cora.

— Os americanos sabem que os russos estão certos e a sua

única forma de impedir o sucesso do anticapitalismo é fazer com que a alternativa, o socialismo, não tenha oportunidade, porque...

— Porque — interrompeu Cora — se o socialismo for bem-sucedido, então eles não poderão continuar tirando mais dinheiro de nós.

— Como eles fazem isso agora? — perguntei.

— Eles são donos de nossas fábricas, nossas plantações, nossas terras e do nosso petróleo. Mas grupos de pessoas por toda a América Latina estão determinados a lutar contra isso. Aqui, temos o nome de Tupamaros.

Prendi a respiração.

— Vocês dois são Tupamaros?

Eles concordaram.

— Vocês já conversaram sobre isso com a Lilita ou com a *señora* Francisca?

Cora sorriu.

— Muitas vezes. Foi a *señora* Francisca quem me levou ao comício onde conheci Ramiro.

Falou-me então a respeito do trabalho que ela e Ramiro estavam fazendo. De como estavam educando e organizando as pessoas a fim de formar um novo partido político que pudesse chegar ao poder por meio de eleições. De quanta oposição sofriam, por querer eliminar as negociatas e a politicagem que sempre dominaram o país — feitas por pequenos grupos de pessoas poderosas que se beneficiavam com o sistema sem compartilhar a riqueza que acumulavam ou qualquer um de seus benefícios.

Pela primeira vez, eu me vi como um membro desse grupo.

Durante a longa viagem de ônibus para casa depois dessa conversa, me senti como uma pessoa abandonada numa ilha deserta, que soubesse das notícias somente por meio de mensagens em garrafas. Tinham me revelado toda uma sociedade subterrânea trabalhando para mudar o mundo. Senti que Gabriela, Lilita, *señora* Francisca, os estudantes que me ajudaram depois do discurso de Che, todos estavam tentando me dizer algo e que já era tempo de ouvi-los. Tudo que tinha ouvido e visto até aquele momento começou a se encaixar nos devidos lugares, até mesmo a morte de Jaime, e eu não queria mais apenas absorver, eu queria agir. Comecei a compreender que, se as pessoas como eu parassem para pensar por que Gabriela morava naquele barraco, por que pessoas como a *señora* Francisca escondiam armas na sua casa, por que Juan, o amigo de Lilita, tinha sido torturado, por que um grupo de estudantes tinha sido perseguido por policiais a cavalo... se parássemos um pouco para pensar nessas coisas, talvez o mundo mudasse. Eu era bastante jovem para pensar que poderia mudá-lo e perguntei a Ramiro e a Cora em que uma pessoa como eu podia contribuir para os tupamaros.

※

Os tupamaros eram organizados, segundo aprendi, em pequenas células, grupos de dez a vinte e cinco pessoas, com um líder. Os líderes se comunicavam com um contato, que por sua vez ligava as células ao comando central, um pequeno grupo de três ou quatro homens conhecidos de todos os tupamaros apenas pelo primeiro nome.

Ingressei na célula de Ramiro e Cora e fui orientada a não me envolver com as crescentes e violentas manifestações estudantis, durante as quais um número cada vez maior de estudantes estava sendo preso. Eles queriam preservar a minha imagem de uma moça da classe alta não envolvida com a união dos estudantes ou com qualquer outra das suas atividades. Aconselharam-me a falar pouco com os outros estudantes e, quando falasse, ater-me a tópicos superficiais. Por causa do meu emprego no USIS, eu era muito importante para os tupamaros e não queriam que me arriscasse a ser presa.

Para mim, foi uma escolha solitária. O grêmio estudantil dominava a universidade em todos os níveis e era fortemente apoiado pelos professores, a maioria simpatizante dos tupamaros, sendo que muitos eram até ativistas na liderança do grupo. A minha única opção era apresentar-me como uma moça volúvel e fútil, cumprindo os desejos de minha avó até o dia que pudesse assumir a *estancia*. Essa imagem era incompatível com as notas altas que recebi em todos os cursos, mas ninguém parecia notar a incongruência ou o fato de que os estudantes não atuantes no grêmio em geral não se saíam tão bem quanto eu nas provas dadas pelos professores solidários com a causa dos tupamaros.

Nas reuniões da célula, um minuto de silêncio era dedicado aos mortos. No Uruguai, dois estudantes haviam morrido naquele ano; no México, quase uma centena. Estávamos em 1968 e Cora disse que na América Latina as democracias estavam caindo com a regularidade de um relógio. A única esperança de sobrevivência da liberdade no continente estava depositada na eleição, no Chile, de Salvador Allende. Apenas Ramiro não se animou com a eleição de Allende.

— Ele será deposto — comentou. — O presidente da ITT já ofereceu um milhão de dólares para quem salvar o Chile.

No trabalho, eu pesquisava os nomes dos homens lotados no USIS e na Agência para Desenvolvimento Internacional, procurando saber quais deles, na realidade, não faziam parte dos seus quadros. Alguns, segundo descobri, eram do Departamento de

Estado, em missões policiais especiais, e outros, da CIA, uma organização que, segundo soube, fora fundada no mesmo ano em que nasci, 1947, e cujas atividades na América Latina estavam ligadas à queda de pelo menos seis democracias.

Minhas instruções eram para que eu observasse os trabalhos nos escritórios do USIS, que era muito ligado às atividades políticas e policiais, e relatasse o que visse. Meu primeiro relatório, de que um Escritório de Informações financiado pela embaixada americana tinha sido montado no Departamento Uruguaio de Serviços de Informação, não constituiu surpresa para os membros da minha célula. Nem que as cópias relatando o trabalho desse escritório fossem regularmente enviadas à embaixada dos Estados Unidos. Aqueles que estavam envolvidos sabiam perfeitamente que era ilegal tirar cópia de documentos do serviço de informações uruguaio e entregá-las a um governo estrangeiro.

De maior interesse foi a minha descoberta do plano da CIA de pressionar o governo uruguaio a romper as relações diplomáticas com a Rússia. Quatro diplomatas russos estavam para ser expulsos como causadores das muitas greves que tinham tumultuado o país naquele ano. Embora o plano tivesse interessado aos meus companheiros, o jogo em si era tão conhecido que fui aconselhada a não me preocupar em colher mais informações sobre ele, mas simplesmente me concentrar num homem chamado Dan Mitrione, cujo nome constava do *Who's Who* da CIA. Descobri que isso foi um erro. Mitrione tinha sido treinado pelo FBI, servira como chefe de polícia em Indiana e fora empregado pelo Departamento de Estado como instrutor de polícia no estrangeiro. A especialidade dele era a tortura e muitos dos amigos de Cora e Ramiro haviam experimentado seus métodos originais.

No meu primeiro ano de trabalho para o USIS, adquiri a reputação de ser rápida e meticulosa em minhas traduções e era freqüentemente solicitada para trabalhos fora do expediente, tão bem remunerados que eu achava difícil recusar. A maioria desses trabalhos era de pouco interesse para os tupamaros, mas ocasionalmente surgiam algumas surpresas.

Certa vez, o próprio Mitrione pediu-me que fosse a sua casa no subúrbio de Malvín. Quando a esposa atendeu a porta, ouvi sons de várias crianças subindo e descendo a escada. A Sra. Mitrione disse que seu marido estava ocupado com um visitante, mas que deixara no escritório os papéis a ser traduzidos. Mostrou-me a sala e os papéis, perguntou se eu precisava de alguma coisa, e quando lhe assegurei que tinha tudo de que precisava, ela foi embora. De vez em quando, eu escutava gritos e choro quando as crianças passavam pela porta. A Sra. Mitrione as repreendia, mas logo fiquei absorvida pelo trabalho e, ao parar um instante para descansar, ela e as crianças já haviam saído para a praia.

Fui à procura do banheiro e, depois de abrir várias portas, encontrei um no andar de cima. O banheiro tinha duas entradas, e já ia fechar a segunda porta quando ouvi sons de vozes. Uma voz era de Mitrione e a outra de um homem que eu não conhecia, falando um inglês fluente, mas com sotaque.

— Interrogatório, Manuel, é uma arte — Mitrione estava dizendo.

Aproximei-me mais da porta entreaberta.

— Primeiro, você amolece o prisioneiro, humilha-o bastante.

— Faz com que ele se sinta frágil, suponho — disse o homem chamado Manuel.

— Sim, frágil. Você o prende e bate nele, insulta-o.

— Durante o interrogatório?

— Não, não. Nessa etapa não há perguntas. As etapas são

importantes. Isolamento. Socos. Insultos. Depois apenas socos. Em silêncio. Isso é o inferno. Puro inferno. O indivíduo fica sozinho na cela e de hora em hora é espancado. Depois você interroga.

— Pára com os socos?

— Sim. Apenas o instrumento escolhido deve ser usado nessa etapa. A precisão é importante. O lugar certo para a quantidade certa de dor.

— Como se determina a quantidade certa?

— Aí é que está a arte, Manuel. Se o indivíduo perde a esperança, ele morre. Por isso, avaliar o estado físico e emocional de cada indivíduo é crucial para o resultado.

Senti uma excitação controlada na voz de Mitrione que me ajudou a entender por que o seu nome era falado com uma mistura de fascinação e horror nos círculos dos tupamaros.

Queria saber quem era o Manuel. Ele estava sendo treinado? A Sra. Mitrione se referira a ele como um convidado, o que implicava um *status* acima de um mero torturador.

— Ouvi dizer — argumentou Manuel — que bater ininterruptamente é um bom meio de dissuasão.

— Se você planeja deixá-los ir embora, sim. Acontece muito com você?

— Não tenho ninguém com a sua perícia trabalhando para mim, Dan. Meus técnicos ou acabam matando as pessoas ou colhem informações inúteis.

— É essencial uma avaliação prévia para saber se você pode ou não se dar ao luxo de deixar o indivíduo morrer.

Houve o som de gelo caindo nos dois copos.

— O mesmo outra vez? — perguntou Mitrione.

— Sim, obrigado.

— Para nós dois é um verdadeiro desafio ter de trabalhar com uma polícia sem nenhuma espécie de treinamento. Logo que cheguei aqui, tive de mudar tudo. Os homens tinham sido ensinados a atirar para o ar, nunca no indivíduo, mesmo se ele estivesse correndo. Você acredita nisso? Tive de convencer os políticos a firmarem um decreto permitindo à polícia atirar nas pessoas.

Manuel riu.

— É um trabalho duro.

— Mas necessário. É uma guerra de morte. Esses tupamaros são espertos. Muito espertos. São todos homens educados nas universidades... e mulheres! Você acredita nisso? Não tem pé-de-chinelo aqui. Não, como em... bem, como em outros lugares.

— Pode dizer, Dan. Não ficarei ofendido. Cuba?

— Bem, lá a situação era diferente, havia homens instruídos também. Mas aqui, Manuel, é um verdadeiro desafio! Tenho de combinar a perícia de um cirurgião com a sensibilidade de um artista. Não posso jamais perder a paciência. Tenho sempre a sensação de que estou lidando com pessoas que acham que são melhores do que eu. Às vezes, tenho de me lembrar que são inimigos. Estão convencidos de que lutam por uma boa causa.

Houve uma pausa enquanto bebiam.

— Gostaria de ver o laboratório — disse Manuel.

— Agora já podemos. Minha mulher e as crianças saíram. É na adega. Há apenas um caminho, é pela garagem e só eu tenho a chave.

— É completamente à prova de som, não é?

— Uma vez, um dos peritos disparou um revólver lá embaixo quando eu estava no quarto do andar de cima. Nada! Nenhum som. Eu trouxe o melhor pessoal para trabalhar aqui.

— Você dá cursos?

— De anatomia, sistema nervoso. Coisas importantes, básicas.

— E faz interrogatórios?

— Alguns. Temos experimentado com duas coisas: drogas e eletricidade. Você tem um estômago forte?

— Alguém com estômago fraco sobreviveria na CIA?

Eles riram. Ouvi que abriam uma gaveta.

— Tirei fotos de algumas das nossas primeiras vítimas, *bichicomes*, lixo de rua. Precisávamos experimentar em alguém, e a polícia não tinha peito para usar prisioneiros. Este é um país danado de socialista, sabia? De qualquer forma, escolhemos quatro mendigos para servir de cobaia.

Houve um silêncio e, então, Manuel fez algumas perguntas sobre voltagem e produtos químicos usados nas drogas. Mitrione disse que poderia responder melhor no andar de baixo, onde o equipamento era guardado, e os dois homens saíram do quarto.

Hesitei somente por um momento. Entrei na sala de onde Mitrione tinha acabado de sair. Várias fotos em preto e branco estavam sobre uma mesa baixa. Peguei algumas e por alguns minutos não teria conseguido me mover, ainda que minha vida dependesse disso.

As fotos viraram borrões e, enquanto meus ouvidos zumbiam, vieram à minha lembrança as palavras de Lilita, dizendo-me que um dia eu teria de escolher.

Respirei fundo e prolongadamente e, aos poucos, uma calma gelada me dominou. Com movimentos cuidadosos e deliberados, controlei a tremedeira e limpei as fotos, umedecidas com o suor de minhas mãos. Recoloquei-as sobre mesa a e voltei ao escritório. Peguei um pedaço de papel e uma caneta e, com mão trêmula, escrevi a Mitrione um bilhete dizendo que não estava passando bem e ia embora. Coloquei o trabalho concluído perto da máquina de escrever, empilhado cuidadosamente, e saí da casa.

Naquela tarde, fui direto a Ramiro, e juntos, planejamos como poderíamos seqüestrar Mitrione e usá-lo em troca de tupamaros que estavam sendo mantidos presos pelo governo. Ramiro vinha pensando nisso há meses. Expliquei para ele como poderia ser feito.

❧

## Dezessete

O melhor lugar para raptar Mitrione, expliquei a Ramiro, era numa das ruas transversais que seu motorista tomava ao levá-lo para o trabalho. Seria fácil interceptar o carro de Mitrione, nocautear o motorista e transferir Mitrione para outro carro. Eu podia facilmente descobrir a rota conversando com qualquer um dos policiais designados para levá-lo. Havia um, em particular, que adorava *rock and roll* e sempre me pedia para traduzir a letra da última música de sucesso. Seria fácil obter informações dele.

No dia 31 de julho de 1970, Dan Mitrione foi seqüestrado, exatamente da maneira como eu planejara, e levado para a prisão dos tupamaros. Ele foi condenado à morte, mas o líder dos tupamaros não tinha intenção de matá-lo. Nem, para meu desespero, usariam nele algum dos seus próprios métodos de interrogatório, apesar dos 150 prisioneiros políticos confinados nas prisões do Uruguai serem submetidos, graças aos ensinamentos de Mitrione, a doses regulares de choques elétricos e espancamento com palmatórias molhadas. Um médico foi convocado para cuidar dos ferimentos de bala em seu ombro, e o jovem tupamaro que tinha atirado nele, quando Mitrione jazia no chão do caminhão que o transportava para a prisão dos tupamaros, foi censurado e obrigado a pedir desculpas.

Eu vinha tendo pesadelos todas as noites após ter visto as fotos das vítimas na casa de Mitrione. Não era a primeira vez que ouvia falar de tortura, mas era a primeira vez que via as vítimas. Nas reuniões da célula, histórias corriam a respeito da *máquina*. Tinha aprendido que o termo *máquina* não era aplicado a apenas um aparelho, mas podia ser usado para descrever cada provação individual, sob qualquer que fosse o método de tortura experimentado. Ouvira Ramiro descrever um homem, um ginasta, que fora obrigado a ficar de pé três dias com um tijolo em cada mão. No terceiro dia, uma tora de madeira pesando 25 quilos foi colocada sobre os seus ombros. Esses métodos e as pancadas que se seguiam eram rudimentares, Ramiro disse, comparados com as pequenas hastes elétricas, projetadas para ser inseridas em qualquer orifício do corpo e, depois, ativadas. Tinha ouvido falar, também, do *submarino* — em que a eletricidade e a água eram combinadas e, às vezes, apenas água, se a pessoa tinha muita sorte — um teste para os pulmões sob submersão prolongada.

Os rostos das pessoas que contavam essas histórias, suas vozes em surdina, os olhos baixos e a relutância em falar, voltaram-me à memória depois que vi as fotos na casa de Mitrione. Junto com o horror ao que as vítimas tinham sofrido, começava a surgir em mim o medo de que eu, um dia, viesse também a enfrentar a *máquina*.

Perdi o interesse na comida e, logo, as roupas começaram a cair frouxamente no meu corpo. Queria ver Mitrione sofrer, mas mantinha controle sobre meus sentimentos. Para a minha família e os amigos, eu parecia simplesmente uma estudante séria pressionada pelos exames que estavam chegando. Ramiro, confundindo meu autocontrole com orgulho pelo sucesso do nosso plano, permitiu-me ver Mitrione.

Usava um capuz e fui advertida para não falar. Eu não queria mesmo. Só queria olhar para ele, na sua prisão subterrânea, mantido preso por aqueles que ele chamava de inimigos. Esperava que estivesse com medo. Queria acreditar que quando um dos guardas tupamaros se aproximasse de sua cela, ele sentisse pânico, imaginando se as etapas de terror, que tinha tão cuidadosamente organizado para os outros, iriam começar para ele.

Quanto mais o observava a andar na cela, às vezes massageando o ombro, que estava sarando rapidamente sob tratamento médico, mais revoltada ficava. Que direito tinha ele de viver quando eu segurara nas mãos a prova do seu trabalho e tinha visto o que fizera? Apenas Ramiro e Cora sabiam que, entre as vítimas de Mitrione, estava uma das pessoas que eu mais amara no mundo.

Há muito tempo, Gabriela não vinha ao nosso *barrio*; seus filhos já eram bastante grandes para fazer isso por ela. Marco providenciara para que Gervasio se matriculasse na universidade para cursar Direito e, ocasionalmente, nossos caminhos se cruzavam. Muitas vezes, reconheci as roupas de Marco, um pouco grandes, mas ainda em bom estado, fazendo com que Gervasio estivesse sempre bem-vestido. Até o meu recente envolvimento com os tupamaros, eu visitava Gabriela com freqüência e, quando vi o que Mitrione tinha feito com ela, me considerei culpada. Tinha negligenciado de novo e, daquela vez, falhara completamente em protegê-la. Talvez se Mitrione tivesse me visto com ela, não a teria escolhido para as suas experiências. Seu único crime era ser pobre. Tinha criado os filhos e o cavalo, amava as flores e as canções dos Beatles, tinha pendurado minha arte infantil na parede e Mitrione a havia chamado de lixo de rua. A imagem do seu corpo nu, todo marcado pelas queimaduras dos testes de voltagem, sua cabeça numa poça de vômito, não me saía da memória. Tentei lembrar-me dos outros que apareciam nas fotos da casa de Mitrione, tentei chorar por eles também, mas apenas aquela imagem de Gabriela ficara impressa na minha mente, com um ódio indelével pelo homem que agora estava à minha frente.

Tinha esperança de que o governo não negociasse. Que se recusasse a libertar os prisioneiros tupamaros. Queria que Ramiro tivesse de consumar sua ameaça e matar Mitrione. Queria ter o privilégio de ser a executora.

❧

Ramiro havia subestimado a fúria das forças militares, que só esperavam, nos bastidores, por uma desculpa para tomar o controle do governo. As prisões e torturas não pararam com a captura de Mitrione, como os tupamaros exigiam: ao contrário, aumentaram. Uma semana mais tarde, o líder dos tupamaros, Raúl Sendic, foi preso com mais 38 companheiros. A liderança dos tupamaros deu ao governo um prazo até meia-noite para soltá-los, ou Mitrione seria morto.

Ansioso para estabelecer uma política de como lidar com as guerrilhas que o atormentavam de todos os lados na América Latina, Richard Nixon declarou que os Estados Unidos não negociariam com os rebeldes. Não haveria nenhuma negociação com os tupamaros.

Fui à casa de Ramiro e dei uma olhada em Cora e no bebê, antes de ir encontrá-lo, de pé, junto à mesa da sala, rodeado de jornais contendo as últimas notícias de prisões e perseguições por causa da captura de Dan Mitrione.

— Então? — perguntei.
— Então o quê?
— Quando vamos executá-lo?
— Você está brincando?

— Você está?

— Não — disse Ramiro. — Mas não é uma decisão para ser tomada levianamente ou anunciada como um desfile de carnaval!

— Você acha que não estou falando sério? Olhe para mim, Ramiro.

Ele olhou e deu um passo para trás.

— Dan Mitrione matou Gabriela. Estou pedindo para ser sua executora.

Ramiro passou a mão pelos cabelos e balançou a cabeça em descrença.

— Sente-se — disse ele. — Agora, ouça-me. A decisão sobre Mitrione ainda não foi tomada. Quando for, será executada de forma profissional e não por alguém que sofreu suas torturas e sente o que você sente por ele.

— Nós temos assassinos profissionais? Desde quando?

— Não brinque comigo! — disse Ramiro, batendo o punho na mesa. — Estamos no ponto mais crucial e difícil da nossa luta, e não posso perder tempo com moças ricas que acham que podem fazer trabalho de homem.

Virei a mesa em cima dele, fazendo com que caísse esparramado no chão. Pulei sobre ele, com os punhos no seu rosto.

— Eu amava Gabriela! Não ouse me dizer que sou apenas um joão-ninguém rico que você pode usar e insultar! Sei matar tão bem quanto qualquer homem e você sabe disso, seu sacana!

— Magda! Magda! — Senti as mãos de Cora me afastando de Ramiro e sua voz penetrando na minha mente furiosa. — Meu Deus! O que você está fazendo?

— Quero matar Mitrione! Por que ninguém me escuta? Quero ser a executora dele. Deixe-me! Deixe-me!

Cora era mais forte do que parecia. Continuou me segurando até que eu me acalmasse, afagou minhas costas e me consolou.

— Vamos, vamos, minha querida, minha querida amiga. Odeie-o. Odeie-o para sempre se quiser, mas não é você quem deve tomar essa decisão ou executá-la. Precisamos de você. Isso é o começo ou o fim, e não posso enfrentar um nem outro sem você. Você representa a infância que perdi. Você era a minha esperança de liberdade, minha amiga oculta; é minha família agora. Por favor, por favor, deixe-me dizer-lhe que finalmente, depois de todos esses anos, sou capaz de fazer alguma coisa por você. — Fez com que eu me sentasse e ajoelhou-se perto de mim, segurando minhas mãos com firmeza. — Com a ajuda de um amigo, descobri onde eles deixaram o corpo de Gabriela. — Voltou-se para Ramiro. — Posso dizer a ela quem me ajudou?

— Não, não pode. — Ramiro respondeu zangado enquanto colocava a mesa no lugar.

Cora olhou-o, aborrecida, e voltou-se para mim.

— Ele é uma pessoa muito querida, com contatos na polícia. Conseguiu saber onde enterraram Gabriela. Os "técnicos" que trabalham para Mitrione estavam fartos de tudo. Ficaram satisfeitos em poder contar a alguém onde os pobres tinham sido enterrados. Talvez agora possamos deixá-la descansando no lugar que merece. O que você acha?

Não sabia o que pensar. Percebi que estava sendo oferecida a mim a possibilidade de levar alguma paz àquele corpo atormentado, para honrar Gabriela e sua morte. Por um momento pelo menos, Mitrione perdeu o controle sobre mim e, quando pude falar novamente, pedi desculpas a Ramiro. Ele pressionava um lenço no nariz que sangrava e sua voz saiu abafada.

— Desculpe-me pelo que eu disse, Magda. Mas...

Cora silenciou-o com um gesto rápido.

— Venham. Vamos tomar mate e decidir o que vamos fazer.

※

Quando pedi permissão à *Mamasita* para enterrar Gabriela em Caupolicán, ela preparou um lugar no antigo cemitério da família e foi comigo ao Cerro para falar com os filhos da pobre mulher.

Eu visitara Gervasio logo após ter visto as fotos de sua mãe. Senti que ele tinha o direito de saber que Gabriela tinha morrido. Além disso, não sabia o que dizer a ele sobre como tomara conhecimento da morte, ou o que responder se me perguntasse onde estava o corpo. Fui poupada de qualquer explicação. Gervasio já sabia: "Um amigo" tinha lhe contado.

No seu novo papel de chefe de família, Gervasio deu permissão para que sua mãe fosse enterrada em Caupolicán. Juntou as coisas que tinham mais significado para ela. Uma velha foto dos filhos no Parque Rodó, um anel que o próprio Gervasio lhe dera, a cuia de chimarrão, as flores de papel e os pratos de argila.

O amigo de Gervasio, que lhe contara sobre a morte de Gabriela, providenciou o caixão e um lugar seguro para guardá-lo. Foi quando percebi que ele e o amigo de Cora eram a mesma pessoa. Alguém muito bem entrosado com a polícia, pensei. Só uma pessoa de confiança teria tido permissão para chegar aos corpos, comentei com Cora.

Ela me olhou estranhamente.

— Magdalena, você não entende? Eles acham que ninguém se importaria com isso. Afinal de contas, quem era Gabriela? Sabemos ao menos o seu nome completo? Ela era uma mendiga, sem influência ou conhecimento. Ainda que alguém visse o corpo dela, jamais acreditaria que seus ferimentos fossem o resultado de torturas. E deixaria por isso mesmo, se soubesse quem era o responsável.

  *Mamasita* trouxe a sua *pickup* de Caupolicán. Era o único veículo grande o bastante para comportar o caixão. Viajamos vários quilômetros até o *rancho* onde o caixão estava guardado e colocamos a caixa de madeira na parte de trás do carro. Colocamos bambus por cima e viajamos a noite inteira por uma estrada que virara um atoleiro depois das chuvas recentes.

  Chegamos a Caupolicán ao amanhecer, saímos da estrada e dirigimos a *pickup* pelo pasto, em direção ao velho cemitério.

  Os ancestrais irlandeses de *Mamasita* estavam enterrados ali, cercados de velhos *ombués*, com seus troncos de forma estranha e copas gigantescas. O jasmim crescia exuberante, na cerca baixa de ferro batido que cercava os túmulos. Ao longe, um rio brilhava na luz matutina.

  Gervasio não tirava os olhos da manada de *criollos* nos pastos à nossa volta. Disse-nos que uma das suas mais remotas lembranças era sua mãe dizendo que matar cavalos era contra a lei, porque eles tinham tomado parte na guerra da independência. Ele ficava confortado, sabendo que ela estava enterrada sob a guarda de tantos *criollos*.

  Cora, Gervasio e eu usamos cordas para baixar o caixão na cova recém-aberta. Depois, colocamos os tesouros de Gabriela em cima e *Mamasita*, Cora e eu nos retiramos para trás de um *ombú* até que Gervasio terminasse sua despedida.

  Levamos uma hora para encher a cova. Enquanto trabalhávamos, Gervásio e *Mamasita* conversavam sobre o que deveria ser feito para ocultar o lugar. Não era mais permitido enterrar os mortos nos velhos cemitérios de família e, embora não fosse provável que alguém visse ou denunciasse o túmulo de Gabriela, Gervasio não queria correr o risco de ver perturbado o local de descanso de sua mãe.

Encontramos um pequeno *ombú* e o transplantamos. Para ocultar ainda mais o recém-cavado retângulo de terra, plantamos jasmim em volta. Era começo de agosto e as plantas ainda não estavam florescendo, mas sabíamos como seria doce o perfume quando o verão chegasse.

Soprava um vento frio e ameaçava chover, mas estávamos aquecidos pelo trabalho e ficamos um longo tempo perto do túmulo de Gabriela, antes de voltarmos ao carro.

⚜

Alguns dias mais tarde, meu desejo se realizou.

No dia 10 de agosto de 1970, de madrugada, o corpo de Dan Mitrione, com duas balas na cabeça, foi encontrado no banco de trás de um velho conversível.

Fiquei surpresa com a quase indiferença pela sua morte.

Houve um tempo em que não só sentiria alguma coisa, como meus sentimentos seriam evidentes. Os amigos diziam que, ainda que não falasse nada, eu irradiava emoções. Como raios de um extraterrestre, brincou Emilia.

A última vez em que me permiti sentir qualquer coisa foi naquele dia na casa de Ramiro, quando quis matar Mitrione. Disse para mim mesma que essa recente indiferença era devida a ter de fingir tanto e tantas vezes. Fosse o que fosse, aquela transparência era perigosa para alguém engajada em atividades consideradas revolucionárias, no melhor dos casos, e terrorista, no pior.

Não havia ninguém para quem pudesse me voltar. Lilita estava no hospital devido à sua depressão, e Emilia, eu receava, talvez nunca mais falasse comigo se soubesse do meu envolvimento com os "subversivos" que ela odiava.

Há semanas que não via Marco. Não que isso fosse me fazer algum bem, pensei. Ele ficaria horrorizado ao saber do meu trabalho para os tupamaros. Geralmente ouvia falar dele pela *señora* Marta, que estava orgulhosa da rápida ascensão do filho no exército. Raramente vinha para casa e eu receava pelo nosso próximo encontro. De certa forma, tínhamos nos tornado inimigos, lutando em lados diferentes. Ele, aparentemente, se contentava em trabalhar para os pobres e fazer o que pudesse por eles, através dos canais legais; eu, agora, era um dos terroristas que o exército abominava.

Numa manhã no fim do inverno, bati à porta da *señora* Francisca. Raquel e a irmã já tinham saído para a universidade. A *señora* Francisca abriu a porta e não pareceu surpresa ao me ver.

— Posso falar com a senhora?

— Claro. Há semanas que estou esperando por você. Quer ir passear na beira do rio?

Concordei. A *señora* Francisca trocou os sapatos, vestiu um casaco quente e luvas. Segurou-me pelo braço e pediu que parasse de chamá-la de *señora*, pois agora éramos *compañeras*; dirigimo-nos para a Rambla e descemos os degraus até a areia. O rio estava azul brilhante, naquele dia, e as gaivotas se agitavam a nossos pés.

Caminhamos um pouco em silêncio e, então, falei sobre Dan Mitrione e minha participação na sua captura.

— Acredito agora que há pessoas que são tão más que justificam uma execução, mas...

— Mas?

— Mas será que eu faria isso, Francisca? Disse a Ramiro que faria.

— Acho que nenhum de nós tem a resposta a essa pergunta até chegar o momento. Fomos muito longe matando Mitrione. Ou, talvez, não tenhamos ido longe o bastante.

— O que você quer dizer?

— De acordo com os objetivos que estabelecemos no início, a violência não fazia parte de nossa investida contra o sistema existente.

— No entanto, você escondeu armas na sua casa.

— Como você soube disso?

Contei a ela sobre o dia em que Emilia e eu subimos a escada para escutar sua conversa com Lilita.

— Sim — disse Francisca. — Nós estávamos preparadas para nos defender. Nunca foi nossa intenção atacar. Você vê o absurdo de tudo isso? É isso que quero dizer com longe demais e não longe o bastante. Não devíamos ser inteiramente pacíficos como Gandhi nem tão violentos como o IRA. É essa matança seletiva e fria que irá nos destruir. Porque os americanos e os russos, você sabe, se permitem o luxo de não ter escrúpulos. George Bernard Shaw estava certo quando afirmou que aqueles que fazem uma revolução pela metade cavam seus próprios túmulos.

— Como podemos esperar vencer?

— Não é esse o problema. O problema é como o resto do mundo pode permitir que os americanos e os russos continuem impunes nos colocando em constante perigo. Voltando atrás, sobre o que Che estava sempre dizendo sobre a responsabilidade individual. Podemos perder. Podemos ser torturados. Podemos morrer. Mas há alguns de nós que não podem descansar enquanto a injustiça estiver sendo praticada contra qualquer pessoa, em qualquer lugar. E, uma vez que pertençamos a esse grupo, então temos de desistir de viver de acordo com qualquer regra aceita pela sociedade.

— Minha pergunta ainda não foi respondida, Francisca.

— Você teria puxado o gatilho para matar Dan Mitrone? — Francisca encolheu os ombros. — Não importa. Não era esse trabalho que você deveria fazer. Alguém tinha de fazer uma escolha naquele dia. Uma vez que se entra por esse caminho, tudo que se pode esperar é ter de tomar uma decisão a cada dia.

## Dezoito

Quando Ramiro me falou sobre os planos de seqüestrar o embaixador inglês, Geoffrey Jackson, lembrei-me das palavras de Francisca: uma decisão a cada dia.

— O que ele fez? — perguntei.
— Pessoalmente, nada.
— Então por que vamos seqüestrá-lo?
— Enquanto tivermos alguém que o governo não queira que seja morto, temos um trunfo para barganhar.
— Do que precisamos?
— Informações sobre os hábitos de Jackson. Você já ouviu falar dos "Jesters", não ouviu?

Concordei. Como todos os expatriados ingleses no mundo inteiro, a comunidade inglesa de Montevidéu fundou sociedades que lutavam contra a crueldade com os animais, fazia exposição de flores e encenava peças teatrais. Voluntários dispostos e não tão dispostos produziam, atuavam e forneciam os acessórios e a mobília para uma extravagância anual em que uma peça era apresentada, junto com danças escocesas, gaitas de fole e um baile.

A peça escolhida aquele ano era uma comédia inglesa, e Ramiro tinha certeza de que eu poderia conseguir um lugar nela. Ri francamente e expliquei-lhe que havia muitas pessoas inscritas para os papéis e que eu jamais pusera os pés num palco. A probabilidade de ser escolhida era nenhuma. Conseguir ou não um papel na peça não era importante, Ramiro disse. Eu podia me oferecer para ajudar nos bastidores. O que importava é que Peter Wentworth, que trabalhava junto a Jackson, ia dirigir a produção.

Quando Emilia soube que eu ia tentar um lugar na peça, disse que iria também. Tentei dissuadi-la, mas Emilia caçoou dizendo que eu estava com medo de que o seu inglês fosse melhor do que o meu e, por isso, ela ganhasse um papel maior.

Não podia impedir Emilia de me acompanhar sem dizer a ela a verdadeira razão do meu súbito interesse nos Jesters. A situação não era muito perigosa, pensei. Eu apenas pediria a Peter Wentworth que me falasse sobre o embaixador e seus hábitos.

Minha mãe insistiu em nos acompanhar, de ônibus, até os ensaios. Os Jesters estavam alojados na única parte da cidade que o grupo podia custear — a zona de prostituição, perto das docas. Minha mãe jamais permitira que Sofia e Carmen fossem, sozinhas, perto das docas. Depois de nos ter deixado e combinado a nossa volta com amigos, minha mãe seguiu para o ponto de ônibus, onde foi abordada por um homem. Achando que estava falando com um dos vários namorados de Sofia e Carmen, dos quais não guardava a fisionomia, e não querendo parecer rude, ela conversou um pouco com ele enquanto aguardava o ônibus, até que surgiu a questão do preço. Minha mãe tivera uma educação severa, mas alguma coisa a fez lembrar de que ela estava naquela parte da cidade justamente para proteger Emilia e a mim de tais investidas. O ônibus chegou naquele momento, ela deu um pontapé na canela do admirador e conseguiu escapar.

Emilia e eu chegamos cedo ao estúdio improvisado e estávamos tirando os casacos e evitando as ratoeiras aos nossos pés, quando Mrs. Tillman chegou-se a nós. Mrs. Tillman era a presidente dos Jesters e parecia encantada em poder cumprimentar os novos membros. Fez um gesto para um jovem alto a seu lado. Ele vestia um terno de elegante corte inglês, que combinava perfeitamente com o seu porte atlético.

— Meninas, gostaria de apresentá-las a Peter Wentworth. Ele é novo no consulado e vai trabalhar com o embaixador. Ele é também o diretor da peça deste ano.

Estendi a mão para Peter, mas ele não notou. Ele e Emilia olhavam um para o outro, e lá, entre ratoeiras e pinturas descascadas, eu soube que os filmes de Hollywood que tinha assistido eram reais. Amor à primeira vista. As pessoas se perdiam nos olhos uma da outra. O mundo parava quando os verdadeiros amantes se encontravam. Eu não ouvia os violinos tocarem, mas Peter e Emilia ouviam. Suas mãos se moveram como se fosse uma tomada em câmera lenta e, uma vez juntas, eles ficaram ali, olhando um para o outro, até que achei necessário intervir.

Sem surpresas, Emilia e eu fomos admitidas no elenco.

Noite após noite, o ar ficava impregnado com a alegria do enlevo de Emilia e Peter. Eles riam e brincavam, com um vigor intenso e cativante. A peça irradiava um brilho que o autor nunca imaginara ou pretendera.

Emilia andava nas nuvens.

— Você sabe, Magda — disse ela, um dia, quando estávamos sentadas de pernas cruzadas na sua cama estreita. — Eu li sobre isso, vi filmes sobre isso, sonhei com isso, mas nunca, nunca, pude sequer imaginar o que é uma pessoa encontrar a outra para a qual foi destinada. Sei que nunca mais, em toda a minha vida, terei essa certeza.

— Ele já falou com os seus pais? — perguntei.

Emilia franziu a testa.

— Ainda não. Talvez isso não seja costume na Inglaterra. Talvez ele ache que é fora de moda. Mas *papá* e *mamá* pediram à sua mãe para procurar saber dos antecedentes dele e ela soube que ele vem de uma ótima família. O pai é membro do Parlamento.

— Será que você vai acabar morando em Londres, Emilia?

— Graças a você.

— Bem, estou feliz por ter feito finalmente alguma coisa além de colocá-la em situações difíceis! — eu ri.

Os pais de Emilia não sabiam bem como lidar com Peter Wentworth. Se fosse uruguaio, ele já teria se aproximado, pedindo permissão para ver Emilia e estabelecer com eles um programa conveniente de visita. Ele, no entanto, era estrangeiro, e não conhecia os costumes da sociedade. Os pais de Emilia estavam dispostos a perdoá-lo por isso, já que ele era um diplomata e, obviamente, uma pessoa respeitável.

Por várias razões, todas aceitáveis e que envolviam seu horário na embaixada, ele raramente ia ao apartamento, encontrando-se com Emilia no centro da cidade para jantar e dançar, ir ao cinema ou ao teatro.

Se o encontro acabasse cedo, ele punha Emilia num táxi e dava ao motorista uma gorjeta generosa para acompanhá-la até a porta. Se acabasse tarde, ele próprio levava Emilia num carro emprestado da embaixada. Naquela hora, os pais já tinham ido se deitar, mas permaneciam acordados até Emilia chegar. A mãe, então, se levantava para aquecer o leite e conversar com ela, mas não se esperava que Peter entrasse àquela hora e ele nunca fez isso.

Eu estava feliz por Emilia e só desejava que ela e Peter não tivessem se conhecido naquelas circunstâncias, que envolviam a mim e o meu trabalho com os tupamaros. Muitas vezes sentia-me culpada quando Emilia falava sobre o trabalho de Peter e o horário de trabalho do embaixador.

Na agitação de estar ensaiando uma peça pela primeira vez, estar fazendo os cursos na universidade e acompanhando o caso de amor de Emilia, eu não compareci às reuniões da célula por várias semanas e não fiquei surpresa quando Ramiro se aproximou de mim na parada de ônibus, perto da universidade, me pedindo um relatório.

Com as informações que passei para ele, Ramiro completou o seu plano para capturar o embaixador britânico e, na manhã do dia 8 de janeiro de 1971, Geoffrey Jackson desapareceu.

Durante vários dias Emilia não teve notícia de Peter. A princípio ficou apavorada, convencida de que Peter também fora levado. Tentei tranqüilizá-la, sabendo muito bem que Peter, naquele dia, não estivera perto do embaixador. Emilia, entretanto, não se conformava. Ela amaldiçoou os tupamaros e seu trabalho, desejando estar longe de um país onde aquelas coisas podiam acontecer, ameaçando entrar na embaixada britânica e exigir notícias de Peter. Quando Peter finalmente ligou, foi para dizer com a voz tensa e ríspida que não podia falar muito, mas que voltaria a ligar dentro de poucos dias.

Emilia, nesse meio tempo, não comia quase nada. Ficava sentada perto do telefone esperando a chamada enquanto Lilita e eu nos distraíamos jogando *conga*. Quando, afinal, o telefone tocou, Emilia atendeu vibrando de alegria.

— Bem, o que ele disse? — perguntei.

— Ele nos convidou para irmos à casa dele. Para uma pequena reunião, bem discreta. Não pode dar festa enquanto o embaixador estiver preso pelos tupamaros. Está enviando um convite escrito para *mamá* e *papá* e convidando você e mais umas poucas pessoas dos Jesters. A única coisa que disse foi que o embaixador queria que ele fizesse a coisa certa e que o momento havia chegado.

Nada disso fazia sentido para mim.
— O que ele quer dizer?
Lilita bateu palmas.
— Ele vai propor casamento! O que mais poderia ser?
Essa súbita mudança no comportamento de Peter me pareceu suspeita, mas não tive coragem de falar da minha preocupação com Emilia. Lilita, mais feliz do que a vira em anos, anunciou que havia chegado o momento de abrir a caixa de prata. Foi até o armário do quarto e do fundo de uma gaveta tirou a caixa transbordando com as economias de 24 anos. Emilia engasgou quando viu aquilo e Lilita, num momento de alegria, atirou as notas para o ar.

Deixei-as rindo, abaixadas tentando juntar o dinheiro que caíra debaixo do sofá e das poltronas. Tentei fazer contato com Ramiro e Cora. Não consegui e sabia que não deveria insistir. Poderia colocar todos em perigo. As medidas de segurança eram muito rígidas e tinham me prevenido para não ir a nenhuma reunião da célula até Ramiro me avisar que era seguro.

No dia seguinte, acompanhei Emilia e Lilita ao Gigi's, a butique mais exclusiva de Montevidéu, onde Emilia comprou um vestido preto curto, discretamente enfeitado com lantejoulas. O vestido fazia com que ficasse mais jovem e elegante. Até então eu não tinha reparado como Emilia ficara bonita. Ela ainda usava os longos cabelos castanho-escuros, só que agora os clareava um pouco para destacar os olhos dourados. Isso me fez recordar que, depois da morte de Gabriela, eu havia me distanciado dos acontecimentos. Às vezes, me surpreendia agindo automaticamente, sem me lembrar do que fizera no dia anterior e o que pretendia fazer no dia seguinte. Vou mudar isso, disse para mim mesma, tentando me interessar na compra de um conjunto de duas peças em tafetá *bourdeaux*, que Lilita estava comprando na La Madrileña. Talvez, pensei, fosse hora de me afastar por uns tempos dos problemas dos tupamaros e me concentrar apenas nos estudos.

Na semana seguinte, fiquei várias vezes parada de pé no ponto de ônibus que Ramiro e eu usávamos como lugar de encontro, deixando que os ônibus passassem um após outro, à espera de que ele aparecesse. Ele não veio e apelei para Francisca.

— Você não sabe o que aconteceu? — perguntou Francisca ansiosa, levando-me para a cozinha, longe da sala onde as filhas estudavam.

— Não. O que foi?

— Ramiro foi preso!

— Cora também?

— Não. Ela está escondida em algum lugar.

— Francisca, o que devo fazer? Como posso ajudá-los?

— Não podemos fazer nada. Ramiro tem um amigo poderoso que não o abandonará. A melhor coisa que você pode fazer é agir como se não soubesse de nada.

— Estou cansada de representar esse papel! — eu disse, revoltada.

Francisca colocou a mão de leve no meu braço.

— É um papel que cada um de nós precisa representar.

— Mas só eu é que tenho de representar todo tempo com todo mundo!

— Não com todo mundo, *compañera*.

Apenas Francisca e Cora me chamavam de *compañera*. Os tupamaros usavam este termo como sinal de solidariedade e estima entre um e outro, e saber o que este nome implicava ajudou-me a me sentir mais calma.

Mas eu ainda tinha medo e disse isso para Francisca.

— Você seria tola se não tivesse medo — respondeu Francisca, me dando um abraço. — Prometo lhe contar tudo que souber sobre Ramiro e Cora. Enquanto isso, continue a estudar e me convide para essa peça que vocês vão encenar.

— Foi cancelada — revelei. — Por causa do seqüestro do embaixador.

Contei a Francisca sobre minha preocupação a respeito de Peter Wentworth. Ele não viera visitar Emilia e nem permitira que ela o encontrasse em qualquer lugar, alegando medidas de segurança. Emilia e Lilita não tinham perguntado se essas medidas de segurança seriam suspensas para a festa que iria acontecer e eu não podia estragar a felicidade deles questionando Peter.

Francisca aconselhou-me a ter cautela. Era melhor para Lilita ser vista na festa de Emilia e eu devia parecer despreocupada e não chamar atenção. Fiquei aliviada em seguir os conselhos de Francisca. Senti-me livre de qualquer responsabilidade.

Duas semanas depois do seqüestro do embaixador, Lilita, Emilia e eu chegamos à porta da casa de Peter pontualmente às oito horas, acompanhadas pelo *señor* Mario.

Emilia parou um momento quando chegamos à pequena casa com vista para a Rambla, segurou meu braço e murmurou:

— Olhe, Magda, é perfeito!

Concordei. Um bangalô, no estilo inglês, no centro de um pequeno jardim, no alto do morro. Degraus de pedra levavam à frente da casa e o jardim tinha o perfume das rosas. Uma única luz brilhava através das cortinas floridas mostrando uma sala decorada com bom gosto e conforto. Estava tentando visualizar Emilia como dona daquela casa quando uma brisa fria vinda do rio me fez estremecer.

Peter veio nos receber e nos convidou a entrar. Estava pálido, e quando Emilia fez um comentário sobre seu aspecto, ele disse que estava trabalhando muito. Não a tocou nem notou seu vestido e fez-nos entrar apressadamente.

Um garçom passava com uma bandeja de salgadinhos e bebidas quando nos aproximamos dos outros convidados, na pequena sala de visita.

À medida que a noite avançava, Peter ia ficando cada vez mais nervoso e a todo momento consultava o relógio. O quê ou quem ele estaria esperando?, pensei.

O jantar foi servido e terminou sem um sinal da proposta. Emilia parecia preocupada; o pai enxugava a testa e Lilita tinha uma expressão distante. Eu estava cada vez mais alerta, meus sentidos aguçados.

Quando os chocolates e os cigarros foram servidos depois do jantar, vi um grande carro parar em frente à casa. Fiquei surpresa ao ver quatro homens de uniforme descerem, subirem os degraus e entrarem na sala. Os outros convidados, exceto um funcionário da embaixada chamado MacGregor, a quem Peter parecia acatar, se afastaram em silêncio.

Uma vez na sala, os oficiais curvaram-se ligeiramente. Notei que Peter enxugava as mãos no lenço e parecia a ponto de chorar.

— Emilia Lanconi? — um dos homens perguntou.

Emilia olhou para Peter.

— Eu sou Emilia Lanconi.

— Você está presa pelo seqüestro do embaixador Jackson.

Emilia deu um passo para trás como se tivesse sido atingida por um golpe.

— O quê?!

— Temos razões para acreditar que você passou informações para os terroristas a respeito do embaixador. Informações que tornaram possível o seu seqüestro. Acabamos de dar uma busca no seu apartamento e encontramos evidências que a incriminam.

Peter oscilou como se fosse desmaiar.

Lilita, que até aquele momento se conservara fria, soltou um grito e avançou para os homens.

— Assassinos! Torturadores! Larguem minha filha! Sou eu quem vocês querem! Qualquer coisa que tenham encontrado no apartamento é minha! Perguntem aos vizinhos! Eu sou uma tupamaro! Não ela! Ela é inocente!

O mesmo sentimento de irrealidade que havia me acometido anos antes, no baile da força aérea, ameaçava me imobilizar agora. Dessa vez, entretanto, achei forças para gritar mais alto do que os gritos de Lilita.

— Não acreditem nela! A culpada sou eu. Dei informações sobre o embaixador aos tupamaros.

Ninguém parecia ter me escutado. Tinham achado o casaco de Emilia e ela estava sendo levada embora. O *señor* Mario tentava controlar Lilita.

— Peter! — eu disse, segurando a manga do seu casaco. — Peter, pare com isso antes que se arrependa! Juro por tudo que é mais sagrado, sou eu a culpada. Emilia não sabia de nada. Ela não fez nada. Ela ama você! Você não pode fazer isso com ela.

— Elas estão histéricas, Peter — disse-lhe o homem chamado MacGregor. — Você fez a coisa certa. Acabou, rapaz!

Peter começou a chorar. MacGregor tossiu, embaraçado, e afastou o olhar.

Sacudi Peter pela mão.

— Peter! Me escute!

MacGregor se interpôs entre nós.

— Peter já agüentou o bastante. Graças a ele *Miss* Lanconi não foi presa há mais tempo. Peter insistiu numa investigação minuciosa. Saia agora, *Miss* Ortega. Se deseja fazer uma cena, pelo amor de Deus, faça entre a sua própria gente.

Corri atrás dos quatro homens.

— Parem! *¡Soy yo! ¡Yo soy la culpable!*

Um dos homens voltou-se para mim enquanto Emilia era levada para o carro.

— *Señorita* — disse ele — por favor. Compreendemos a sua preocupação, mas, por favor...

— Ouça-me! — eu disse, esforçando-me para ficar calma. — Trabalho para o USIS. Falo fluentemente o inglês. Estava na peça que *Mr.* Wentworth dirige. Por que Emilia iria trair o embaixador? Ela estava esperando casar-se com *Mr.* Wentworth! Se estão procurando pela pessoa que deu informações aos tupamaros, prendam-me.

O homem olhou para mim e riu.

— *Señorita*, se trabalha para o USIS, já foi investigada pela CIA. Por favor, saia do caminho.

— Magda! — disse Emilia, do carro. — O que está acontecendo conosco?

— Eles vão soltá-la — prometi, correndo ao lado do carro quando este se afastou do meio-fio. — Eles têm de soltá-la. Você é inocente!

— Diga a Peter que não o traí.

Uma trança do cabelo de Emilia ficou presa na janela do carro, fechada rapidamente, e eu não conseguia tirar os olhos dela até o carro desaparecer.

*O señor* Mario correu para mim e pediu-me que ficasse com Lilita. Ela estava histérica, correndo pela sala, implorando ao marido que a levasse junto. Ele tinha chamado um táxi e ia até a delegacia de polícia, para onde achava que Emilia estava sendo levada. Fiz o que me pedia e segurei o braço de Lilita, levando-a embora, assegurando-lhe que era melhor que o *señor* Mario fosse sozinho encontrar Emilia. Dirigi-me para a Rambla com ela à procura de um táxi. Todos passavam ocupados. Lilita estava tremendo, tentando escapar, ameaçava atirar-se no rio. Ainda que passasse um carro, o motorista, vendo as condições de Lilita, talvez nem parasse.

Já ia ficando desesperada, quando um táxi parou e um homem desceu do banco de trás. As condecorações douradas no uniforme brilharam à luz das lâmpadas da rua.

— Marco! Nunca fiquei tão feliz em ver alguém em toda a minha vida! — exclamei.

Ele não disse nada, simplesmente ajudou Lilita a entrar no carro. Não estávamos longe de casa e, juntos, Marco e eu levamos Lilita para o apartamento. Ela tinha deixado a bolsa na casa de Peter, e Basco, o porteiro, teve de providenciar a duplicata da chave para que pudéssemos entrar.

Chamei o médico e, em seguida, Marco e eu fizemos café. Lilita estava deitada, soluçando, e ficou assim até o médico aplicar um remédio para que ela dormisse. Depois que ele saiu, Marco e eu ficamos olhando um para o outro, sentados à mesa de jantar.

Contei tudo a ele. Ele pareceu ficar tão chocado quanto eu previa. Desabotoando o casaco do uniforme, começou a andar na pequena sala.

— *Bueno* — ficou repetindo —, *bueno*... Uma coisa de cada vez. Primeiro, você deve ficar calada sobre o que me contou esta noite. Não! — disse quando comecei a objetar. — Compreenda de uma vez por todas! Não vai adiantar nada você ficar repetindo que foi você quem fez isso. Talvez eles acreditem, talvez não. De qualquer forma, a sua confissão não ajudará Emilia. Uma coisa que eles nunca fazem é admitir que estão errados. De qualquer maneira, ela será interrogada.

— Mas, Marco, eu sei o que isso significa! Ela será mandada para a *máquina*.

— Talvez. Mas isso acontecerá, não importa o que você diga, compreende? Você pode ajudá-la mais aqui. Tomando conta de Lilita. Ela precisará de você para continuar vivendo. Farei com que Emilia receba o recado de que Lilita está sendo cuidada.

— Como?

Ele descartou a pergunta com um gesto zangado.

— Não importa como. Você sabe onde Jackson está preso?

Sacudi a cabeça.

— Bom. Isso é bom. Ramiro tem juízo. Agora, escute atentamente. Você deve deixar tudo por minha conta. Tudo. Vai trabalhar como de hábito. Estude como de hábito. E nunca mais abra a boca em público sobre sua conexão com os tupamaros.

— Não gosto da maneira como está me dando ordens, Marco. O que isso tudo tem a ver com você?

— Faça o que eu digo, Magda. Porque, se eles levarem você a sério e for presa, colocará Ramiro e Cora numa situação mais perigosa do que a que já se encontram.

— Porque eu falei? É isso que quer dizer? Por que acha que não sou capaz de me manter calada se me torturarem?

— Leãozinho, você não tem idéia...

— Em princípio, não, não tenho idéia! Mas não sou tola nem fraca como você e Ramiro imaginam.

— Só queria que você não estivesse envolvida nessa luta suja — disse Marco, encostando os dedos gentilmente nos meus lábios.

Recuei, encabulada. Achava que ele não confiava em mim ou não me tinha em alta conta e, naquele momento, até que concordei com ele. Emilia estava em perigo por minha causa; Ramiro tinha sido preso; Cora estava escondida; e, no momento em que ele me tocou, tudo que queria era que me beijasse.

# *Dezenove*

Três dias depois, Emilia estava em casa. Eu não conseguira dormir desde que ela fora presa. Durante o dia, tomava conta de Lilita. O médico vinha e receitava sedativos. À noite, eu me sentava na varanda e esperava por um sinal de Marco ou de qualquer pessoa sobre o que deveria fazer. E, então, certa noite, um pouco antes da madrugada, um carro parou na esquina e vi Emilia descer. Queria gritar seu nome e correr até ela, mas, ao ver seu aspecto, não pude fazer nada. Temi que ela nunca mais falasse comigo.

Foi pior do que isso. Emilia passou a me odiar. Ela me amaldiçoou e me culpou por ter arruinado sua vida. Disse que agora sabia que eu estivera envolvida com os tupamaros o tempo todo e que usara nossa amizade para preparar o seqüestro do embaixador.

Tentou ligar para a casa de Peter, mas soube que o telefone fora desligado. Tentou a embaixada. Peter não recebia chamadas. No princípio, ela não conseguia entender por quê. Tinha sido solta, tinham dito que estava livre para ir embora. Agora, certamente, Peter acreditaria que era inocente. Então soube, graças a Marco, quem Peter era realmente.

Quando Lilita me confidenciou sobre a investigação de Marco a respeito de Peter Wentworth, comecei a suspeitar que o próprio Marco era mais do que parecia. Ele dissera a Lilita que Peter tinha sido informado de que ela detinha uma alta posição na liderança dos tupamaros.

Lilita ficou furiosa quando soube disso. Sentia-se responsável pelo interesse de Peter em Emilia, embora eu lhe lembrasse que ele não sabia quem era Emilia, na primeira vez que se encontraram. A ida de Emilia ao ensaio da peça não tinha sido planejada.

— Está bem, mas imagine sua alegria quando soube que a mãe da moça que o amava fazia parte dos tupamaros! O que mais podia desejar um ambicioso jovem oficial do serviço secreto? Quando Jackson foi seqüestrado, MacGregor, o homem que você encontrou na festa, foi enviado de Londres para supervisionar as investigações sobre o desaparecimento do embaixador. Marco me disse que MacGregor estava certo de que eu sabia onde ele estava preso. MacGregor e Peter esperavam que, se prendessem Emilia, eu iria contar tudo.

— Mas Marco providenciou para que você ficasse bem sedada e não soubesse o que estava acontecendo, até que Emilia fosse libertada.

— Não sei se posso perdoar Marco por isso, Magdalena.

— Lilita, Ramiro me disse que há um milico, um oficial militar amigo dos tupamaros, que está negociando com o serviço secreto inglês para a libertação do embaixador. Esse oficial é o Marco?

— Por que você acha isso?

— Marco parece saber muita coisa.

Lilita suspirou e voltou a falar de Emilia.

— Ela está zangada comigo mais do que nunca. Me chama de "subversiva". Acha que os tupamaros roubaram-lhe a infância, fazendo de mim uma mulher maluca e uma péssima mãe. Quis poupá-la, quis que ela vivesse livre. Pensei que se me dedicasse a essa luta Emilia nunca teria de fazê-lo e seria feliz. Achei que a luta acabaria logo. Agora Emilia acha que eu lhe roubei o futuro e lhe tirei

Peter para sempre. Ele foi transferido, você sabe. Ninguém diz para onde.

— Lilita, acho que seria bom você dizer a Emilia por que agiu dessa maneira. Penso que Emilia acredita que, de alguma forma, você acha que ela não é boa o bastante para juntar-se à luta. Ela não entende que você agiu assim para poupá-la.

Lilita concordou.

— Talvez a hora tenha chegado. Você vai estar comigo quando eu falar com ela?

— Emilia não quer me ver.

Lilita colocou a mão no meu braço.

— Eu arranjarei isso.

◈

Alguns dias depois, quando o *señor* Mario estava trabalhando, sentei-me com Emilia e Lilita à mesa da sala de jantar de seu apartamento.

— Não sei o que acham que têm para me dizer — disse ela —, mas os jogos que estão jogando custaram a minha felicidade, para não falar das noites na prisão e os interrogatórios que vou descrever-lhes para que tenham uma idéia de como as pessoas inocentes pagam pelo que estão fazendo. — Lilita estendeu as mãos para a filha num gesto que pedia que a escutasse primeiro, mas Emilia não estava disposta a parar de falar. Segurou os braços da mãe e firmou-os na mesa, as juntas brancas com a força com que apertava os frágeis pulsos de Lilita. — Na primeira noite, fiquei do lado de fora, perto de uma parede, só que eles não me deixaram encostar. Eles tinham me despido, eu estava nua. Sempre que algum soldado precisava ir ao banheiro, ele não ia até lá, ele me usava. Alguns apagavam os cigarros em mim. — Emilia levantou a blusa e mostrou ferimentos nos seios e no estômago. — Os olhos de Lilita estavam cheios de lágrimas, mas ela não vacilou. Olhou os ferimentos de Emilia, enquanto eu ficava sentada rígida, minhas mãos agarradas à mesa, deixando um aro de suor na superfície polida. — No dia seguinte e no outro dia, eles me levaram para a *máquina*. As mulheres em minha célula me contaram que a *máquina* muda as pessoas. Depois do contato com a eletricidade e água, a percepção sobre as outras pessoas nunca mais é a mesma, elas disseram. Estavam certas. Aprendi mais com aquelas mulheres em três dias do que com o que você se preocupou em me ensinar em toda a minha vida. — Olhou atentamente para a mãe e depois para mim. — Agora, quero saber por que eu não servia para ser uma de vocês. Quero que me digam o que havia comigo para me excluírem da luta!

— Era isso que eu queria explicar — disse Lilita. — Queria que tivesse sido eu a levar os choques, em vez de você. Sou uma tola, e você tem razão em me odiar.

Os olhos de Emilia não vacilaram; ela os fixou em mim e perguntou, obstinada:

— E você? Qual é a sua desculpa?

Senti que as palavras me faltavam.

— Não sei, Emilia. Prometi à sua mãe que a protegeria e quis manter a promessa. Você estava estudando muito, estava quase pronta para receber o diploma. Seu futuro parecia assegurado. Não quis estragar tudo. Principalmente quando você conheceu Peter. Então, tornou-se mais importante não envolvê-la em algo que pudesse ameaçar sua felicidade. As coisas não aconteceram assim, mas foi o que pensei na ocasião.

— Eu quero saber. Tudo o que você e *mamá* fizeram.

Começamos devagar, com Lilita falando primeiro. Ela contou a Emilia sobre as primeiras reuniões, quando Emilia era ainda um bebê; numa época em que havia tantas facções, que Lilita quase desanimara de ver surgir, um dia, um movimento organizado. Ela nos contou sobre a posterior obtenção de armas e de informações, as reuniões em *ranchos* afastados das estradas, a elaboração final dos Primeiros Estatutos que iriam orientar o grupo que veio a ser conhecido como os tupamaros.

— Ainda posso dizer quais eram os nossos objetivos — disse Lilita, com um sorriso nervoso para Emilia. — Aspirávamos ser a vanguarda organizada para as classes exploradas na luta contra o regime. Nós representamos uma voluntária e combatente união daqueles que têm consciência do seu dever histórico.

Por minha vez, falei sobre o encontro com Ramiro, da sensação de ter caminhado como uma sonâmbula pela vida, do ódio que senti quando vi as fotos do corpo de Gabriela e da minha decisão de ser uma informante para os tupamaros. Contei como me sentira quando Mitrione fora morto e das dúvidas que me assaltavam ainda, quando acontecimentos como o da prisão dela me colocavam cara a cara com as conseqüências das minhas ações.

Quando acabei de falar, um longo silêncio caiu entre nós, até que perguntei a Emilia se poderia nos perdoar.

— Não sei se ainda sou capaz de perdoar — disse ela.

❦

No início de setembro de 1971, Geoffrey Jackson foi libertado e um decreto foi emitido liberando a polícia da responsabilidade da luta contra os tupamaros. As forças armadas assumiriam a condução do que estava destinado a ser uma operação de guerra interna.

Marco foi promovido a capitão. Levou-me para jantar, em comemoração, e decidi perguntar-lhe se tinha sido ele o negociador da libertação de Jackson.

— Tem certeza de que quer saber?

— Marco, tenho vinte e quatro anos. Tanto quanto posso me lembrar, você tem sempre tentado me proteger. Eu acabei me envolvendo. Você sabe que tomei parte no seqüestro de Jackson.

Ele assentiu.

— Eu e Ramiro discordamos sobre isso. Quero dizer, sobre os seqüestros. Mitrione posso entender. Jackson foi um grande erro. Pelo menos, eles tiveram juízo e não o mataram.

— Você foi o negociador?

— Sim. — Fez uma pausa, enquanto o garçom anotava nossos pedidos. Logo que o homem foi embora, Marco falou: — MacGregor foi enviado de Londres expressamente para negociar com os tupamaros. Em segredo. Publicamente, o governo britânico queria manter a mesma posição que os Estados Unidos. Nenhuma negociação com os terroristas. Mas os ingleses estavam cientes de que esta política havia custado a vida de Dan Mitrione e não queriam que Jackson tivesse o mesmo destino. Meu superior sabia que eu tinha amigos entre os tupamaros e me indicou como intermediário entre MacGregor, os tupamaros e o governo. Quando Emilia foi presa, procurei MacGregor e disse a ele que tinha cometido um erro. Meus contatos com os tupamaros asseguravam-me que Lilita não sabia nada sobre o paradeiro do embaixador Jackson, e nem mesmo prendendo a filha dela poderiam fazê-la falar o que não sabia. Ameacei interromper todas as negociações até que Emilia fosse solta. As coisas estavam neste ponto delicado e MacGregor não podia se arriscar a aborrecer os tupamaros. Mandou soltar Emilia.

"Em troca de Jackson, os tupamaros estavam exigindo a liberdade de Ramiro e de mais de uma centena de adeptos que estavam presos na cadeia de Punta Carretas, mas os Estados Unidos, a Inglaterra e o Uruguai se mostravam firmes e inflexíveis. Senti que o que eles queriam era salvar as aparências. Eu estava certo. Todos os três governos desejavam achar um bode expiatório. Que veio a ser a polícia, ao fazer papel de boba, quando cento e quatro tupamaros usaram um velho túnel nos esgotos da cidade e escaparam da prisão. A Grã-Bretanha ficou encantada de ter Jackson libertado; os Estados Unidos não tinham sido mencionados e o nosso governo não cedeu um centímetro, publicamente. Recebi uma caixa de uísque dos ingleses, uma caixa de conhaque dos americanos e uma promoção dos nossos generais.

— Você parece muito satisfeito consigo mesmo. O que mais recebeu?

— Nada mais! — ele riu. — Exceto o prazer de uma boa risada.

Nosso jantar chegou e tive de esperar de novo, desta vez até que Marco tivesse provado o seu prato.

— E daí? — perguntei.

— Está ótimo!

— Qual foi a piada que fez você rir tanto?

— A graça está em que contrabandeei ferramentas para cavar aquele túnel muito tempo antes de ficar pronto e servir para a essa fuga. Há anos que venho tirando prisioneiros de lá usando trechos inacabados! E agora pude organizar a maior fuga de prisão de toda história do Uruguai com a bênção de todos os interessados!

Tive de rir da sua satisfação. Levantei meu copo de vinho para um brinde a ele.

— Então, quando Jackson foi solto, depois da fuga, todo

mundo já havia concordado em fazer com que isso parecesse uma coincidência?

— Absolutamente. Até mesmo os homens que escaparam não sabiam que tudo fora combinado com antecedência. Mas MacGregor não gostou nada que ninguém tivesse sido processado pelo seqüestro de Jackson. Ele me disse que só havia concordado com os meus termos porque recebera ordens de fazer qualquer coisa para salvar o embaixador das mãos dos tupamaros. Sempre achei que suspeitava de mim, que via o meu uniforme como disfarce para o subversivo.

— O que vai ser de nós, Marco?

— Essa é uma pergunta tremendamente séria, Leãozinho.

— Está começando a parecer cada vez mais um jogo mortal.

— Os próximos meses serão críticos. Tenho tentado convencer a ambos os lados a desistir de suas táticas. Acredito que haja muitos homens bons nas forças armadas capazes de impedir um golpe. Não acredito que estejamos indo inevitavelmente para a ditadura. Mas os tupamaros querem tudo agora. Foram muito longe para voltar atrás. Conseguiram humilhar o governo, mas este não será substituído por nada melhor, e o país será devastado.

## Vinte

Um dia depois do meu jantar com Marco, recebi a primeira mensagem dos tupamaros, desde que Cora tinha se escondido. Minha ajuda era necessária e pediam-me que fosse à Rambla, perto do cassino, e que esperasse.

Eu podia ignorar a mensagem, pensei, esquecer tudo o que havia acontecido e continuar com a minha vida. Se tencionava abandonar o movimento, aquele era o momento.

— E você vai fazer isso? — perguntou Emilia, quando expus minhas dúvidas.

Uma decisão a cada dia.

— Acho que não posso, Emilia. Sempre que penso nisso lembro-me de Gabriela. Talvez possa fazer isso pela última vez e depois parar.

— Vou com você.

Balancei a cabeça.

— Você não pode me impedir, Magda. Estou nisso agora.

— Emilia...

— Pára com isso. Você já me deixou de fora bastante tempo.

Pegamos um ônibus e descemos na Rambla, alguns quarteirões antes do cassino. Quando andávamos ao longo da avenida, o vento despenteava nossos cabelos. Tentamos nos manter aquecidas levantando a gola do casaco e enfiando as mãos nos bolsos enquanto esperávamos por uma brecha no trânsito veloz. Na primeira oportunidade atravessamos a larga avenida em direção ao cassino.

— Lembra-se de quando os tupamaros assaltaram o cassino? — perguntou Emilia quando chegamos, olhando para cima, para as varandas que cercavam o velho e majestoso edifício.

— Aquele dinheiro financiou muito trabalho — respondi, observando o mesmo velho Renault azul que já passara por nós três vezes.

Na quarta volta, o motorista parou.

— Quem é essa? — fez um gesto, indicando Emilia.

— Emilia Lanconi. Ela foi presa pelo seqüestro do embaixador Jackson.

— Eles não me disseram que ela viria.

— Ela é uma velha amiga daqueles a quem iremos encontrar.

O motorista discutiu comigo até que Emilia suspendeu a blusa. As queimaduras dos cigarros apagados nela durante as noites de cativeiro haviam deixado evidências em seu corpo e eram conhecidas de qualquer tupamaro que tivesse sido preso.

— Entrem — disse o motorista, e saiu a toda velocidade pela Rambla, com os pneus cantando.

Meia hora depois, saltamos em frente ao que parecia ser um prédio de apartamentos vazios.

— Desçam até o porão. Ali há uma porta com uma listra de tinta verde. Entrem. Nos fundos existe um armário. Empurrem para o lado. Verão um painel solto. Afastem-no e sigam seus narizes.

Abrimos as portas altas duplas e entramos no prédio abandonado. O papel de parede pendia em farrapos do que antes tinha sido um elegante *hall* de entrada. Havia ninhos de pássaros em cima das janelas sem vidro e a escada que conduzia ao porão estava coberta de jornais velhos, garrafas e trapos.

Achamos a porta com a listra verde. Conseguimos abri-la com dificuldade e caminhamos até os fundos sobre um chão de madeira que rangia aos nossos passos. A abertura por trás do armário desconjuntado era estreita. A única maneira de entrarmos era de gatinhas.

Emilia hesitou. Depois dos três dias na prisão, ela não confiava em suas reações frente ao desconhecido. Vacilava antes de entrar em elevadores, era incapaz de abrir portas e virar esquinas.

— Você quer me esperar aqui? — perguntei.

Emilia balançou a cabeça e vi novamente a determinação irremovível que se tornara parte do seu caráter.

— Então, vou na frente.

Logo que estiquei a cabeça na abertura, entendi o que o motorista quis dizer para seguirmos nossos narizes. O túnel estava empestado com o cheiro de urina, vômito e corpos sem banho. Recuei e tirei um lenço da bolsa.

— Vamos precisar deles — disse para Emilia.

Nossa viagem não foi longa. O túnel escuro virava abruptamente para a esquerda e não muito longe vimos um quadrado de luz com uma cabeça escura no centro. Era Cora. Estava muito magra e o cabelo escuro parecia cinzento e sujo. As calças *jeans* estavam manchadas e a blusa de lã puída nos cotovelos. Ela nos ajudou a sair e nos abraçou.

— *Bienvenidas, compañeras.*

O lugar abrigava Ramiro e mais sete dos tupamaros que tinham fugido. Era o porão do prédio adjacente ao que tínhamos entrado e a porta estava lacrada. O único caminho para entrar e sair era pelo túnel estreito que tínhamos atravessado.

— Fazemos o melhor que podemos — disse Cora —, mas não conseguimos esvaziar o balde e varrer o lixo com a freqüência necessária para manter o ar puro.

Ramiro e os amigos acolheram satisfeitos as duas visitantes. Perguntaram se tínhamos cigarros ou chocolate e achei uma velha caixa de chiclete na bolsa. Ofereci a um dos rapazes e ele estendeu a mão.

— Lembra-se de mim?

Olhei para ele sob a luz fraca do lampião de querosene. Uma barba de vários dias cobria seu rosto.

— Desculpe...

— Certa vez tive o prazer de amarrar um par de tênis velhos nos seus pés.

Apertei sua mão entre as minhas.

— Julio? — Ele riu.

— Queria muito vê-lo novamente! Para lhe agradecer mais uma vez! Diga-me, Fernando se formou em medicina?

O sorriso de Julio murchou.

— Quase. Ele morreu no ano passado. Logo depois de ser libertado.

Pensei que fosse chorar. Julio colocou o braço nos meus ombros.

— Venha — disse ele —, vamos contar para vocês como foi a nossa fuga.

Eles tinham descoberto um túnel de 45 metros, que entrava pelo sistema de esgoto embaixo de uma das celas, limparam e cavaram mais um pouco, escondendo a terra debaixo das camas. O túnel levava a uma casa do outro lado da rua.

— Uma casa vazia? — perguntou Emilia.

— Não — respondeu Julio. — Uma casa que pertence a um dos mais corajosos homens do Uruguai. Um milico que está do nosso lado. Não sei como organizou isso, mas a casa era segura e ele conseguiu nos tirar de lá. Ele arranja vistos para as pessoas. Encontra lugares para esconderijos, como este aqui. Se algum dia o pegarem...

Os outros homens balançaram a cabeça.

— Tudo o que eles fizeram a nós não será nada, perto do que têm preparado para ele.

Comecei a tremer na umidade fria do porão. Talvez eu fosse a única pessoa ali a conhecer os detalhes daquela fuga. Marco não estava em perigo iminente. Mas soube, de repente, o quanto era perigosa sua tentativa de ajudar ambos os lados. As palavras *se algum dia eles o pegarem* ficaram rodando na minha cabeça e lembrei-me do que Gabriela dissera sobre a estranha linha da vida dele, não vendo crianças no seu futuro.

— Cora — eu disse segurando sua mão.

— O que é? Você está sentindo alguma coisa? É comum aqui, o ar é tão ruim...

— Não, não. Cora, foi Marco quem achou Gabriela?

Ela e Ramiro me levaram para um lado, sob a luz mortiça do lampião de querosene.

— Por favor, diga-me. Sei o que ele está fazendo.

— Quem disse a você? — perguntou Ramiro.

— Ele disse.

— Sim, Magda. — respondeu Cora. — Foi Marco.

— Cora, tenho medo por ele.

Cora suspirou.

— Disse a ele que o que já fez é o bastante. Deve sair enquanto é tempo. Mas ele acredita, Magda, que há soluções pacíficas. Não há. Talvez você possa persuadi-lo.

❦

Decidi que, até que Ramiro, Cora, Julio e seus companheiros estivessem salvos, iria ajudá-los levando mantimentos para o esconderijo. Emilia e eu costuramos grandes bolsos nos forros dos casacos e ali guardávamos pão, queijos, chocolate, café, frutas e *dulce de leche* que os homens devoravam. Fizemos revezamento nas idas ao prédio abandonado, muitas vezes à noite. Um a um, com a ajuda de Marco, Cora e os homens foram sendo transferidos para outros lugares, sua determinação impávida, o espírito animado pelo sucesso do Chile na recuperação do ferro, dos bancos e do cobre das mãos dos donos estrangeiros. O próximo plano do Chile era nacionalizar o sistema telefônico, pagando à ITT o que os donos informavam que valia na sua declaração de imposto.

Fui ao esconderijo uma última vez, deixando tudo pronto para quem viesse precisar. Levei cobertores, renovei o abastecimento de fósforos e garrafas d'água. Estava limpando alguma coisa no meu casaco, enquanto caminhava para a parada de ônibus, quando dois homens se aproximaram. Mostraram o distintivo e pediram minha carteira de identidade.

Lembro apenas do peso frio das algemas nos meus pulsos, a rudeza de suas mãos empurrando-me para o carro e o pavor ao ter os olhos vendados.

Viajamos pelo menos uma hora até que fui tirada do carro. Caí sobre uma superfície áspera, fui puxada para cima, perdi a noção das vezes e por quantos lances de escada tropeçava e era arrastada. Suspeitei de que eram os mesmos que se repetiam, porque sua superfície, no fim, parecia familiar.

De repente, a venda foi tirada. A escuridão era profunda.

Uma porta foi aberta e fui empurrada para um quarto muito pequeno e frio. Quando meus olhos se acostumaram à escuridão, pude ver rachaduras no teto por onde se filtrava luz. Vi uma bacia, um balde, um ralo no chão, uma cama com um travesseiro e nenhum cobertor. Comecei a tremer e, num esforço para manter-me aquecida, comecei a andar no quarto e a esperar.

Descobri uma lâmpada pendurada num canto. Nas semanas seguintes, esta lâmpada seria acesa e apagada intermitentemente, de um interruptor fora da cela.

Minha vez chegara e eu não tinha idéia de como me comportaria. Tudo que Emilia dissera e tudo que ouvira de Ramiro e seus amigos, até mesmo as palavras de Mitrione, voltaram à minha mente. Eu me vi nua, defecada, queimada, espancada e presa à *máquina*. Acima de tudo, queria provar que não conseguiriam arrancar de mim o nome de Marco. Meu maior medo é que eles achassem um meio de me dobrar.

As horas passavam que nem dias e os dias que nem semanas. Ninguém veio me socorrer.

Toda vez que escutava alguém se aproximando, esperava ser levada para enfrentar a *máquina* e aprender por mim mesma a verdade que ouvira de Ramiro e Julio: que depois de um certo tempo, o que eles odiavam não era o homem que manipulava a máquina, mas a máquina social que manipulava o homem. Pensava se o choque elétrico me faria, também, viajar para esse lugar onde por um brevíssimo momento a pessoa escolhia morrer. Ou os meus "técnicos" seriam aqueles treinados por Mitrione, profundos conhecedores de como conservar a esperança suficientemente viva para que eu escolhesse agarrar-me à vida e enfrentar a *máquina* novamente?

Toda vez que a comida chegava, eu ficava, por um momento, decidindo se devia comer. Quanto tempo é preciso para se morrer de fome? A fome me ajudaria, esconderia minha determinação de não falar? Tinha ouvido dizer que a fome faz as pessoas terem alucinações. Seria capaz de agüentar quando não pudesse mais discernir a realidade da irrealidade?

## A Árvore das Estrelas Vermelhas

Às vezes esqueciam de me dar comida. Quando isso acontecia, eu levava horas lavando e conhecendo melhor os dedos dos pés, a pele dos meus joelhos e cada polegada da barriga e seus sons desconhecidos. Quando a comida vinha, passava o dia inteiro degustando cada pedaço e descobrindo as várias texturas da carne e do pão.

A comida era passada para mim por uma portinhola perto do chão. Não via ninguém, não falava com ninguém, e, vagarosamente, no profundo isolamento daquele pequeno quarto, comecei a perder o sentimento de indiferença que havia tomado conta de mim depois da morte de Gabriela. Não tinha nada para fazer a não ser pensar e sonhar, e foi o que fiz. Recontei todas as histórias de Josefa e me imaginava conversando com ela na cozinha da nossa casa. Enviei mensagens a todos que conhecia, sem pensar que fossem receber, simplesmente como um meio de me conservar ligada a todos que conhecia lá fora. Mantinha longas conversas com *Mamasita* e prometia a ela que se algum dia saísse viva daquele quarto eu voltaria a Caupolicán. Sempre que fazia muito frio, e geralmente fazia, eu me imaginava na cabana de Gabriela perto do fogo, tomando mate; um dia, para minha surpresa, ouvi um barulho na portinhola e quando a abri, lá estava uma cuia de chimarrão, e uma voz murmurou: "de um amigo".

Dia sim, dia não, me diziam para esvaziar o balde no ralo e uma mangueira era inserida na cela para que eu lavasse o chão e mandasse minha excreção pelo ralo.

Mantive consciência do curso do tempo separando uma bolinha de pão cada vez que era alimentada.

Mais ou menos três meses se passaram até que abrissem a porta da cela.

A luz forte do corredor me fez vacilar. Meus olhos estavam

acostumados à penumbra e a claridade brusca quase me cegou. Tinha chegado finalmente. A minha hora. O momento para qual eu vinha me preparando desde quando eles fecharam a porta. A *máquina* estava esperando.

    O soldado parado perto da porta começou a desabotoar a calça. Senti-me completamente desorientada. Não tinha me preparado para isso. Eu me aprumei vagarosamente, pronta para lutar e, então, o homem riu.

    — Ficou com medo, não é? Mas isso tem de esperar, o que é uma pena. Vou levá-la a um casamento.

    Estava tão desacostumada a conversar que tive a certeza de não ter escutado bem. Fazia tanto tempo que havia falado com alguém que minha voz, quando tentei falar, saiu como um grasnido.

    — Fique calma — disse o soldado, pensando que eu estava repelindo o pano que ele tentava colocar sobre os meus olhos. — É apenas uma venda.

    Ele me fez sair da cela e, quando chegamos do lado de fora, engasguei, sentindo no rosto o calor do sol e de ar puro. Tinha esquecido como a brisa podia ser tão acariciante, tão perfumada, tão cheia de sons. Queria ficar parada ali, saboreando o ar livre, mas o soldado me empurrou para a frente e logo o perfume das flores e os sons dos pássaros terminaram e estávamos, outra vez, do lado de dentro. Ele tirou a venda e eu me encontrei numa sala grande. Levei alguns minutos para me ajustar à luz forte e ver que a sala estava cheia de gente. A maioria era de militares ou policiais de uniforme, outros eram civis e vestiam roupas rotas iguais às minhas.

    No centro da sala encontravam-se Cora, Ramiro e Julio. Sorriram para mim e dei um grito de surpresa. Ramiro não tinha os dentes da frente e a cabeça tinha sido raspada, mostrando várias cicatrizes. Sua beleza que quase me fizera desmaiar quando o tinha conhecido permanecia somente nos olhos azuis que fitavam Cora ternamente, parada a seu lado.

Fui empurrada na direção deles, e Cora rapidamente apertou minha mão.

— Vamos nos casar! — ela disse.

— O quê?! Aqui? — perguntei.

— Não podemos esperar pelo que talvez nunca venha a acontecer — disse Cora tristemente.

— E a criança terá problemas se não for legitimada — acrescentou Ramiro, ciciando levemente pelas falhas da boca. — Os militares têm um profundo respeito pelas convenções. Eles acham muito apropriado querermos legitimar a criança.

— Não é bem o que eu imaginava, quando disse para você que um dia nos casaríamos e que nossos amigos estariam todos presentes. — Cora sorriu, enxugando as minhas lágrimas. — Você não deve chorar. Afinal de contas, isso é uma adaptação de um final feliz. E você, minha mais antiga amiga e leal *compañera*, está aqui.

Senti o braço de Ramiro em volta dos meus ombros. Ele me abraçou com uma força surpreendente, devido às suas condições.

— Lembre-se, *compañera*, a vida não vale a pena ser vivida sem uma causa pela qual valha a pena morrer.

Um homem se aproximou de nós.

— Está tudo pronto? — perguntou.

Cora concordou.

— Eles serão nossas testemunhas — disse, apontando para Julio e para mim.

A cerimônia foi rápida. Quando Julio e eu estávamos assinando a certidão de casamento, tentei perguntar-lhe onde estávamos, mas as mãos de Julio tremiam tanto que ele teve de ser ajudado e não pôde responder. Imediatamente após a cerimônia, ele foi levado embora e os soldados se dirigiram a Cora e Ramiro.

Cora atirou-se ao marido.

— *Adiós, esposo, compañero, mi mejor amigo.*

— Adeus, adeus, meu amor, minha querida esposa — disse Ramiro, abraçando-a.

Ficaram abraçados até que os soldados receberam ordens para separá-los. Precisaram de seis homens para isso, e a última imagem que tive dos dois foi eles sendo puxados em direções opostas, estendendo as mãos um para o outro como galhos secos contra as paredes cinzentas.

Fui vendada outra vez e levada para minha cela.

Naquela noite, ouvi os barulhos pela primeira vez, enquanto jazia naquela semi-inconsciência entre acordada e adormecida com a qual já me habituara. Os sons que me acordaram enchiam o quarto. Gemidos, ocasionalmente um grito tão sofrido, tão puro em sua dor, que o meu corpo se contraía no menor espaço que poderia ocupar, procurando sair de toda realidade física.

Naquela noite, eles se certificaram de que eu soubesse de quem eram os gritos. Os nome de Ramiro e Julio eram falados com freqüência em tons que ora eram de adulação, ora ameaça ou punição.

De vez em quando, Ramiro e Julio imploravam a seus torturadores pelo amor de Deus, pela memória de suas mães, mas, a maioria das vezes, por piedade. Uni minha voz à deles num murmúrio ardente, abafado pela manga que eu mordia para poder me controlar.

Nunca mais escutei aquelas vozes, mas outras tomaram seus lugares e aprendi seus nomes, pelos seus gritos, e a reconhecer as vozes dos torturadores que reverberavam no quarto de cima. Nunca emiti um som em resposta, mas a intensidade com que experimentei suas dores era tal que senti parte de mim mesma deixando o meu corpo e atravessando as tábuas do teto.

Descobri logo que aquelas tábuas vazavam. Pingava no meu catre, na escuridão de breu, o que a princípio pensei que fosse chuva. Levantei meu rosto ao sentir o toque, mas, quando a lâmpada acendeu outra vez, pude me olhar e olhar para o chão e percebi que não era este o presente. Às vezes, o que caía do teto era sangue, escuro e vivo, manchando as tábuas com formas marrons. Às vezes, era urina, fezes líquidas ou vômito, que formavam pequenas poças, sendo absorvidas pelas tábuas do chão.

No começo, quando o guarda inseria a mangueira pela portinhola, eu ficava aliviada em poder usá-la para tirar os cheiros nauseantes. Depois de certo tempo, entretanto, vim a venerar os líquidos que caíam a minha volta, considerando-os como sagrados — restos sagrados de um idealismo que sentia morrer dentro de mim com cada gota que caía daquele teto denunciador. Se tivesse um simples pedaço de terra, teria juntado o sangue vital do meu país e o enterrado nele. Como não tinha essa possibilidade, guardava qualquer pedaço de papel higiênico que me era dado e o usava para enxugar os pedaços de humanidade que me rodeavam. Segurava os papéis, evocando os rostos daquelas vozes sem corpo, murmurando seus nomes repetidas vezes, rasgando o papel cuidadosamente, um fino pedaço de cada vez e lavando-os na pia. Imaginava aqueles pedaços de papel sendo levados rio abaixo; a água à água retorna.

Teci uma teia imaginária em volta da cela e ali pendurei os nomes que ouvira gritados sobre a minha cabeça, junto com os rostos que imaginava. Nessas ocasiões, perdia a noção do tempo e me sentia flutuando, livre como a luz, os gritos não mais me incomodando. Breve, a teia cobriu as quatro paredes e todos os retratos estavam acomodados na minha mente.

Foi bem mais tarde que descobri que vários meses haviam decorrido até que um guarda entrou na cela, com um balde e uma escova, agindo como se fizesse isso diariamente. Cantava enquanto despejava o sangue do Uruguai nos esgotos de Montevidéu e ignorava meu pedido para parar. Ele me trouxera de volta à realidade; ele destruíra a teia protetora de nomes e rostos imaginários que eu havia tecido para me impedir de cair na mais completa loucura. A presença do guarda, sua voz e seus movimentos dispersaram e destruíram a minha teia tão completamente como se tivesse sido real.

Eu passara a crer que não cederia enquanto a teia não cedesse. Agora a teia desaparecera e com ela minha crença de que não falaria. De todos os horrores que sofri naquele quarto, o maior foi o da dúvida em mim mesma. Tinha certeza de que um dia eles viriam me buscar. Ninguém que eu soubesse tinha escapado incólume. Imaginava se eu vomitaria os nomes, os lugares e as datas, me odiando enquanto o fazia. Ou se conseguiria, como as vozes que tinha escutado do quarto de cima, substituir pelo canto as informações que os torturadores desejavam. Não sabia e, por isso, comecei a repetir as mesmas palavras todas as vezes que um guarda chegava na porta.

— Diga ao capitão Pereira que estou aqui.

O silêncio continuava inquebrantável.

# Vinte Um

O som de vozes me acordou de um sono friorento. Passos fortes, mais vozes, a porta é aberta e Marco está parado na entrada da minha cela. Não podia acreditar que estivesse ali. Ergui-me no meu catre, desligada de tudo o mais, exceto da sua voz, enquanto ele se sentava ao meu lado.

— Está tudo bem, está tudo bem — disse ele, colocando o braço sobre o meu ombro. — Eu estou aqui, Leãozinho. — Ele apontou para o balde e disse para o guarda. — Cabo, tire isso daí e volte em cinco segundos!

— *Sí*, coronel!

— Marco, você veio — eu disse, olhando para ele, incrédula.

— Claro que vim.

O guarda voltou e permaneceu atento, tremendo, perto da porta. Tinha sido ele quem viera me buscar para o casamento de Cora e Ramiro.

— Ele ou qualquer um dos outros tocou em você? — perguntou Marco calmamente.

Olhei para o cabo e vi o medo personificado. Eu poderia ter acabado com ele pronunciando apenas uma palavra, uma pequena palavra, um murmurado "sim", e ele estaria perdido e eu nivelada com aqueles que tinham feito o sangue correr pelos vãos do teto.

Olhei para o cabo e balancei a cabeça.

O olhar de Marco abrandou.

— Isto será lembrado, cabo.

— Senhor! Posso ir agora, senhor?

Marco riu.

— Vá! — disse ele.

Que coisa mais linda era o seu riso. Eu já havia até me esquecido. Pela segunda vez na minha vida, Marco tirou o casaco para colocá-lo gentilmente nos meus ombros. Senti que ruborizava quando me vi nos seus olhos. Cabelos sujos, manchas de sangue seco na roupa e o pungente cheiro do meu corpo que entrava pelo nariz. Nas últimas semanas, eu não tinha me lavado com freqüência. Pensei que talvez pudesse completar o quadro nauseabundo vomitando, mas, em vez disso, fiz uma brincadeira.

— Você agora é coronel. O casaco está pesando dez vezes mais do que aquele último — eu disse, aconchegando mais ainda o casaco no meu corpo.

— São os galões dourados. Às vezes, sinto que estão me levando para o inferno.

A porta foi aberta e acenderam a luz do quarto, tornando-o tão diferente do quarto onde passara os últimos meses, que olhei para o teto. Estivera delirando? Com a luz, as marcas no teto pareciam ser manchas de umidade e não de sangue. O chão tinha sido lavado naquele dia. O papel encharcado havia sido desaguado no rio. Apenas as minhas roupas conservavam a evidência do que eu tinha visto, mas quem iria acreditar que as manchas existentes não tinham sido causadas por mim? Pela primeira vez, desde o casamento de Ramiro e Cora, chorei até ensopar a frente da camisa imaculada de Marco.

Enquanto rodávamos silenciosamente na noite, fiquei olhando para Marco, seu rosto moreno iluminado pelos faróis de um outro carro que cruzava conosco. Ele parecia cansado e muito triste, e eu queria, mais do que tudo, poder abraçá-lo, mas sabia que ele não iria gostar. Tive a desalentadora certeza de que jamais iríamos dançar o *candombe* nas ruas, nem subir o Cerro para visitar Gabriela ou sentar juntos sob a *estrella federal*. Eu o tinha incluído em todas as minhas doces lembranças e, no entanto, meu futuro seria feito sem lembranças dele.

Eu o amava tão intensamente que achei que ele sentiria o meu olhar e iria voltar-se para mim, mas, em vez disso, ele pegou o lenço e cobriu a boca. Achei que ele não estava suportando o meu cheiro, sufocante no carro fechado, e tentei recolher-me em mim mesma, como tinha feito na cela. Não sabia que ele estava apenas tentando enxugar o suor que surgira por todo o seu corpo enquanto contemplava o seu futuro.

Parou o carro em frente à minha casa, saiu e abriu a porta para mim. Se eu estivesse limpa, teria atirado os braços em volta do seu pescoço e ameaçado nunca mais deixá-lo partir, de morrer, se me deixasse. Em vez disso, fixei meus olhos no seu rosto, quando pegou meu braço e me levou até a casa. Queria, de alguma forma, absorvê-lo, assegurar-lhe que, não importando onde eu estivesse, ele estaria comigo.

A porta foi aberta e Josefa estava ali, ainda ajeitando o *peignoir*. Olhou para mim e abafou um grito.

— Quem é a esta hora, Josefa? — Da escada, a voz da minha mãe chamou, irritada.

— Magdalena! — exclamou Josefa. — Eu sabia que você estava viva! Sentia sua presença às vezes como se fosse uma brisa, na cozinha, quando estava trabalhando!

Logo fui cercada por minha mãe, meu pai, Sofia e Carmen,

que choravam incontrolavelmente. Meu pai estava abraçando Marco e batendo nas suas costas.

— Leve-a para um lugar seguro esta noite — Marco estava dizendo. — Eles virão logo procurar por ela.

E foi embora.

Josefa preparou um banho quente para mim enquanto meu pai falava ao telefone.

O conforto de me sentir aquecida com um banho quente, limpa e temporariamente sem medo, foi um sentimento tão intenso que somente as insistentes batidas na porta do banheiro trouxeram-me de volta à dura realidade da minha situação.

— Magdalena! Magda! — chamou Josefa. — Seu pai está dizendo que você tem de se apressar. Ele já está pronto. Escolhi as roupas mais macias e confortáveis. Sua mala está pronta.

— Já vou, Josefa. Obrigada.

O carro estava esperando na entrada. Abracei minhas primas e Josefa e deixei minha mãe chorando na porta.

— Para onde está me levando? — perguntei a meu pai quando ele corria pela Rambla.

— Para Caupolicán.

— *Mamasita* sabe disso?

— Foi idéia dela.

— Estarei segura lá?

Meu pai suspirou.

— Espero que sim, Magda. Não sei de outro lugar onde possa escondê-la.

— Eles vão saber sobre Caupolicán.

— Eles vão saber também sobre *Mamasita* e o brigadeiro. Ela já ligou para ele e prometeu que você não sairá da *estancia*.

Viajamos a noite inteira. A estrada poeirenta nas montanhas

estava cheia de buracos e a única luz vinha da lua. Nem mesmo meu pai ousava correr naquela estrada. Nem um só veículo passava pelos campos à noite, e havia pouco movimento na cidadezinha sonolenta do interior, onde paramos para abastecer. Meu pai comprou café e *croissants* num pequeno bar, e ali sentamos e comemos em silêncio.

O dono do bar não conseguia tirar os olhos do Jaguar cinza e preto parado à porta do bar. Embora estivesse todo sujo de lama, revelava uma vida que estava além da sua imaginação. Ficou rondando nossa mesa, até que meu pai mandou trazer mais *croissants*.

— Lamento ter causado todo esse problema — eu disse.

Meu pai comia vagarosamente, as maneiras impecáveis, como sempre.

— Devo admitir que fiquei surpreso — disse ele. — Se fossem as suas primas... Mas você... Fiquei surpreso — ele repetiu.

— Nós devemos muito ao coronel Pereira.

Concordei. Não podia confiar em mim para falar sobre Marco.

Quando nos aproximamos de Caupolicán, a névoa da madrugada estava se dissipando. Um bando de emas atravessou a estrada e os cavalos se sacudiram no campo, lançando gotas brilhantes aos primeiros raios de sol. *Mamasita* estava esperando na porteira, o poncho caindo em pregas sobre o flanco da égua, o chapéu abaixado sobre os olhos. Galopou a nossa frente até a casa e atirou as rédeas a um gaúcho que estava aguardando. Ele tocou no chapéu, cumprimentando meu pai, e levou a égua embora.

*Mamasita* me afagou como se eu fosse muito frágil, beijando-me de leve no rosto.

Meu pai disse que não poderia ficar e *Mamasita* deu-lhe um ligeiro abraço de despedida, dizendo:

— Vou tomar conta dela.

---

Na primeira noite, quando me distraía passeando pelo caminho ao lado da velha casa, Marco apareceu tão silenciosamente quanto um fantasma. O luar se infiltrava por entre os galhos das videiras carregadas de uvas, lançando sombras de folhas na brancura de sua camisa.

Era a primeira vez que estávamos juntos sozinhos. Olhamos um para o outro por um longo tempo. Os pensamentos pairavam no ar entre nós com a silenciosa clareza de antigos desejos. Marco tocou meus cabelos e beijei sua mão, sentindo o calor da minha respiração. Ele me abraçou e beijei seu peito. Senti-o suspirar e, num momento estávamos nos beijando e o prazer era tão intenso que não saberia dizer como tirou a camisa e a minha blusa ou como aconteceu de ele estar dentro de mim e eu o possuir inteiramente, ficando depois deitada com a sua cabeça no meu ombro, acariciando seus cabelos.

Eu achava que já havia passado pelo pior que o inferno pode nos reservar, quando Marco me avisou que estava voltando para Montevidéu. Tinha certeza de que, desta vez, a pista que deixara, ao me tirar da prisão, ia levá-los diretamente à sua porta. Implorei para fugirmos juntos, sabendo que não havia lugar para onde ir. Além das nossas fronteiras, estavam Brasil e Argentina, com regimes mais brutais do que aquele que vigorava no Uruguai. E também não seria fácil para Marco sair do Uruguai. Ele se envolvera demais, tinha desempenhado um papel muito importante nos acontecimentos para poder se afastar. Persistia em acreditar que ele e alguns poucos militares como ele iriam prevalecer sobre os demais.

De manhã ele foi embora e, desse dia em diante, passei o tempo cavalgando, evitando a casa e espaços fechados. Dormia do lado de fora, quando conseguia, e trocava de roupa várias vezes por dia. Cortei o cabelo bem curto e tomava muitos banhos. Não suportava a visão ou o cheiro de carne. Muito barulho me assustava e luzes brilhantes feriam meus olhos.

Então, um dia, entrei no quarto de *Mamasita* e disse a ela que estava pronta para falar. Contei tudo sobre Lilita, Mitrione e a leitura de mão de Gabriela; sobre Peter Wentworth e o escritório do USIS e Ramiro e Cora; sobre o esconderijo subterrâneo; sobre a cela na prisão e a chuva que caía do teto; sobre os meus rituais; e, finalmente, sobre Marco. *Mamasita* me abraçou por três dias e três noites, enquanto eu soluçava, sentia ódio e ameaçava me suicidar.

— Então era Marco aquele de quem Julio disse ser um dos homens mais corajosos do Uruguai — disse *Mamasita*, quando lhe contei sobre o trabalho dele.

Eu concordei.

— As fugas das prisões, os esconderijos, as pessoas sendo contrabandeadas para a Europa, tudo isso é trabalho de Marco. E agora tenho certeza de que o prenderam. E foi por minha causa.

— Talvez, Magda. Mas eles o prenderiam de qualquer maneira. Ele não podia continuar para sempre, sem ser apanhado. Verei o que posso fazer. Já estou devendo muito mais do que desejava ao brigadeiro Paz.

— Por minha causa, *Mamasita*?

Ela concordou.

— Exigiram que você fosse a minha guardiã?
— Sim. Mas isso não é nada. A minha dívida para com ele foi pelo que fez por mim quando você estava na prisão.
— Eu devia saber. Foi graças a ele que não fui tocada?
— Não sei como ele conseguiu. Não se fica sabendo nada sobre isso.
— Ele exige pagamento?
— Não da maneira que você está pensando, não! Ele é muito educado para isso. Mas ele sempre quis ter de volta um pedaço de Caupolicán que, no passado, pertenceu à família dele e que seu bisavô ganhou num jogo de cartas. Não é pedir muito, considerando o que ele fez.
— Ele vai querer ficar com tudo?
— Certamente que não! Eu lhe disse, ele é um cavalheiro.
— Ele não pode saber se já prenderam Marco?
— Vou perguntar, quando for encontrá-lo para entregar a escritura da propriedade.

A pesquisa de *Mamasita* revelou que Marco havia sido preso, mas ninguém dizia onde ele estava. Os canais estavam fechados. O brigadeiro Paz era da força aérea, Marco do exército, e o exército tinha os seus próprios métodos para lidar com aqueles que cometiam traição. O brigadeiro só pôde saber que Marco estava na solitária.

— Como você esteve, Magda — disse *Mamasita*.
— Oh, não, *Mamasita*, não como eu. Pode estar certa de que eles não o deixarão em paz. Ramiro certa vez me disse que eles guardam o pior para os seus. Tenho de tirá-lo de lá antes que o matem.
— Ninguém aqui atenderá um apelo por Marco, Magda.
— Então, o que posso fazer?

— Você deve ir para a Europa.

— Europa?

— Há muitos latino-americanos exilados lá, agora. Muitos, como você, que podem dizer o que está acontecendo. É a sua única esperança. Nada pode ser feito aqui. Não vai demorar muito para que os militares governem o Uruguai, como estão fazendo no Chile, Argentina, Brasil e Paraguai. E a lista continua. Nossa única esperança é dizer ao mundo o que está acontecendo aqui e pedir a ajuda de alguma associação de direitos humanos que os ponha em brios e peça a liberdade de Marco.

— Não posso sair do Uruguai sabendo que Marco está na prisão.

— Que esperança você tem de salvá-lo ficando aqui? Pode ser presa outra vez. Aí se tornará inútil para ele.

— Mas abandoná-lo depois de tudo o que fez por mim...

— Mas você não o estará abandonando. Estará trabalhando por ele da única maneira possível. E isso a ajudará a pagar a sua parte — disse Mamasita, colocando a peça do velho jogo *charrúa* nas minhas mãos. — Esta é a única peça dessa espécie de que se conhece a existência. Um velho amigo, um negociante de arte chamado Salazar, certa vez, me ofereceu meio milhão de dólares por ela. Creio que não há melhor emprego para ela no mundo do que o de ajudar o coronel Pereira.

— E você, *Mamasita?* Você deu a sua palavra de que me manteria aqui.

— Sou uma mulher velha. Não posso vigiá-la a cada segundo. Você, sem dúvida, achará um meio de me enganar e escapar.

A noite inteira andei de um lado para outro, embaixo das videiras, com a ágata na mão.

Todos os meus conhecidos, que poderiam ajudar Marco, estavam escondidos, no exílio ou na prisão. Eu era a única que estava livre e podendo usar a minha liberdade. Quando o sol nasceu, sabia que o plano de *Mamasita* me oferecia a única esperança de ver Marco vivo outra vez.

Não voltei a Montevidéu. Um dos amigos de *Mamasita* levou-me no seu avião particular para o Rio de Janeiro. Passaram-se meses até que soube que Ramiro tinha sido libertado e morrido logo depois. Cora havia desaparecido.

# Epílogo

Um súbito pé de vento sacudiu a velha poinsética, e Emilia deixou cair a cortina de renda, separando-nos do mundo exterior.

Durante sete anos, Emilia e eu ansiávamos pelo dia em que poderíamos nos sentar lado a lado e conduzir nossas lembranças para um lugar saudável, até mesmo para o esquecimento. Agora, restava ainda uma história para ser lembrada.

— Tenho notícias de Peter.

Emilia sentou-se na cama e assentiu.

— Pode falar.

— Eu o vi, faz mais ou menos um ano, atravessando uma rua em Londres. Parecia o mesmo. Eu o segui e notei que estava indo na mesma direção de onde eu viera, a casa de um amigo de minha avó, um negociante de arte. Peter entrou na casa, eu o segui e pedi ao mordomo para me levar a uma das salas de espera. Esperei até que Peter saísse e, então, soube o que ele viera fazer ali. Ele estava sendo indicado para o lugar de diretor da filial sul-americana da firma de *Mr.* Salazar, na América do Sul. Não pedi nada, mas contei a *Mr.* Salazar como tinha conhecido Peter. Ele me agradeceu.

— E? — perguntou Emilia.

— Ele me permitiu ouvir, na extensão, seu telefonema para Peter, no dia seguinte.

— E o que ele disse?

— Pediu a Peter que desse a versão dele do que tinha acontecido aqui. A princípio, Peter fingiu não saber a que *Mr.* Salazar se referia. Tentou desviar a conversa, falando sobre a penosa experiência do embaixador — o livro de *sir* Geoffrey Jackson acabara de sair e Peter quis saber se *Mr.* Salazar tinha lido. *Mr.* Salazar disse que não estava desculpando o seqüestro, queria apenas saber o papel que Peter havia desempenhado nas investigações. — Fiz uma pausa. — A conversa foi dolorosa. Evocava um passado angustiante, e pude sentir isso na voz de Peter, quando tentava explicar que, na época, era muito moço, ambicioso e inseguro. E estava apaixonado.

— Ele disse isso? Ele disse que estava apaixonado por mim?

Concordei.

— Ele tinha de escolher.

— E escolheu a carreira — disse Emilia. — Foi o que sempre suspeitei.

— Os dois falaram um pouco sobre os métodos usados pelas agências de serviço secreto, como tais agências não poderiam existir sem que cada pessoa envolvida concordasse em anular seus padrões éticos e obedecer ordens.

— Ele conseguiu o emprego?

— Não. — Segurei a mão de Emilia. — Chegamos ao fim da viagem.

— Sim — concordou Emilia. — Quer vê-lo agora? Ele está esperando há muito tempo.

Ali estava, finalmente. A pergunta que tínhamos evitado até aquele momento. Inexorável como o próprio tempo, o momento tinha chegado.

— Como posso encará-lo, Emilia?

— Oh, Magda, ele ama você tanto quanto antes.

— Ele foi torturado por minha causa, Emilia!

Ela me abraçou.

— Magda, você sabe tão bem quanto eu que, de qualquer maneira, ele teria sido preso e torturado. Ele sabe disso.

— Podia ter saído do Uruguai. Outros saíram.

— Marco? Esta é a sua única vida. Assim como você é seu único amor. Chegou a hora, Magda.

— Que tal estou?

Emilia voltou meu rosto para o espelho do armário.

Eu me vi e comecei a rir. A maquiagem tinha escorrido, não escovara os cabelos desde quando saíra do avião e minhas roupas estavam amarrotadas. Mas, pela primeira vez em muitos anos, o rosto que me fitava no espelho tinha um brilho mais jovem e familiar. Sob a pele pálida e as linhas em volta da boca, havia um quê de ansiosa esperança.

Molhei as pontas dos dedos na boca e tirei a maquiagem, enquanto Emilia ia telefonar. Quando voltou, desprendeu meus cabelos e os escovou até as ondas caírem suavemente em volta do meu rosto.

Tão absorvida eu estava me aprontando para vê-lo, que uma batida ligeira na janela me fez pular. Emilia esticou-se sobre a cama e afastou a cortina para um lado.

Marco estava lá, mais bonito do que nunca em suas roupas civis, os cabelos grisalhos nas têmporas, um sorriso de expectativa no rosto. Estendeu a mão através da grade e descansou-a no vidro. Durante os últimos sete anos, na minha imaginação, tinha invocado tantas vezes a sua imagem que apenas a súbita tremedeira nos meus joelhos assegurou-me que, desta vez, ele realmente estava ali.

Emilia saiu apressada para fazê-lo entrar e estendi a mão para tocar no lado de dentro da vidraça. Ficamos parados ali, olhando um para o outro, até Emilia aparecer ao lado dele.

Estava determinada a não chorar, mas quando o vi apoiar-se

no braço de Emilia e entrar vagarosamente no prédio, minha determinação falhou. Ele parecia extremamente frágil. E o horror do que havia sofrido me golpeou com a mesma intensidade com que, à noite, costumava me impedir de dormir sempre que pensava no que ele estava passando. Queria recebê-lo à porta, mas fui incapaz de me mover. Fiquei enraizada no quarto de Emilia, ouvindo o som da bengala no chão, enquanto ele vinha em minha direção.

Não havia nada, agora, entre nós. Ele ficou parado à porta, com um sorriso no rosto e com os braços abertos.

A força do meu abraço fez com que ele gemesse.

— Me desculpe, me desculpe!

Ele secou minhas lágrimas com beijos.

— Leãozinho... — murmurou. — Leãozinho...

— Você está tão magro! — lamentei.

— Você também — ele riu e me ofereceu o lenço. Enxuguei os olhos e assoei o nariz, enquanto Emilia saía da cozinha trazendo uma bandeja.

— *Masitas!* — eu disse, tentando sorrir.

— Vamos começar a engordar imediatamente! — Marco sugeriu, segurando minha mão e levando-me até a mesa. — Olhe, Magda, os seus favoritos... *jesuitas*.

Os pastéis estavam ali, dourados, ricos e transbordando de *dulce de leche*.

Marco puxou uma cadeira, destrançou seus dedos dos meus e fez-me sentar.

— Eles não têm *dulce de leche* na Europa, têm? — perguntou.

— A coisa mais parecida é o leite condensado. Oh, como senti falta disso! Podemos começar? — perguntei.

Comemos até as migalhas, lambemos os dedos, e pegamos os flocos de massa caídos no prato como folhas açucaradas no prato.

Depois, Emilia tirou a mesa, deixando-nos a limpar os dedos e as bocas um do outro, explorando novas cicatrizes e linhas, e velhos lugares conhecidos que o tempo tinha deixado intactos. Marco pôs a mão sob a minha gola e tocou no elefantinho de marfim.

— Eu tenho usado sempre.

Ele assentiu.

— Eu também tenho algo seu. Você se lembra da carta que me escreveu de Michigan?

— Sim.

Marco levantou-se e, lentamente, se encaminhou para a janela.

— Eu a trago comigo desde o dia em que a recebi. Nunca me separei dela. Nem naqueles anos, mais tarde, quando eles me prenderam. Nunca entendi por que me deixaram ficar com uma coisa pessoal por tanto tempo. — Ele disse. — Acho que foi para doer mais quando a tirassem de mim. Foi a única coisa que me foi permitido ler durante cinco anos.

Achei que tinha imaginado todas as possibilidades; sofrido cada tortura com ele, na minha mente, mas quando Marco parou perto da janela e falou, percebi que só imaginara a tortura física. Não me permitira pensar no que mais ele podia ter sofrido, que sutis e infinitamente dolorosos tormentos seus algozes tinham pensado em infligir-lhe.

Sete anos não tinham sido suficientes para me preparar para esse momento, e queria ficar livre da obrigação de escutar a história de Marco. Queria acreditar que, se pudéssemos sair daquele quarto, poderíamos deixar para trás tudo o que havia acontecido, fingir que nunca tinha acontecido. Cuidaria da sua saúde, escondidos em Caupolicán, e nunca mais pensaríamos nessas coisas.

A voz de Marco impediu-me de escapar.

— Certo dia, um novo homem foi comandar as solitárias. Ele

me tirou a carta. Estava em pedaços, mas era preciosa para mim. No princípio, pensei que não pudesse continuar sem ter a carta para segurar. Pensei em deixar de comer ou beber e, simplesmente, me deixar morrer naquele buraco. Estava imaginando como me sentiria, quando percebi que tinha perdido a carta, mas não o seu conteúdo. Eu lera tantas vezes, durante tantos anos, que podia lembrar de cada palavra sempre que quisesse. — Fechou os olhos e encostou a cabaça na cortina: *"Não posso imaginar como você jamais poderia desgraçar o seu nome. Eu tenho orgulho de você. Acho maravilhosos seus sentimentos pelos trabalhadores. Sempre pensei assim, desde aquele dia no Cerro quando o coroei com margaridas. Você é o meu herói."*

Os ombros de Marco começaram a tremer e o abracei.

Emilia se juntou a nós e ficamos em silêncio até que Marco falou novamente.

— O sol está se pondo — disse. — Não tenho perdido um pôr-do-sol no rio desde que fui libertado. — Enxugou os olhos e me ofereceu o braço.

— Você vem, Emilia?

— Não. Espero vocês aqui. — Ficou parada na porta nos vendo descer a rua, de braços dados.

Paramos alguns minutos para olhar o que restara do jasmineiro que, uma vez, tinha crescido na parede da janela de Cora. Certo dia, o pai de Cora, numa crise de dor, cortara com um machado o pé de jasmim, ficando a soluçar, parado, entre as flores estreladas caídas aos seus pés. Nem mesmo o doce perfume pôde apagar o rancor que sentia pelo homem que tinha usado o jasmineiro para subir até o coração de sua filha.

— Você acha que algum dia acharemos Cora? — perguntei.

— A esperança é tudo que nos resta, Magda.

— Quero crer que um dia nós a acharemos. Que a verei fazendo renda através de um novo jasmineiro, andando na rua ou acenando para nós da janela.

Marco concordou e sua mão, quente e forte, segurou a minha.

— Soube que você saiu do exército — comentei.

— Não tive escolha.

— E tem ido ao Cerro?

— Sim, para ver Gervasio. Prometi a ele que, quando você voltasse, nós o levaríamos a Caupolicán para visitar o túmulo da mãe.

Nossos olhos se encontraram e desviamos o olhar, sem saber o que dizer. Tínhamos chegado à Rambla.

Não havia ar mais doce, pensei, do que o ar que pairava sobre o meu rio. Respirei fundo e senti que ele tocava em velhas feridas.

Levaria tempo, mas o rio iria me curar, como sempre soube que aconteceria, durante os longos anos de exílio.

Descemos os largos degraus até a areia ainda quente do sol. As gaivotas se alimentavam ao longo da praia, e o rio murmurava suavemente na areia.

Marco parou e voltou-se para mim.

— Quero saber o que Emilia lhe disse.

— Sobre o quê?

— Sobre mim.

— Nada.

— O que fez na Europa durante sete anos? — perguntou, deixando-me desconcertada com a súbita mudança de assunto. — Além do que você fez por mim, é claro.

— Trabalhei. Escrevi artigos.

— Você se apaixonou?

— Eu estava apaixonada quando saí daqui. Sete anos não mudaram isso. Mas, Marco, eu compreendo se tiver sido diferente para você. Tive oportunidades. Conheci pessoas. Era livre para escolher. Você não era. Se me disser que precisa de tempo ou até mesmo que os seus sentimentos mudaram, não o culparei.

Antes de responder, Marco olhou para o rio por um longo tempo.

— Leãozinho — ele disse, finalmente. — Não sei que partes de mim sobreviveram à prisão. Mas sei de uma coisa: somente uma coisa permaneceu constante, a certeza de que, por uma noite, dentre as milhares de noites da minha vida, fui parte de você e você de mim, e nada mais parecia tão certo. Fui feito para amá-la para sempre. Só queria que sempre, para mim, não fosse um tempo tão curto.

E, então, eu soube por que eles o haviam libertado. Meus esforços para ajudá-lo não tiveram nada a ver com a decisão deles. Eles sempre libertam os que estão para morrer.

— Quanto tempo ainda temos?

Ele encolheu os ombros.

— Alguns meses, talvez.

Seus braços eram tão firmes quando me abraçou, seu coração batia tão forte, que acreditei poder curá-lo. O que quer que estivesse errado, meu amor consertaria. Eu o levaria para Caupolicán, onde *Mamasita* estava esperando, e não o deixaria nem por um momento. De alguma forma, eu transmitiria minha própria vida para ele e passaria os dias recuperando o tempo em que estivéramos longe um do outro.

Um grande cão marrom emergiu do rio, brincando com as ondas e ignorando as varetas que o dono jogava para ele. Veio até nós e se sacudiu. Marco e eu nos afastamos para escapar dele. O homem apressou-se até nós, o defeito na perna dificultando o andar. Desculpou-se muito, enquanto tentava segurar o cão, que achou que a perseguição fosse uma nova brincadeira e abaixou-se nas patas da frente, abanando o rabo alegremente.

— Ele me mantém jovem. — O homem sorriu e voltou-se rapidamente para surpreender o cão. Seus movimentos foram muito abruptos e ele caiu na areia. O cão pulou para a frente e alcançou-o antes que Marco e eu tivéssemos tempo. Nós três o ajudamos. Ele riu e limpou a areia das roupas. Então, deu um tapa na perna.

— Um legado de Punta Arenas.

Gelei, minha mão ainda estava no braço do homem. Ele me viu empalidecer e segurou-me com firmeza.

— Você esteve em Punta Arenas? — perguntei.

Concordou cautelosamente, com medo que tivesse dito algo que me ofendera.

— Eu também estive.

— Quando?

Disse para ele e seu rosto brilhou.

— Ah! O ano da luz.

— O quê?

— Oh, nada. Alguns de nós que fomos torturados lá, naquele ano, foram submetidos a alucinações. Você sabe como é. Havia um quarto, um quarto com o chão de madeira.

— Sim?

— E, algumas vezes, aqueles de nós que foram torturados podiam ver uma luz através das tábuas. — Ele sorriu. — Nós estávamos um pouco loucos, entende. Mas aquilo ajudava. Sempre que víamos a luz, era como se...

Ele hesitou.

— Por favor, diga-me.

Ele observou meu rosto por um momento.

— Era como se alguém nos amasse — ele respondeu calmamente.

O cão pulou e lambeu seu rosto.

— Igual a isto. — O homem riu. — O tipo de amor que cura. Chamou o cão, disse adeus e saiu capengando.

O rio estava verde naquela tarde, translúcido e pálido, quase tão bonito quanto o sorriso de Marco.

# Agradecimentos

Durante anos, depois de sair do Uruguai, trazia comigo anotações e histórias nas minhas viagens.

Comecei a escrever como uma forma de combater a solidão e a saudade de casa, mas até o dia em que decidi submeter uma história ao Loft — o nacionalmente conhecido centro literário de Mineápolis — para uma avaliação, eu não havia pensado seriamente em mostrar meus escritos a alguém.

Quando minha história foi uma das escolhidas para ser publicada no Loft's Mentor Series, comecei a ter uma admiração, que vem crescendo a cada ano, pelas contribuições para a vida cultural das Twin Cities feitas por esta organização dedicada a promover escritores e seus trabalhos. Foi no Loft que encontrei Carolyn Holbrook, que estava criando sua própria organização de escritores — S.A.S.E., The Write Place. Carolyn foi a primeira pessoa a me chamar de escritora. Ela me encorajou a me inscrever em outros programas do Loft e, graças a ela, encontrei minha amiga e mentora, a autora Sandra Benítez. É devido a Sandra Benítez que este livro foi terminado e lido por Emilie Buchwald, das Milkweed Editions. Devo ao Loft, também, gratidão pela oportunidade de trabalhar com Kim Stafford, cujos *insights* neste livro ajudaram a dar sua forma final e cuja seleção de escritores para seu curso de literatura me permitiu continuar trabalhando com talentos extraordinários como Joan Oliver Goldsmith, Greg Stark e Marcella Taylor.

Durante o tempo que escrevi *A árvore das estrelas vermelhas*, tive o privilégio de contar com a amizade e estímulo de minhas compatriotas Beatriz Cabreras, que colocou à minha disposição sua biblioteca de livros uruguaios, e Stela Villagrán Manancero, que assistiu à primeira leitura do meu livro e que me deu um apoio que nunca arrefeceu. Nesta primeira leitura fiz uma nova amiga, a jornalista e professora Eloise Klein, que ficou comigo enquanto eu escrevia, reescrevia e lutava com os assuntos que iria abordar no livro.

Profunda gratidão a Maria Alice Arabbo, Anne Welsbacher, Amy Ward, Valorie Gifford, Catherine Born, Mary Rockcastle e Graciela Cuadrado. Um agradecimento muito especial a Joan Lisi, que compareceu a todas as leituras públicas deste livro e cuja alegria é um presente constante.

Diego Arrabo e Sergio Manancero merecem uma menção especial por me ajudar na iniciação do computador.

No Uruguai, meus agradecimentos ao meu irmão, Dion, e sua esposa Marcela, pela ajuda em minhas pesquisas; a Rosario Cibils, da Biblioteca Pública de Montevidéu, que me permitiu acesso a documentos e papéis não acessíveis ao público; e aos meus queridos amigos Anita Ransom e Raúl Rodríguez.

Um voto de gratidão a A.J. Langgush, pelo seu corajoso livro *Hidden Terrors*; a Eleuterio Fernández Huidobro, pelo livro *Historia de los Tupamaros*; a Ernesto González Bermejo, por *Las manos en el fuego* e a *Sir* Geoffrey Jackson, por seu livro de memórias *People Prison*.

Meus agradecimentos também aos meus parentes afins Maxine e Kenneth Lebsock, cujo deleite com as minhas histórias sobre o meu papagaio e minhas tias me levaram a escrever sobre Caramba e as tias.

Agradecimentos e amor às minhas irmãs, Gloria e Carole, consumadas contadoras de histórias, que, sem dúvida, reconhecerão onde e como tomei livremente emprestado os fatos dos quais participaram.

Tive muita sorte em ter Emilie Buchwald e as Milkweed Editions como editores. Este livro não poderia estar em melhores mãos.

Meus agradecimentos a Scott Edelstein, cujo conhecimento em publicação e contratos foi valiosíssimo.

Aprendi nos Estados Unidos a "deixar o melhor para o fim". Assim, finalmente, agradeço a minhas filhas, Ana e Kate, os inesperados e mais valiosos presentes da minha vida. E a meu marido Randy, cujo discernimento da vida no Uruguai e dos uruguaios me recordou em que devia me fiar. Às vezes, ele me fez rir, de mim mesma, e a sua alegria com este livro foi a maior recompensa por tê-lo escrito.

Este livro foi composto na tipologia Venetian 301 em corpo 12/15 e impresso em papel Offset 90g/m² no Sistema Cameron da Divisão Gráfica da Distribuidora Record.

Seja um Leitor Preferencial Record
e receba informações sobre nossos lançamentos.
Escreva para
**RP Record
Caixa Postal 23.052
Rio de Janeiro, RJ – CEP 20922-970**
dando seu nome e endereço
e tenha acesso a nossas ofertas especiais.

Válido somente no Brasil.

Ou visite a nossa *home page*:
http://www.record.com.br